慶餘年

第二部　江南風雲　七

作　貓膩

目錄

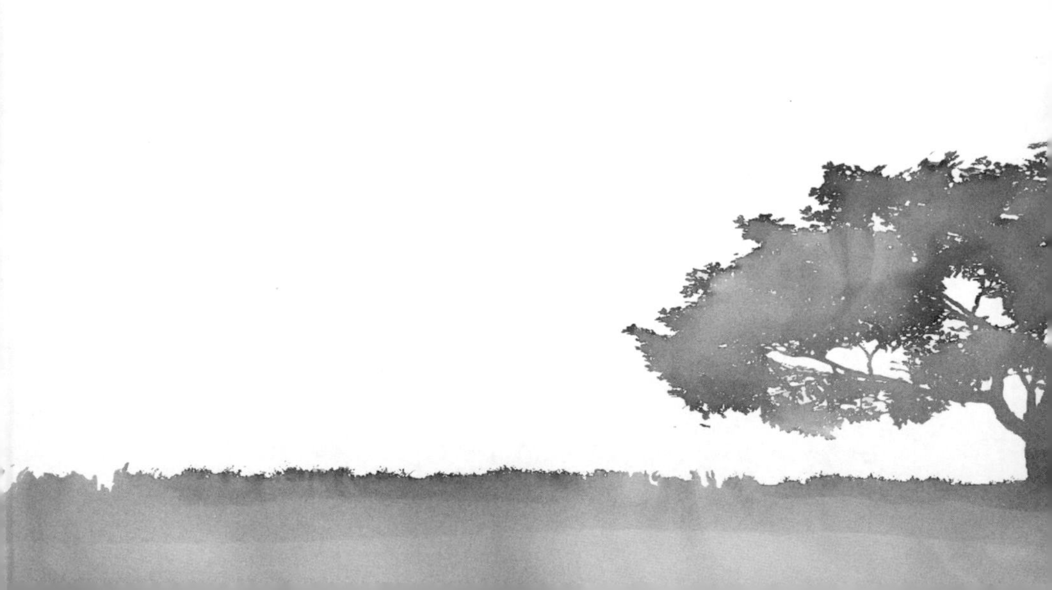

第一章　范三寶的由來

回京一月，范閒嗅到了很清楚的氣息，明白了一些事情，當中最重要的，當然是二皇子曾經私下對他說的那些話。他承認二皇子的分析判斷非常正確，如果局勢就這樣發展下去，自己的境遇會變得異常尷尬和前路不明。

慶國這位沉默而深得民望的皇帝，雖然在過去的幾年間，異常冷酷無情地挑弄著自己的兒子們互相爭鬥，可是這種爭鬥必須控制在某種限度中。因為他雖然冷酷並且強悍，但他不是變態，只要不是變態的父親，都不會眼睜睜看著自己的兒子們互相殘殺到底。

以前的二皇子、如今的范閒，其實都只是皇帝用來磨礪太子的那塊磨刀石，如果太子這把新出爐的寶刀在這兩塊磨刀石上斷了，皇帝想來並不會猶豫換人，A角與B角之間的競爭，向來就是這麼激烈。

太子如今表現得不錯，雖然沒有什麼發揮自己光與熱的機會，那把刀塵封於鞘中不見天日——可是這位太子明顯不是個弱者，只不過是往年發光發熱的機會，都被自己的兄弟們奪走了。刀如果一直在鞘中，反而會讓皇帝安心快意，因為太子的這種選擇足夠聰明，有一種忍讓的智慧。

皇帝一直在冷漠地注視著這一切，他要看清楚自己兒子們的心，所以他給了太子許多的機會、足夠的時間。如果太子就這樣沉穩地等待下去，皇帝並不見得會做出極大的變動。

而不變，對於范閒來說，是根本無法接受的事情。多少年後，一旦太子登基，皇后變成太后，范閒怎麼辦？正如二皇子所說，現在真正該著急的，應該是范閒。

可是皇帝不會允許范閒做出太出格的事情，雖然范閒一直不明白，皇帝為什麼會一直沉默著？可是某一刻，他忽然想到一句話，不記得是陳萍萍或是父親還是岳父曾經說過一句話，一句很重要的話。

皇帝多疑，皇帝敏感，但是……皇帝想謀求的太多，他想謀求天下的大一統，他想謀求青史之上最光彩的那個名字。

然而如果要一直光彩下去，慶國皇帝自然要在意歷史對自己的評價，如果換太子，史書在這件事情上會對他德行能力進行一次拷問，如果自己的兒子互相殘殺，更是會留下濃墨重彩的一筆。

范閒放下手中的茶杯，吸了一口冷氣，終於明白了皇帝沉默的緣由。皇帝始終還是寄望於奪嫡的事情能夠和平解決，大慶的江山能夠在某種和緩的態勢中傳承下去。

身為帝者，所求不過是兩樣，一是疆土，一是萬古之名。

皇帝兩個都不肯放棄。

范閒的脣角閃過一絲冷笑，自言自語道：「把自己的兒子扔到叢林裡去教育，最後卻想把已經變成嗜血野獸的兒子們扭回到人性的軌道上，這皇帝，想的也未免太美了些。」

皇權的爭鬥在皇帝的強力壓制與暗中表態下漸漸和緩了起來，而范閒不會允許局勢就這樣和緩下去，他必須促使皇帝早些下決心。

在江南的時候，范閒就已經猜到陳園裡那位老人家和自己的想法極為一致，也在用各種方法影響皇帝的思緒，意圖讓這位帝王早下決心。

然而他不知道的是，陳萍萍巧手織就了一張大網，包括三石大師的真正死因、君山會與永陶長公主之間的關係……這麼多個重磅炸彈，都沒有能夠讓皇帝真正下決心解決這些事情。

所以陳萍萍選擇了最狠辣的一招，而這一招卻在陳萍萍不知情的情況下，被范閒利用了起來。

一老一少二人，為了同一個目的而共同努力著、安靜地籌劃著，想玩弄慶國皇帝的心情，利用這位君王多疑與隱藏內心深處的好妒，以達到二人想要的目的。在這個世界上，像陳萍萍與范閒這樣了解慶國皇帝內心的人不多，而敢去設計撩撥慶國皇帝心情的人更少——說來說去，只說明監察院的領導者們都是一些不要命、不要臉的狠角色。

只是陳萍萍的目的遠遠不只於讓太子下課，這一點，他比范閒想的更深遠，企圖更狂野。

正月快要結束，范閒的回京之行也快要結束，屬下們都在準備回江南的事宜，而他抓緊最後的時間，陪了父親和陳萍萍幾日。這二老年紀都已大了，自己長期在江南不能盡孝，實在有些過意不去。

而大寶從澹州至杭州再至梧州，陪林若甫過了一個新年之後，也回到了京都，范閒自然要陪著自己的大舅子在京都裡好好逛逛。大傻與二傻兩人玩得倒是開心，只是時間有些緊迫，難免生出了些慌張的感覺。

就在這周密安排的緊湊日程中，范思轍隨著鄧子越留下的第二級隊伍，再次北上。北方行路的商會需要這個天才少年去打理，離開上京久了，總是不好。范閒自從確認了那件事情之後，對於北方的感覺便陷入了某種兩難之中，雖然對於弟弟、妹妹在北邊的安全更有底氣，可是……下意識卻想迴避什麼，所以並未讓范思轍帶密信去給北齊皇帝。

啟年小組裡的其他人也各自忙碌起來，洪常青攜著范閒的手令提前去了江南，這是很重要的事情，范閒讓他通知蘇文茂做好準備，務必在宮中那件事情爆發、消息傳到江南之前，打出一個完美的時間差，把明家整個吞下來。

一處的沐鐵、沐風兒也忙於京都內的公務，不能隨時跟在范閒身邊；言冰雲在監察院內忙著統籌日常事務，忙著躲避京都權貴夫人們介紹親事，苦不堪言。一時間，范閒身邊得力的心腹下屬，便只剩下了王啟年這個乾老頭子一人。

這一日，范閒帶著大寶在王啟年家的院子裡吃飯，忽然想到可憐的言冰雲，便想到了那日在和親王府裡大王妃對自己悄悄說的那句話，不由得搖了搖頭。

言冰雲如果真想和沈小姐成親，還真是件天大的難事。首先這事要宮裡皇帝點頭，其次沈小姐需要一個合適的身分，大王妃是沈小姐在上京時的好友，自然把這麻煩的事情交給范閒來處理。

范閒這輩子只擅長破婚，哪裡擅長作媒，咳聲嘆氣地夾著盤中的菜。

王啟年正蹲在旁邊抽菸桿，看著他臉色不大好，咳了兩聲問道：「味道不中？」

大寶坐在范閒的旁邊，嘴裡嚼個不停說道：「好吃……」

范閒拿筷尖指指盤子，說道：「糟溜魚片做成這樣，比得上樓子裡的大廚了，味道當然極好。」這樓說的自然是抱月樓，王啟年得了他的讚美，笑了起來，臉上的皺紋愈發地深了。

說話間，一位十二、三歲的小丫頭端著盤子從裡間出來，規規矩矩地將盤子放到桌上，害羞得不敢行禮，又小碎步跑了回去。

范閒看著小丫頭背影，嘆息說道：「老王，你長得跟老榆樹似的，怎麼生了這麼水靈一個丫頭？」

那小丫頭就是王啟年的閨女，也是范閒曾經在信中恐嚇過王啟年的對象。王啟年心頭一驚，苦笑說道：「還小還小，看不出來日後漂不漂亮。」

范閒哈哈大笑道：「怕個球，如今誰還敢強搶你家的民女？」

這話說的確實，王啟年雖然堅持沒有接八大處的主辦位置，可是京都大部分人都知道，他是范閒最親近的心腹，在這層關係在，不論六部三寺三院，誰也不敢小瞧他，更不敢得罪他。

大寶此時忽然眉開眼笑說道：「這姑娘漂亮。」

此時輪到范閒心頭大驚，暗道如果大舅子忽然春心發了，非要娶老王家的丫頭怎麼辦？自己當然不會答應，可是怎麼安撫這位的情緒？

好在大寶心性還是六、七歲的孩子，根本不可能想到那些地方去，只是拿著筷子愣住了，嘴裡的油水滑落下來都沒有注意，不知道在想什麼。

范閒拿起手邊的溼毛巾替大寶將脣邊的油水擦去，好奇問道：「想什麼呢？」

大寶微微偏頭，臉上的笑容漸漸凝住了，透出一絲往常他臉上極難見著的委屈與傷感，吃吃說道：「二寶……喜歡……漂亮姑娘。」

范閒心頭一黯，拿著毛巾的手僵了僵，不知該安慰些什麼。

王啟年在一旁聽著卻覺得有些好奇，將菸桿往腳邊的石碾上磕了磕，問道：「舅少爺，二寶是誰啊？」

「二寶是我弟弟，很聰明的。」大寶的臉上綻放著驕傲的笑容，然而這笑容馬上變成了小孩子似的難過。「可是……他死了。」

王啟年與范閒站在院子的角落裡互撥菸袋，青煙繚繞，葉臭薰人。王啟年回頭看了一眼正和自家小丫頭玩耍的大寶，壓低聲音問道：「原來二寶是林珙少爺，林珙少爺被東夷城的人殺死兩年多，可……聽說府裡一直瞞著大寶少爺，他是從哪裡知道的？」

范閒吐了一口發苦的唾沫，沉默片刻後說道：「我告訴他的……他雖然痴呆，但我一向拿他當正常人看待。他和林珙感情極好，這件事情一直瞞著他，我心裡不舒服。」

「不會出什麼問題吧？」王啟年小心說道。

「能有什麼問題？我兩年前就告訴他了。」范閒抿了抿發乾的嘴脣，幽幽說道：「大寶只是智力沒有發育完全，就像是個長不大的孩子，但不代表他什麼都不懂……南詔那邊有座望夫石，我可不想身邊再多個問弟寶。」

說完這話，他向大寶處看了一眼，發現大寶正蹲在王家丫頭的身邊挖蚯蚓。他的目光頓時柔和起來，多了一絲憐惜和一絲淡淡的歉意。

便在此時，王家宅院的木門被人敲響了，來人敲得極其用力、極其急促，不知道發生什麼事情。

范閒與王啟年對視一眼，皺了皺眉頭。王啟年上前甫一開門，一個漢子便衝進來，衝到范閒的面前，大聲說道：「恭喜大人，賀喜大人！」

范閒被這人唬了一跳，定睛一看，原來是藤子京，不由得痛罵道：「什麼事情這麼一驚一乍的，不是讓你回田莊看書準備春時的武試？怎麼又跑回京了？」

他一心一意想讓藤子京能夠走上仕途，也算是不虧了對方自澹州將自己接出來後的用心服侍和那一條殘腿，然而藤子京此人和王啟年的心性極其相似，對於官場雖然有愛，但對於跟在范閒身邊的生活更有愛一些，加之實在對那些兵書看不進去，所以在田莊裡讀書三日，便又跑了回來。

藤子京臉上慚愧之色大作，卻又馬上想到那件重要事情，十分欣喜說道：「少爺，快回府吧，老爺已經回來了，全家在等您。」

「到底出了什麼事？」范閒皺著眉頭，過去牽著大寶，準備出門上車。

藤子京在他的身後跟著，笑著說道：「柳姨娘有了。」

范閒愣了愣，站在原地回過身來，摸著腦袋說道：「什麼？難道我又要多個弟弟？父親大人……果然不凡。」

藤子京一愣，半晌才明白他說的是什麼意思，著急解釋：「不是夫人，是姨娘有了。」

范閒始終沒聽明白這句話究竟是什麼意思，坐上了馬車，將大寶的衣裳繫好，扭頭惱火問道：「說清楚些，就算是國公府上有喜，也不至於如此緊張。」

藤子京忍不住笑了出來，說道：「不是國公府上，是咱們自家府上……是思思姑娘有喜了。」

范閒愣了愣，這才想明白，自己雖然早已收了思思入府，但內心深處還是將她當妹妹一般看待，還真沒有什麼妾室的精準念頭。而且很湊巧的是，思思自幼便是澹州老宅家養的丫頭，本就沒有姓，後來入了京，范思轍的母親柳氏因為相似的境遇，對思思頗為照拂，最後乾脆就讓思思姓了柳。

柳姨娘、柳姨娘，原來……說的是思思，難怪范閒一時間有些反應不過來。

「思思居然懷上了？」范閒笑呵呵說道：「那是得趕緊回府看看，這初懷孕的女子脾氣向來大得厲害，尤其像她這樣一個潑辣丫頭，去得晚了，只怕要落好一陣埋怨。」

馬車沿著街道出了西城，往范府所在的東城駛去。

忽然間，馬車裡發出一聲悶響，似乎是某人跳起來，傻傻地讓腦袋與硬硬的車廂發生了一次親密接觸。

馬車裡傳出一個大到恐怖的聲音，聲音裡充斥著震驚與惶恐，竟是讓半條街的行人都聽得清清楚楚——

「思思懷上了！我要當爹？」

是的，重生到慶國這個世界上，屈指算來，心理年齡應該已經三十幾歲的范閒，終於要當父親了。生物的傳續，永遠是本能控制的第二強烈需求，所以按道理來講，足夠成熟的范閒，面對著這天大的喜事時，應該表現出一種可以控制住的真心喜悅。

然而，他的表現明顯有些問題，因為他很激動，激動得不受控制，同時在喜悅之外很害怕。

坐在思思的床邊，范閒像個傻子一樣看著比自己大兩歲的姑娘家。思思的面色有些白，看來在知道肚子裡忽然多出一個小生命後，開始感到了緊張。

范閒有些傻傻地看著她，說道：「怎麼就懷上了呢？」

林婉兒坐在床頭餵思思吃東西，臉上充滿著喜色。她一直想替范閒生個孩子，只是至今沒有成功，如今思思懷上了，想到范閒有後，她身為主婦也開心了起來。如果在一般家庭，或許無後之妻還會對妾室生出些妒意，可是她與思思的身分、地位相差太遠，吃這種味不免有些愚蠢。

她聽著范閒那古怪的發問，忍不住微微皺眉，斥道：「怎麼說話的？」

范閒傻笑著。他前兩天一直在擔心北方那人會不會懷上自己的骨肉，忽然發現身邊的女子懷上了，這種情感上的大起大落，大擔憂大喜悅，讓他真正化身成為范三寶。

第二章　為人父母

林婉兒拿著碗出了房間。范閒看著躺著的思思，溫和說道：「好好休息下。」

思思往常一直睡在范府後宅主臥房的外廂，只是今日忽然被大夫看出有喜，柳氏做主騰了間舒適的房間出來，讓她搬進來。

范閒扭頭看了看這房裡的擺設，對柳氏暗暗感激，再看著思思微白憔悴的面容，又生出些許歉意，輕聲說道：「是我的不是，居然成了最後一個知道的人。」

此時作為一家之主，范閒應該表現出溫和的一面、喜悅的一面，多說些讓孕婦寧心靜神的好聽話語，可是只略說了兩句，他卻噎住了，傻傻地看著思思的臉，半晌說不出話來。

一陣沉默之後，思思的眼圈微紅，咬著嘴脣說道：「少爺，看得出來您不高興。」

「怎麼會？」范閒唬了一跳，苦笑著說道：「主要是太突然，一點兒心理準備也沒有。」

他牽著她的手，緩緩捏弄著，微笑說道：「在我心裡，妳還是那個始終站在我身邊磨墨添香的大丫頭，總覺得沒有過多久，我們離開澹州也沒有多久……妳居然就要成孩子他媽了。」

「我們離開澹州已經三年了，我的糊塗少爺。」

思思破涕為笑，半倚在床上，用溫柔的眼神望著他，不論是在江南的同行同住，還是在澹州正式入門之後，她依然習慣性地稱呼范閒為少爺，而沒有改稱呼。

「哪怕我變成老頭子，只怕也還沒有做好心理準備。」范閒憐惜地拍拍她的手，說道：「當爹這種事情，確實有些可怕。」

「少爺什麼都會……再說這生孩子是女人的事情。」

「什麼都會？生孩子是女人的事情，但教孩子可是男人的事情……要將一個孩子養大成人，這可是比寫詩殺人困難多了。」

范閒自嘲笑著，伸手進棉被裡小心地撫摸著思思微微鼓起的小腹，忍不住自責說道：「先前父親說已經四個月了……妳怎麼也沒和我說……就算妳害羞，也得給少奶奶說聲。」

思思感受著那隻手掌在自己腹部的移動，面頰微紅，將被子拉到頸下，微微害怕說道：「我怕……我怕是假的。」

「懷孩子哪裡有什麼真假。」范閒閉目感受著掌下的起伏，心中生出一些極其複雜的情緒，有喜悅，有恐懼，微微酸著……那腹中便是自己的孩子？

他是真的一時間無法接受自己要當爹的事實，那種恐懼竟壓過了喜悅，好在此時心神清明，還不至於在思思面前表現出來，不然初為人母的思思定會恨死他。

范閒有些頭痛地撓撓頭，說道：「現在我應該做些什麼？」

思思忍不住噗哧一聲笑了出來。「少爺，當然是該吃就吃，該睡就睡，總不能因為我懷了孩子，就讓您天天守著我啊。」

范閒忽然伸手輕輕扳過思思的手腕，將手指擱在上面，閉目偏首細細聽了聽脈象。

在此時，恰好林婉兒走了進來，一見他正在替思思診脈，睜著一雙大眼睛好奇問道：「是男是女？」

范閒將手指緩緩移開，笑著說道：「哪這麼容易便看出來，妳當我的指頭是B超？」

「必操？」林婉兒和思思聽著這個新鮮辭彙，同時皺起眉頭，百思不得其解。

范閒咳了兩聲，對思思叮囑一下日常要注意的東西，尤其是不要著涼，然後他走到門外，將藤子京媳婦喚過來，細細吩咐一番。下人、僕婦之類當然要找健康的，至於飲食也不要一味的大魚大肉，只是挑著有營養的菜品點了幾樣。

「莊子裡有羊奶不？」

藤子京媳婦興奮地點點頭，思思肚子裡懷的是范家第一個孫輩，由不得這些下人們不激動。

得到了肯定的回答，范閒說道：「每天一碗，一定要煮沸。」

屋內，思思偎在林婉兒的身邊，難過說道：「我不愛喝羊奶。」

林婉兒想了想，自己當初治肺病時，也是被范閒天天逼著喝羊奶，那種羶味實在難以忍受，忍不住對門口笑著說道：「這羊奶莫不是仙丹？」

范閒回頭笑道：「雖不是仙丹，但確實是極好的東西，只是羶味重了些，思思妳可得忍著，堅持喝。」

林婉兒忽然想到四祺當時想的法子，高興說道：「這事讓四祺去做，也不知道她是放了杏仁還是茉莉花茶，一股淡淡澀味，卻是把羶味都祛了。」

一聽讓四祺服侍自己的飲食，倚在床上的思思好生不安，她本來是和四祺同等身分的大丫鬟，如今懷了孩子，待遇便驟然提高這麼多，她實在有些不敢承擔，生怕讓府裡上上下下說自己的閒話，下意識便想開口回絕。

范閒一揮手，說道：「這後宅裡沒那麼多虛禮，妳當丫鬟的時節，爺不照樣要給妳捶背……就讓四祺辛苦一下，只是不知道法子成不成。」

思思臉上一紅，卻發現門外人影一閃，露出四祺那張得意的臉，她笑著說道：「這法子當然成，那時小姐每天的羊奶都是我弄的，只要用紗布把茶渣濾了就好。」

林婉兒笑著嗔了她一眼。「瞧把妳得意成什麼樣子了。」

思思堅持喊范閒「少爺」，四祺堅持喊林婉兒「小姐」，這家裡一對男女主人，外加這兩個大丫鬟，在稱呼上著實有些奇怪，大概也只有范閒這種有前世經驗的男子，才會如此不計較所謂名分之事，好在這三個姑娘家都能配合上他的腳步，此點大善。

「平時要多晒晒太陽，甭信那些穩婆的屁話，不吹風悶屋裡會悶死的。」范閒忽然想到一樁事，很嚴肅地對藤子京媳婦和林婉兒說道，知道如果柳氏忽然古板起來，也只有這兩個人能幫思思說些話。

「呸呸……」藤子京媳婦趕緊吐了兩口唾沫，說道：「今兒大喜，怎麼能說那個字。」

范閒懶得理她，自顧自說道：「蔬菜瓜果得保證，這是不能少的。」回頭又對思思說道：「吃不下的時候也得吃……一些小吃食，妳讓丫頭們去辦。」

「得了得了。」藤子京媳婦臉皮厚，自顧自地堵住范閒的嘴，說道：「到底是頭一個，這日後還要百子千孫的，少爺如果都這麼緊張囉嗦，不得把我們這些下人折騰死。」

范閒又好好地安慰思思幾句，說了幾個笑話讓她放鬆下緊張的心神，便攙著林婉兒的小手出了屋子。二人在後園裡隨便逛著，一路上見著府中幾個頗為得力的下人匆匆而來，見著他們趕緊恭敬行禮，只是神色裡偶有透露出一絲尷尬。

「這是去做甚的？」范閒皺眉問道。

林婉兒笑了笑，說道：「這都是去給思思道賀的，見著我了……當然會覺得有些尷尬。」

「尷尬什麼？」范閒不至於愚鈍到如此地步，只是擔心林婉兒心中真有心結，所以故意問著。

林婉兒瞪了他一眼，將腦袋靠在他的肩上，輕聲說道：「你說呢？」

范閒拍拍她肉乎乎的臉蛋，微笑問道：「那妳是真高興還是假高興？」

林婉兒稚氣尚未全脫的臉上透著一份主婦的從容，仍然是那三個字：「你說呢？」

「我真的很緊張嗎？」范閒牽著林婉兒的手走到一座假山旁的石凳坐下，將林婉兒抱在自己的大腿上。此處安靜，沒有什麼下人經過，林婉兒微羞之餘也就由他去了。

「也不仔細冰著了。」

林婉兒埋怨了一句，忽然想到他問的那句話，思考片刻後抬起頭來，用那雙水汪汪的眼睛注視他，半晌後認真說道：「這便是我想問你的，為什麼看上去你不怎麼高興，而且……似乎有些緊張恐懼……擔心什麼呢？是真在擔心我的感受？你應該知道我不是那等人。」

范閒搖搖頭，笑著將抱她的雙臂緊了緊，斟酌半晌後說道：「我也不知道，或許真是沒有做父親的心理準備。」

「要些什麼準備？」林婉兒早已習慣了夫君與這世上男子不怎麼相近的思維習慣，好奇問道。

「比如……自己能不能為下一代營造一個很好的成長環境？」

林婉兒微笑說道：「先不要考慮過於長遠的問題吧，我比較好奇的是，思思肚子裡的到底是男孩子還是女孩子呢？」

「先前不是說過……」

「嗯，你無法必操勝算。」

「必操勝算這個詞用得很巧妙。」

「那你是喜歡男孩子還是女孩子呢？」

「女孩子。」范閒斬釘截鐵說道。

林婉兒有些疑惑地看著他，半晌後像是明白了什麼事情，嘆息說道：「難怪你知道自己有孩子後不怎麼開心……想來是覺著思思不再是個女孩子了。」

范閒大惑，怔怔問道：「為什麼這麼認為？」

「女孩子是珍珠，等生了孩子，漸漸老了就要變成魚眼珠子，而你……是喜歡珍珠的，就算不把玩，看看也好。」林婉兒笑咪咪說道：「這是你自己曾經寫過的話，可不要否認。」

范閒自嘲一笑，這是曹雪芹的看法，雖然和自己有些相近……但這不是自己得知將有後代時依然無法喜悅的真正原因。

「可就算要變成魚眼珠子，我也要為你生孩子。」林婉兒怔怔望著他，輕輕咬著下唇，柔和卻用力說道。

范閒笑著點了點頭，忽然正色說道：「我知道這個世上有些比較奇怪的規矩，比如側室生的孩子要叫正室為母親，甚至有些從小由正室養大，而很少能見到自己親生母親的面。」

林婉兒看著他，微微皺眉，隱約猜到他要講什麼。

「雖然世上的大家族都是如此。」范閒很認真地看著她。「但我們不要這樣。」不是請求，不是要求，是不容拒絕的知會，是不要。

范閒本不想在這種時候，說出這麼嚴肅的話來打擾林婉兒本來就難抑酸澀的心情，但是前世在病房裡看《大宅門》時，著實被斯琴高娃演的那個混帳中年魚眼珠子嚇慘了。

林婉兒點了點頭，眼中閃過一抹難過，緩緩說道：「我明白你的意思。」

「不要傷心。」范閒沉默片刻後，展顏笑道：「在杭州這半年我對那藥進行的改良妳也都看在眼裡，而且最關鍵的是……明天費介要來，他既然敢來見我們，自然是有好東西給咱們。」

他懷中的嬌柔身軀忽然一震，林婉兒不敢置信地看著他的眼睛，驚喜說道：「是真的？」

雖然這個消息讓林婉兒高興了起來，但范閒知道自己那不留餘地的說話依然傷了對方的心，只是為了思思和思思腹裡的孩子著想，他必須把話說在前面。

便在此時，他輕輕嘆了口氣，一是心中確實有悶氣需要嘆出，二來前世金庸曾經在《鹿鼎記》裡讓小寶玩過這招，對付女生百試不爽。

果不其然，林婉兒見他面色沉重，馬上將自己心中的小小幽怨揮開，關切問道：「怎麼了？」

「先前妳也看出來，知道思思有喜的消息後，我並不怎麼開心……反而有些害怕……」

范閒低著頭，似乎想從妻子的體溫與氣息中尋找內心的支持與安慰。

「其實有幾個原因。」

第一個原因自然是擔心林婉兒觸景傷心，這個原因先前淡淡提過。至於第二個原因其實很簡單。

「我是一個沒有父親的人。」范閒微笑著說道：「雖然有父親，甚至有兩個父親，可是在澹州的時候，我一個也沒有，而且真正的那個，似乎從來沒有當過我的父親。」

很拗口的一句話，但林婉兒聽懂了，有些警惕地看了四周一眼，確認這句話不會被別人聽進耳中。

「父親他對我極好，可是妳明白的，這終究不是同一件事情。至於宮中那位……自澹州來京都後，我便是將他看白看透了，連妳太子哥哥和二皇兄都像驢子一樣被驅趕著，更何況我這個私生子。」

「我是一個沒有父親的人。」范閒加重了語氣重複一遍。「所以我很害怕自己不會做父親，故而先前的第一反應就是惶恐不安。」

范閒前世的時候沒有父母，這一世也沒有父母，更慘的是，前世是老天爺太不是東西，這一世是父母太不是東西——是的，在他的內心深處，他向來認為在教育子女這個環節上，母親做的也非常差勁，很讓他傷心。

他兩生成長的歷程都有這方面的缺失，替他的心理帶來了極大的陰影，往日或許還沒有察覺，可今日范府的喜訊卻將他的黑暗面完全映照出來，他下意識拒絕承認自己要成為一位父親。

林婉兒滿臉憐惜地看著他。

「我的母親也不愛我。」范閒有些木然地說道：「或許妳不相信，可是……她真的不愛我。」

無法愛，還是不愛？世人總以為葉輕眉便是范閒的母親，但只有他自己清楚，在重生到這個世界上來之後，他對於那個遙遠的女人有的只是好奇和一股莫名的情感，只是隨著漸漸成長，身周的人不停地講著那個曾經光彩奪目的女人，身周的事不停地述說著那個女人的過往，身周的痕跡不停提醒范閒那個女人的存在。

久而久之，前世沒有獲得過母愛的范閒終於習慣這一點，開始逐漸接受自己的母親就是葉輕眉，開始依戀這個名字——兩個穿越者孤獨的靈魂，或許因為母子這一種最堅固的紐帶而互通了起來。

他承認了這一點，並且在北齊燕山那個山洞裡，當著肖恩的面，親口說出這句話。

可是看過箱子裡的信，知道了許多當年故事的范閒，不得不告訴自己，葉輕眉並不愛自己，不是指自己這個異世的靈魂，而是對這個肉身的兒子沒有多少愛。他繼承了葉輕眉的監察院、內庫、慶餘堂，當年的人脈、親密的戰友，但這些不是她刻意留給他的，而且即便是留給他的又如何？

「我的母親不愛我。」范閒平靜說道：「不然她不會拋下我一個人走了。」

林婉兒想寬慰有些失神的他，卻不知該如何說起，那個早已故去的婆婆是怎樣光彩奪目的人物，自幼在宮中長大的她，當然清楚無比。

「不僅僅是因為這個。」范閒皺眉想著，當那個箱子被打開的時候，他就有些失望，因為那封信是留給五竹，而不是留給自己的，尤其是信中的內容，讓他更加失望。

「她稱我為混帳兒子。」他微笑著說道：「而且她沒有留下隻言片語給我……就這麼走了。」

「這種淡然，這種平靜，顯得有些冷靜到荒唐。」范閒皺眉想著自己的言情身世，總覺得自己的出生或許本來就是件很荒唐的事情。

他繼續說著，林婉兒卻聽得有些心寒。

「她沒有告訴我，在這樣一個危險的世界裡該如何生存下去。她沒有告訴我，究竟誰是值得信賴的。她沒有告訴我，飯應該怎樣吃，老婆應該怎樣疼。」

范閒笑了起來。「她對天下的萬民有大愛，偏生對於自己的子女卻沒有什麼關注，這一點是不是很混帳？大概也只有這樣混帳的母親，才會生出我這樣混帳的兒子。」

說完這句話，范閒輕聲咳嗽起來，林婉兒從他腿上下來，一下一下捶著他的背。

范閒擺擺手，笑道：「好險，幸虧還有父親……」他指指前宅的方向，又說道：「還有奶奶，還有那兩個怪老頭，不然我這輩子還真不知道會變成什麼模樣。」

范閒一向是個很自持謹慎的人，像今日這般感慨的時間並不怎麼多，林婉兒一直插不進話，看見他漸漸脫離了一味傷嘆，乾脆微笑看著他，聽他一人的內心獨白。

「聽我唱首歌吧。」范閒忽然很認真地說道。

林婉兒點了點頭，有些好奇，一個大男人會唱什麼樣的俚曲呢？

范閒啟脣而歌，聲音清亮之中帶著三分酸楚，他的嗓音並不好，但這首曲調格外悠傷，悠傷之中又帶著三分期望，如雨後簷下支頷期盼母親歸來的孩子，像簷下被風吹雨打著的白布小人飄飄蕩蕩，渾不著力，只被那條線牽著，說不出的哀傷，卻眺望著遠方。

一曲終了。

「什麼意思呢？」

范閒唱的是林婉兒沒有聽過的一種語言，發音有些怪異。

「歌詞的大概意思很簡單。大概就是……母親大人，您好嗎？昨天我在杉樹的枝頭上，看見了一顆明亮的星星，星星凝視著我，就像母親大人一樣，非常溫柔。我對星星說，要禁受得起挫折哦，是男孩子嘛，如果感到孤獨的話，我會來說話的，有一天，也許會的。那麼就這樣吧，期待回信，母親大人。一休。一休。」

「母親大人，您好嗎？昨天寺院裡的小貓，被旁邊村裡的人們，帶走了，小貓哭了，緊緊地抱住貓媽媽。我說了，別哭了，你不會寂寞的。你是男孩子吧，會再次見到媽媽的，總有一天，一定。那麼就這樣吧，期待回信，母親大人。一休。一休。」

范閒微笑看著眼圈都已經紅了的林婉兒，說道：「很好聽吧？」

「嗯。」林婉兒用鼻子嗯了一聲，問道：「一休就是那個寫信的孩子？好可憐。」

「是啊，一個絕頂聰明、卻不能和自己母親一起生活的可憐小孩子。」范閒笑著說道：「和我很像……只是他寫了信還可以寄，可我寫了信又往哪裡寄呢？」

「這首歌叫什麼名字？」

「母親大人。」

在安靜的臥室中，藉由窗外灑過來的那片淡淡天光，范閒取出鑰匙，輕輕打開了黑色長箱子最外面的那層，然後用穩定的手指按了幾下，忽然間開始想念五竹。

緩緩取出上面的金屬器具和那封薄薄的信，范閒沒有多看一眼，因為他對於那封信的內容已經太熟悉了。

他只是將目光盯著第三層上面的那張紙條，那張似乎隨時要被風吹走的紙條。紙條上面是葉輕眉粗豪潦草的筆跡。

「喂！如果是五竹的話……老實交代，你是誰？」

范閒如同那個雨夜裡一樣，嘴脣微動，說道：「我是妳的兒子。」

「你是怎麼打開這個箱子的？估計不是我的閨女就是我的兒子。下面的東西等你搞出人命的時候再來看，切記！」

他打開了第三層，從裡面取出那件東西，看了兩眼上面的文字，然後忍不住苦笑了起來，自言自語道：「果然是墮胎藥，我說媽媽……妳的惡搞能不能有些創意？」

他在屋內沉默許久，然後抬起頭來，用自信的笑容對著那個箱子認真說道：「媽媽，我搞出人命來了，不過我不會用這個東西的。妳總是習慣將一切事情當成笑話來做，所以最後妳很可笑地離開了我；而我不一樣，我會努力地在這個世界上活下去，至於我的女兒或者是兒子……請相信我，我一定會把他照顧得很好……至少，會比妳做得好。」

第三章　第三代

范府有喜的消息，就像生了雙翅膀一樣，馬上飛了出去，飛過各權貴府第高高的院牆，飛過各茶樓警惕的小二眼光，成了眾人皆知的消息。京都王公貴族們討論的熱門新聞，百姓茶餘飯後的最大樂事，均集中於此。

這消息自然也飛進了皇宮裡，根本不屑於那雄偉的宮牆阻隔，進入到皇帝和太后的耳中。據姚公公悄悄放風，當慶國皇帝聽聞這個消息的瞬間，皇帝輕捋鬍鬚，十分得意，當夜又去了一趟小樓。而太后得知這個消息後，趕緊去了含光殿後方拜神，手指頭不停地撫摸著那串念珠，滿臉笑容。

說來奇怪，包括范閒在內，慶國皇帝一共生了五個皇子，三皇子年紀還小暫且不論，可是大皇子年齡不小，成婚已久，卻是還沒有子息，二皇子和太子也是如此，算來算去，如今思思肚子裡那孩子，竟然是皇家第三代的頭一位。

由不得皇宮裡們的貴人們不高興，只是太后隱隱有些遺憾，如果懷孕的女子是林婉兒就好了，不說是不是郡主，范閒的正妻……畢竟是自己最疼的外孫女啊。

以范閒如今的權勢地位，這種喜事臨門，自然湧來了無數送禮道賀的賓客，在後幾日裡，范府正門口車水馬龍，各路官員來往絡繹不絕，藤子京兩口子的腿都快跑軟了。

除了一些重要人物，比如靖王府上的人，范閒親自出面迎接一番外，其餘的來客都由戶部尚書范建一手擋了。

好在這些賓客們只是奉上重禮，並未叨擾太久。朝中、宮中的人們其實心裡也在打著小算盤，雖說范閒有了孩子是件大事，可是懷孕的卻是他的妾室，如果此時顯得過於熱情，誰知道府中那位郡主娘娘心裡怎麼想的？

討好了一方，卻得罪了另一方，這是一個很不划算的買賣，而且這些官員們也不知道宮裡的喜悅究竟到了什麼程度。

三日後，宮裡的喜悅以兩種方式，展現在慶國官員、百姓們的眼前。首先是內廷主辦的那個花邊報紙，用套紅的方式向天下子民們報告了這個好消息。

內廷報紙，向來講述的是官員爭風吃醋的笑話，歷史中的搞笑面，陳萍萍的初戀故事，雖然有些無聊無趣，但很能吸引注意。只是自從范閒執掌監察院以來，透過整風，讓院務光明化，命令八處在一處旁的牆上貼上無數告示，將陰森的官場傾軋過程寫成了破案故事集錦——不論前世今世，枕頭加拳頭的故事總是最好賣的。內廷報紙只有枕頭，少了拳頭，所以風采全被一處門口的告示牌搶走了。

也幸虧范閒有子，皇帝默允內廷報紙大張其事，詳盡將范閒自澹州而至京都的故事寫了一個長篇意淫小說出來，隱約提及郡主、北齊聖女、小范大人那位年輕母親的過往，殿上詩夜、江南過往……

這是對范閒匆匆二十年人生的一次總結，十分精采，報紙一出，京都紙貴，各府裡的小姐們都央求家中長輩重金購得一張放於閨房中以為紀念，同時在心中奢求著那飄渺的神廟能夠賜予自己一個……像范閒一樣的男子。

內廷的報紙終於憑藉這個機會，成功地將一處告示欄前的京都百姓們再次征服。

宮裡喜悅的第二個態度便是賞賜。

也不知是皇帝還是太后的意思，宮裡的賞賜像流水似的灌入了范府，雖然懷孩子的是思思，可是由范建至柳氏，再至遠在北齊求學的范家小姐，各有重賞，范閒正妻林婉兒更是得了重中之中的重賜。

綾羅綢緞、金石玉器、吃食玩物，密密排在宅中，讓藤子京媳婦有些忙碌到失神……

思思自然受了封賞，給了一個稱謂，反正這稱謂范閒也弄不明白，便是那肚中還沒有出生的孩子，也搶先有了一個爵位。

心想少爺當初救了陛下一命，還不如這次得的賞賜多。

報紙與封賞，接連兩下，讓皇宮裡諸人的喜悅傳遞到京都的每一寸土地裡，那些事先就送禮的官員們將心放了下來。

只有范閒不怎麼高興，他看著姚公公帶過來的禮單紅紙搖了搖頭，心裡生出一股複雜的情緒，對身旁的父親說道：「宮裡的人想什麼呢？我生孩子和他們有什麼關係。」

「這是賭氣話了。」范建笑吟吟說道：「本以為你會成熟些，料不得此時還會說賭氣話。什麼關係？你說有什麼關係呢？第三代裡，這是頭一個，太后不知道著急了多少年，終於可以抱上重孫，這高興起來，賞賜也有些超了規格。」

范閒冷笑道：「抱重孫？趕明兒就把思思送回澹州去，生在澹州，養在澹州，讓奶奶抱著玩。」

這還是在賭氣，思思正在孕期，哪裡可能千里奔波。范建哈哈大笑，卻懶得責怪他，因為自從四天前知道思思懷孕的消息後，這位一向嚴肅方正的戶部尚書，便有些遮掩不住自己的本性，從臉上到骨頭裡都透著一分得意與高興。

這個世界上和皇帝搶兒子還搶贏了的人不多，而且這兒子還馬上就要替自己生下個孫子，由不得范建老懷安慰，莫名得意。

「明兒進宮謝恩不要忘了。」范建喝了一口茶，看了兒子一眼，發現兒子明顯沒有聽進去這句話。

「說起來，太子為什麼一直沒有太子妃？」范閒忽然想到一樁事情，皺著眉頭說道：「就算是依次序來，如今大殿下、二殿下都已成婚，一年過去，太子的事情難道宮裡不著急？」

他這話問得很自然，很巧妙地將話裡的試探遮住了。范建明顯在高興之餘沒有察覺到兒子在探自己的口風，皺眉說道：「早在三年前，太后就急著籌劃太子妃的事情，皇后在京都各府裡挑人，甚至還挑到咱們府上……」

范閒打了個寒顫，心想如果妹妹當初真的成了太子妃……那可慘了，不是說妹妹慘了，而是自己慘了，自己豈不是馬上就要倒到太子那邊，和太子好好籌劃一下奪嫡的事情？幸虧這件事情沒有發生。

范建繼續說道：「只是不知道為什麼，太子一直不肯答應……這也算是當年的一樁異事。太子你也清楚，早年間比較荒唐，喜歡流連於教坊妓寨，本是個對男女之事大有興趣的人，卻偏偏不肯大婚。」

范閒想了想後說道：「可是太子的婚事，可不是他說不願意，就可以不要的。」

「這處就顯出太子的聰明來了。」范建笑著說道：「要說服太后與皇后，太子也想了不少理由，首先便說大皇兄和二皇兄都未曾婚娶，慶國以孝治天下，講究個兄友弟恭，自己做弟弟的，怎麼也不能搶在二位兄長之前成親……那時節大皇子還在西邊打胡人，一時間哪裡能夠安排婚事，這便一直拖到了後來。」

「理由雖然充分，但沒什麼說服力。」范閒苦笑說道：「搞來搞去，原來我是早婚人士的代表，這第一個生孩子，也算自然。」

「同樣的道理，但涉及天子家事，自然需要從有說服力的人嘴裡說出來。」范建笑道：「太子請動了當時的太子太傅舒大學士，舒大學士這人性子倔耿，深以為太子所言有理，不只自己上書請皇帝暫緩太子婚事，甚至還寫信去了北齊，請莊大家發了話。」

范閒笑了起來。「原來莊墨韓先生當年也做過這種事情。」

范建看著兒子的眉眼間有些疲憊，嘆息一聲，說道：「是不是這幾天沒有睡好？快去休息下吧。」

范閒尷尬地一笑，告辭出了書房。

他這幾天確實休息得極差，首先是思思懷孕，自己當然要時時守在她身旁，多加寬慰和體貼。另一廂，林婉兒表面上雖然沒有表現什麼，還在樂滋滋地操持著思思的小日子，但誰也清楚姑娘家的心情肯定是百味雜陳，范閒大感心疼，也得拿出很多時間去陪伴安慰，兩邊都要照顧著，自然他就沒有多少時間可以休息了。

在書房前的廊下，他伸了個懶腰，打了個呵欠，苦惱地搖搖頭，心裡忽然想到不知多久以前，也是在自家府中的園子裡，他曾經想到的人生至理。

男人，結婚得太早，總是一個很愚蠢的舉動。

然而太子堅持不肯早婚，只怕也是基於一個很愚蠢的念頭。范閒打著呵欠，在心裡嘆息道，看不出來太子倒是個多情人，真是孽緣啊！

忽然間看見柳氏溫和笑著陪著一個老頭走進來，范閒張大了的嘴巴一時間閉不起來，便跳了起來，大聲嚷嚷道：「您終於來了！」

來者不是客，乃是范閒十分尊敬、十分信任、十分喜愛的費介，然而今日師生二人隔了近一年頭一次見面，一老一少間隱藏著風雷激盪，刀光劍意大作，似乎隨時會拋出一把毒藥請對方嘗嘗。

柳氏何等聰慧的人，雖然不解緣由，但也看得出來此地不宜久留，隨意說了兩句便走了，費介到來的重要消息，竟是連范建都沒有通知。

「老師。」范閒似笑非笑地看著費介眼中的那抹怪異顏色，說道：「躲了我這麼些天，怎麼今天卻來了？」

費介沒好氣看了他一眼，搖頭說道：「別想好事，你送過來的藥和方子，我試了很多次，想一點兒問題也沒有，基本上……很難。」

范閒苦惱地搖搖頭，他本以為費介既然肯來府上，一定是解決了這個問題，沒想到聽到一個並不怎麼美妙的答案。

其實一直以來，他並不是太在乎妻子能不能生育的問題，就連自己有沒有後代都不在他的考慮中，在澹州懸崖上和五竹叔說的三大目標之一的狂生孩子只是玩笑話罷了，可是……婉兒不會這樣想，她太想要一個孩子了，於是范閒也只有被逼迫得緊張起來。

師徒二人在范府後宅園中一個安靜角落裡坐著，有僕婦送上茶後又退了下去。

「表兄妹結婚，會不會對後代有什麼影響？」范閒沉默許久後，問出了一個自己許久都沒有問過的問題。

費介看了他一眼，啞聲說道：「你難道認為自己的運氣會這麼差？」

范閒笑了起來，暗想也對，只不過是個概率的問題，而自己毫無疑問是這個世界上運氣最好的人。

「會不會……比較難生孩子？」范閒忽然皺著眉頭問道。

「誰說的？」費介明白他是在說血親的意思，嘲諷說道：「一百多年前，當年的大魏皇帝強姦了自己的女兒十幾年，結果一連生了七個崽。」

「當然，七個崽沒幾個正常的。」費介聳聳肩膀。

「亂……皇室果然是天下最亂的地方。」范閒感嘆說道。

費介眉頭微皺，不知道范閒這句話是不是意有所指，只是那件事情牽連太廣，為了保護范閒，他和陳萍萍都不會在事前就和范閒說些什麼。

「老師今日前來何以教我？」范閒誠懇問道。

費介想了想後說道：「院長大人猜到你家宅不寧，所以讓我前來安安你的心。」

「安心？」

「是的，再給我半年時間，有可能解決你們夫妻二人頭痛的那個問題。」費介微笑說道：「然後必須提醒你一件事情，你的歸期快到了，不要藉口思思有了身孕，便不去江南。」

看宮中的態度，范閒有可能因為此事被留在京都，這才是陳萍萍和費介真正擔心的事情。范閒想了想後，點了點頭，隱約感覺到陳萍萍和費介不希望自己在京都停留太久，看來對方應該也察覺到京都可能會發生某些大事。

他終於忍不住了，費介是他孩童時的老師，在他看來是世上最不可能害自己的人，猶豫片刻後說道：「是不是宮裡要出什麼事？」

費介笑了起來，說道：「能有什麼事？」他的眼神裡閃過一絲憂慮，卻瞞過了范閒的眼睛。

他看著范閒那張依然如十幾年前般清淨無塵的臉龐，不由得想到那時節帶著范閒挖墳賞屍、剖肚取腸的時光，心頭微黯，輕聲笑著說道：「以後自己一個人的時候，要小心一些，不要像小時候那樣，經常被人騙。」

范閒微愕，心裡湧起一股怪異的情緒，急促追問道：「老師，這話是什麼意思？」

費介撓撓頭，渾不在意頭皮屑亂飛著，說道：「沒什麼意思，只是你知道我長年都在山裡逛，很少在你身邊……嗯，一煙冰那藥，我一直沒有和你說明白，是我的不是。」

范閒好生感動，趕緊說道：「老師這是哪裡話，沒有您，我們夫妻二人不知道死了多少回了。」

費介笑了笑，再也沒有多說什麼。

第二日入宮謝恩，范閒雖是心不甘、情不願，但臉上依然堆著誠懇感恩的笑容，宮裡行走了一遍，尤其在太后與皇帝面前，更是將自己感恩的心捧了出來，再抹上一層初為人父的不知所措與激動，表演得精采極了。

一路行走，朱宮之中白雪已無，清淨雅美，范閒此時正坐在東宮中，看著面前的太子，有一搭沒一搭地說著話。他看著這位穿著淡黃衣衫的東宮太子，看著他那張看似很誠懇的臉，想到不久以後的事情，不知為何，心中竟生出了幾分歉意。

此時太子正在勸他和姑母，也就是他的丈母娘和緩一下關係。看得出來，太子說得很真心，只是不知道他是站在范閒還是永陶長公主的立場上考慮問題。

「以前的事情都算了，就像在抱月樓中本宮對你說的一樣，長輩的事情，何必影響到我們的現在？」

太子平靜地說著，拍了拍范閒的肩膀。

第四章　態度決定一切

有多大的利益，便會滋生多大的謊言，培養出多麼優秀的演員，范閒深深相信這一點。立於朝堂之上，彼此試探的乃是關於那把椅子的歸屬，這是天底下最大的利益，所以太子就算當著他的面撒個彌天大謊也不出奇。

問題在於范閒根本無從判斷太子說的話到底有幾分真假，如果他自己處於太子的位置，會不會做出這樣的承諾？

以前的事情就算了？

以太子的先天地位、太后的疼愛，還有與永陶長公主那層沒有人知道的關係，如果再加上擁有監察院和內庫的范閒支持，日後他的登基是誰都無法阻擋的大勢，所以如果能夠謀求到范閒的支持，太子似乎可以做出足夠的犧牲。

問題在於，以范閒的人生歷練和認知，認為這種交易根本是不可能發生的，除非太子真的變成了一個無父無母之人；而如果對方真的變成這種人，范閒又怎敢與對方並席而坐？

他和太子溫和地聊天著，偶爾也會想到初入京都時，這位東宮太子對自己良好的態度和那些故事，心中那抹複雜顏色的雲層愈發地厚了。

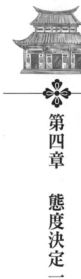

「晨兒還好吧？」

在皇宮裡走了這麼久，偏生只有東宮太子才是第一個直接問林婉兒還好的人，問得很直接。

范閒笑了笑，神思有些恍惚，有一句沒一句地對太子說著話，眼光卻落在對方的臉上，認真地看著，漸漸看出一些往日裡不曾注意到的細節。

太子很落寞，很可憐。

從東宮往外走去，此時夕陽已經漸漸落了下來，淡紅的暮光，照耀在朱紅的宮牆上，漸漸暈開，讓他四周的耐寒矮株與大殿建築都被蒙上一層紅色，不吉祥的紅色。

范閒雙手負在身後，面色平靜，若有所思，今日所思盡在太子。正如先前那一瞬間的感覺，此時細細想來，范閒才察覺到，包括自己在內的五位皇子中，其實最可憐的是太子，這位東宮太子只比自己的年紀大一點兒，自己出生之前葉家覆滅，而太子呢？

在葉家覆滅兩年之後，京都流血夜，太子母系家族被屠殺殆盡，他的外公死於自己的父親之手，他失去的親人遠比自己還多。從那以後，太子就一個人孤獨地活在宮中，一直生活在緊張與不安之中，唯一可以倚靠的，便是疼愛他的太后和皇后。

不，皇后不算，正如父親當年說過的那樣，皇帝之所以不廢后、不易儲，正是因為皇后極其愚蠢，外戚被屠殺乾淨，這樣一個局勢正是皇帝所需要的。

太子所能倚靠的，只有太后。而當他漸漸長大，因為宮廷的環境與皇后對當年事情的深刻記憶，造就了這位太子中庸而稍顯怯懦的性情，他沒有朋友，也不可能有朋友，只有沉默著。

然而慶國的皇帝不願意自己挑選的接班人永遠這樣沉默下去，所以他把二皇子挑了出來，意圖把太子這把刀磨得更利一些，最後又把范閒挑了出來，打下了二皇子，繼續來磨太子。

這樣一種畸形的人生，自然會產生很多心理上的問題。

沉默啊沉默，不在沉默中爆發，就在沉默中變態，太子似乎是選擇了後者，然而他的本心似乎並沒有太過恐怖的部分。

范閒走到宮牆之下，回首看著巍峨的太極宮在暮光之中泛著火一般的光芒，微微瞇眼，心裡嘆息著，自己何嘗想站在他的對立面？

太子和二皇子比起來，其實范閒反而更傾向太子一些，因為他深知二皇子溫柔表情下的無情。

然而他可以嘗試著把二皇子打落馬下，從而保住對方的性命，卻不能將同樣的手段施展在太子的身上。因為太子的地位太特殊，他要不是入雲化為龍，要不就是鱗下滲血墮黃泉。

二皇子必須做些什麼，才能繼承皇位，所以他給了范閒太多機會。而太子卻恰恰相反，他什麼都不做，什麼都不能做，才會自然地繼承皇位。只要太子想透了此點，就會像這一年裡他所表現的那樣，異常聰慧地保持著平靜，冷眼看著這一切。

然而平靜不代表著寬厚，如果范閒真的被這種假象蒙蔽，心軟起來，一旦對方真的登基，迎接范閒的，必然是皇后瘋狂的追殺報復，永陶長公主無情的清洗。

到那時，太子還會憐惜自己的性命？

只是二皇子沒有被范閒打退，太子也衝了起來……他輕輕地握了握拳頭，讓自己的心冰冷堅硬，暗想：這世道誰想活下去都是不容易的，你不要怪我。

他最後看一眼如燃燒一般的皇宮暮景，微微偏頭，這一切一切的源頭，其實都是那個坐在龍椅上的中年男人。

范閒忽然生出一絲快意，他想看看那個中年男人惱羞成怒發狂的模樣，他想破去皇帝平靜的偽裝，真真撕痛他的心。

說到底，大家都是一群殘忍的人。

這一日天高雲淡，春未至，天已晴，京都城門外的官道兩側冬樹高張枝椏，張牙舞爪地恐嚇著那些遠離家鄉的人們。

一隊黑色的馬車由城門裡魚貫而出，列於道旁整隊，同時等著前方那一大堆人群散開。一個年輕人掀簾而出，站在車前，手搭涼篷往那邊看著，微微皺眉，自言自語道：「這又是為什麼？」

年輕人是范閒，時間已經進入二月，他再也找不到更多藉口留在京都，而且在這種局面下，他當然清楚自己離開京都越遠越好，事後才不會把自己拖進水裡，只是思思懷孕這件事情，讓他有些頭痛——後來府中好生商量了一下，決定讓林婉兒留在京都照顧思思，他單身一人再赴江南。

今天就是他離開京都的日子，有了前車之鑒，他沒有通知多少人，便是太學裡面那些年輕士子們也沒有收到風聲，這次的出行顯得比較安靜，多了幾分落寞。

范閒看著官道前方那些正在整隊的慶國將士，微微皺眉。

不多時，那邊離情更重的送軍隊伍裡脫離出了幾騎，這幾騎直接繞回來，奔向了范閒車隊，達達的馬蹄聲響，范閒微微一笑，下了馬車候著。

幾騎中，當先的是一位軍官，身上穿著棉襯薄甲，看著英氣十足，身後跟著的是幾位副手。

那名軍官騎至范閒身前，打鞭下馬，動作好不乾脆俐落，待他取下臉上的護甲，露出那張英俊溫潤的面容來，才發現原來此人竟是靖王世子李弘成。

「想不到咱們哥倆同時出京。」李弘成重重地拍了拍范閒的肩膀，笑著說道。

范閒搖搖頭，嘆息道：「在京都待得好好的，何必要去投軍？男兒在世，當然要謀功業，可是不見得一定要在沙場上求取……如果不是王爺告訴我，我還不知道你有這個安排。」

慶國於馬上奪天下，民風樸實強悍，便是皇族子弟也多自幼學習馬術、武藝，從上一代起就有從軍出征的習慣。在這一代中，大皇子便是其中的楷模人物，從一名小校官做起，卻生生爬到了大將軍王的位置。

李弘成沉默片刻後說道：「你也知道，我如果留在京都，父王就會一直把我關在府裡……那和蹲大獄沒什麼區別，我寧肯去西邊和怪模怪樣的胡人廝殺，也不願意再受這些憋屈。」

范閒沉默許久後，抬起頭緩緩說道：「你一定要保重，不然我會心有歉意。」

「如果能讓你心生愧疚，此次出征也算不虧。」李弘成微微怔後，笑了起來。「人生在世，總要替自己找幾個目標，這次我加入征西軍，何嘗不是滿足一下自幼的想法。」

范閒說道：「我可不知道你還有這種人生理想，我本以為你的人生理想都在花舫上……」

二人相視一笑，注意到身邊還有許多人，不便進行深談。李弘成牽著馬韁與范閒並排行著，來到官道下方的斜坡上，此處無葉，枯枝更密，將天上黯淡的日光都隔成了一片片。

一片安靜，沒有人能聽到二人的說話。

李弘成沉默片刻，臉上漸漸浮現出一種放鬆的笑容，開懷說道：「這兩年的事情已經讓我看明白了……在京都裡，我是玩不過你的，老二也玩不過你……這樣也好，就把京都留給你玩吧，我到西邊玩去。」

范閒苦笑了起來，一時間竟是不知該如何接話，半晌後誠懇說道：「此去西胡路途遠且艱難，你要保重……於軍中謀功名雖是捷徑，卻也是凶途，大殿下如今雖然手握軍權，可是當初在西邊苦耗的幾個年頭，你是知道那是多麼辛苦。」

李弘成若有所思地點點頭，認真說道：「既然投軍，自然早有思想準備，父王也清楚我的想法，不然不會點頭。」

所謂想法，便是真正決定脫離京都膩煩凶險的爭鬥，然而范閒想到此次征西軍的主幹依然是葉家，是二皇子的岳父家，心裡便止不住有些奇怪的感受。他看著李弘成那張臉，忍了又忍，終於還是沒有忍住，開口說道：「葉重……是老二的岳父，你既然決定不摻和京裡的事情——」

還沒有提醒完，李弘成已經一揮手阻住了他的話，平靜說道：「放心吧，我答應過你的事情，自然會做到。我不是一個蠢人……只是……」他笑了起來。「只是你顯得過於聰明了一些，才讓我們這些人很難找到發揮的機會，尤其是這兩年，你用父王把我壓得死死的，我不向你低頭，只怕還要被軟禁著。」

范閒苦笑道：「不是我藉王爺壓著你，是王爺藉我壓著你，這一點可要弄清楚。」

「怎樣都好。」李弘成嘆息著。「反正父王和你的想法都一樣，既然如此，我何必再強行去掙扎什麼，此去西方也好，沙場之上的血火想必會直接一些。」

他忽然平靜了下來，看著范閒的眼睛，誠懇說道：「我與老二交情一向極好……有件事情要求你。」

「求」這個字說出來就顯得有些重了，范閒馬上猜到他會說什麼，搶先皺眉說道：「我只是一位臣子，某些事情輪不到我做主，而且勝負之算誰能全盤算中？不需要事先說這些事情。」

李弘成平靜地搖搖頭。「你不讓我事先說，是怕不敢承諾我什麼……你說的勝負未定也對，不論從哪裡看來，你都不可能在短短幾年間將他們打倒，可是不知道為什麼，我就是覺得最後你會勝利。」

「過獎。」范閒苦笑。

「可你不要忘記，他畢竟也是你的兄弟……親兄弟。」李弘成看著他的眼睛，認真說道：「如果真有那麼一天，我希望你能放他一條生路。」

「你太高看我了。」范閒微微轉過身，望著京都側方的某個方向，平靜說道：「他是皇子，而我們這些做臣子的就算權力再大，也根本不可能去決定他的生死……而且你說讓我放他一條生路，可如果某一日老二捉住了我，他會不會放我一條生路呢？」

他的話音漸漸冷了起來：「我給了老二足夠多的時間考慮，你也知道這一年多裡，我削去他的羽翼為的是什麼……可是他不幹，他的心太大，大到他自己都無法控制，既然如此，我如果還奢侈地控制自己……那我是在找死。」

李弘成緩緩低下頭去，說道：「他自十二歲時，便被逼著走上了奪嫡的道路……這麼多年已經成為了他無法改變的人生目的。你就算把他打到只剩他一個人，他也不會甘心的。」

「就是這個道理。」范閒的臉漸漸冷漠了起來，舉起右臂，指著自己此時正面對的某個方位，說道：「由這裡走出去幾十里地，就是我范家的田莊，你知道那裡有什麼嗎？」

李弘成看了他一眼。

「那裡埋著四個人。」范閒放下手臂，說道：「埋著范家的三個護衛，是我進京之後，一直跟著我的三個護衛，在牛欄街上被殺死了。」

他繼續說道：「牛欄街的狙殺，是長公主的意思、老二的安排，雖然你是被利用的人，但你也不能否認……怎麼算你也是個幫凶……從那天起，我就發誓，在這個京都裡，如果還有誰想殺死我，我就不會對對方留任何情。」

「這三年裡，已經死了太多的人，我這邊死了很多人，他們那邊也死了很多人，雙方的仇怨早就已經變成了泥土裡的鮮血，怎麼洗也洗不乾淨。既然老二他以為有葉家的幫忙就可以一直耗下去……那我也就陪他耗下去。」

范閒回頭看著李弘成，緩緩說道：「老二既然拒絕退出，那這件事情就已經變成你死我活的局面……你讓我對他留手，可有想過，這等於是在謀害我自己的性命？你可曾想過，你對我提出這樣的要求……很不公平？」

很不公平……李弘成自嘲地笑了起來，嘆了口氣說道：「我只是還奢望著事情能夠和平收場。」

「那要看太子和二皇子的心！」范閒說了一句和皇帝極其近似的話。「我只是陛下手中的那把刀，要和平收場，就看這二位在陛下面前如何表現罷了。」

他頓了頓，忽然覺得在這分離的時刻，對李弘成如此不留情面的說話顯得太過刻薄，忍不住搖了搖頭，把語氣變得溫和一些：「你此次西去，不用停留在我和老二之間，是個很明智的決定。站在我的立場上，我必須謝謝你。」

「謝什麼？」李弘成苦笑說道：「謝謝我逃走了，免得將來你揮刀子的時候，有些不忍心？」

兩個人都笑了起來。

看著李弘成的手牽住了韁繩，范閒心頭一動，第三次說道：「此去西邊艱難，你要保重。」

李弘成沉默良久後，輕輕點了點頭，翻身上馬，回身望著范閒半刻後輕聲說道：「如果我死在西邊……你記住趕緊把我死了的消息告訴若若……人都死了，她也不用老躲在北邊了，畢竟是異國他鄉，怎麼也不如家裡好。」

范閒知道李弘成對妹妹留學的真相猜得透澈，心頭不由得湧起一陣慚愧，拱了拱手，強顏罵道：「活著回來。」

李弘成哈哈大笑，揮鞭啪啪作響，駿馬衝上斜坡，領著那三騎，大剌剌地沿著官道向西方駛去，震起數道煙塵。

范閒瞇眼看著這一幕，暗中替李弘成祈禱平安。

當天暮時，監察院下江南的車隊再次經過那個曾經遇襲的小山谷，一路行過，偶爾還能看見那些山石上留下的戰鬥痕跡。范閒舔了舔有些發乾的嘴唇，心中湧起一股強大的殺意。此去江南乃是收尾，等自己把所有的一切搞定後，將來總要想個法子，把那秦家種白菜的老頭砍了腦袋才好。

自從秦恆調任樞密院副使，沒了京都守備師的職司後，秦老將軍依然如以往一樣沒有上朝，范閒此次過年也沒有上秦家拜年，只是送了一份厚禮，對方肯定不知道范閒已經猜到了山谷狙殺的真凶是誰。

范閒此時心裡盤算的是皇帝究竟是怎樣安排的，藉由山谷狙殺一事，朝廷裡的幾個重要職司已經換了新人，成功地進行一次新陳代謝，只是秦家和葉家在軍中的威望依然十足，皇帝肯定不滿意現在的狀態。

皇帝究竟會怎樣做呢？范閒經常捫心自問，如果是自己坐在龍椅上，此次對軍方的調動肅清一定會做得更徹底一些，而不是像現在這般的小打小鬧，依然給了這些軍方大老們足夠的活動機會。

也許是西胡的突然進逼，打亂了皇帝的全盤計畫，也許是北齊皇帝的妙手釋出上杉虎，讓皇帝不得已暫時留住燕小乙。

可是慶國七路精兵，還有四路未動……大皇子西征時所培養起來的那批中堅將領都還沒有發揮的戰場，需要如此倚重秦、葉、燕這三派老勢力嗎？

范閒搖搖頭，隱約猜到了某種可能性，比如示弱、比如勾引，像紅牌姑娘一樣的勾引……只是這種計畫顯得太荒唐、太不要命，便是放肆如范閒，也不敢相信皇帝敢不顧慶國存亡而做出這種安排來。

車隊過了山谷，再前行數里，便與四百黑騎會合在一處。戴著黑色面具的荊戈前來問禮後，便又沉默地退回黑騎之中，有四百黑騎梭巡左右，在慶國的腹地之中，再也沒有哪方勢力能夠威脅到范閒的安全。

范閒忽然心頭一動，眉頭皺了起來，輕輕拍拍手掌。

馬車的車廂微微動了下，一位監察院普通官員掀簾走了進來。范閒看了他一眼，佩服說道：「不愧是天下第一刺客，偽裝的本事果然比我強太多。」

影子沒有笑，死氣沉沉問道：「大人有何吩咐？」

「你回京。」范閒盯著他的雙眼，用一種不容置疑的口氣說道：「馬上回到院長大人身邊，從此時起，寸步不離，務必要保證他的安全。」

影子皺了皺眉頭。他是被陳萍萍親自安排到范閒身邊來的，不料此時范閒卻突然讓他回到陳萍萍身邊。范閒沒有解釋什麼，直接說道：「我的實力你清楚，他是跛子，你也清楚，去吧。」

影子想了想，點了點頭，片刻間脫離了車隊的大隊伍，化作一道黑影，倏地間穿越了山谷田地，往著京都遁去。

范閒確認影子會回到陳萍萍的身邊，那顆緊繃的心終於放鬆下來，不知道為什麼，此次離京，他一直覺得心中十分不安。如果僅僅是太子那件事情，應該不至於會危害到陳萍萍的安全，可是范閒就是覺得隱隱恐懼，總覺得京都會有超出自己想像的大事發生。

一旦大事降臨，父親身邊有隱密的力量，宮裡那些人不是很清楚，而且父親一向遮掩得極好，就算京都動盪，他也不會是首要的目標。

但陳萍萍不一樣，如果真有大事發生，那些人第一件要做的事情，就是糾集所有的力量，想盡一切辦法……殺死他，殺死皇帝最倚靠的這條老黑狗。

這是數十年裡大陸動盪歷史早已證明的一條真理——想要殺死慶國皇帝，就必須先殺死陳萍萍。

雖然范閒清楚陳萍萍擁有怎樣的實力和城府，陳園外的防衛力量何其恐怖，可是沒有影子在他身邊，范閒始終心裡不安。

車隊一路南下、南下，行過渭河旁的丘陵，行過江北的山地，度過大江，穿過新修的那些大堤，來到了潁州附近，河運總督衙門一個分理處，便設在這裡。

當夜，范閒沒有召門生楊萬里前來見自己，一方面是他想親自去看看萬里如今做得如何，二來他急著查看這些天裡京都傳來的院報，以及江南水寨傳遞來的民間消息。

京都一片平靜，范閒計畫的那件事情還沒有開始，而且也沒有那些危險的信號傳來。

范閒坐在桌邊，憑藉著淡淡的燈光看著那卷宗，忍不住自嘲地笑了起來。或許是在危險的地方待得太久了，以至於顯得過於敏感一些，以慶國皇帝在民間、軍中的無上威望，慶國朝官系統的穩定忠誠，這天下誰敢造反？

深夜時分，街上傳來打更的聲音，范閒此時已經從驛站裡單身而出，他穿著一件黑色的夜行衣，遮住了面容。

既然天下大勢未動，那自己的幾件小事就必須開始了。

在城外的一間破敗土神廟裡，范閒找到了那張青幡，看到了青幡下正睜著眼睛看著塑像發呆的王羲。

「小箭兄的事情，我很滿意。」

范閒坐在他的對面，微笑說道：「只是聽說你也受了重傷，沒想到現在看起來恢復得不錯。」

王羲苦笑說道：「我的身子可能比別人結實一些。」

「結實太好，因為我馬上要安排你做一件事情。」范閒笑著說道：「我會慢慢回杭州、蘇州，但你要先去，去與某個人碰個頭，然後你替我出面，幫我收些欠帳回來。」

「欠帳？」

「是啊。」范閒嘆息說道：「好大一筆帳目。」

王羲看了他一眼，開口說道：「明家的事情我不能幫手，你知道我雲師兄一直盯著那裡的。」

「廢話，如果不是雲之瀾盯著，我讓你去做什麼？」范閒笑著說道：「這是生意上的事情，我不想和你們東夷城打打殺殺，所以你出面最合適了。」

王羲苦笑說道：「我只是表明家師的一個態度，並不代表，我會代表家師去鎮住雲師兄。」

「我也不會愚蠢到相信你們東夷城會內訌。」范閒搖了搖頭，看著他身邊的青幡，開口說道：「只是擁有這筆帳目的東家就是我……可是我不方便出面，便是我的門生、下屬都不方便出面，本來想著隨便調個陌生人來做，可是我又怕明家被逼急了，把那個陌生人宰了……你水準高，自然不用怕這些粗俗的生命威脅。」

王羲吃驚說道：「為什麼這麼信任我？難道不怕我把這些帳目吞了？不怕我和明家說清楚？」

「你吞不了，你只是去冒充職業經理人。」范閒也不管他聽不聽得懂這個新鮮名詞，直接說道：「至於明家，已經被我繫死了，只是讓你出面去緊一下繩結。」

王羲咳聲嘆氣說道：「小范大人，我並不是你的殺手。」

「態度。」范閒笑著寬慰道：「態度決定一切，你那師父既然想站牆，就要把態度表現得更明確一些，不然明家全垮了之後，我可不敢保證行東路的貨物管道能不能暢通。」

「行東路不暢，吃虧的也包括你們慶國。」王羲不喜歡被人威脅。

范閒認真說道：「慶國是陛下的，不是我的，所以我不在乎吃虧，而東夷城是你師父的，所以他在乎吃虧，這……就是最大的區別。」

第五章　招商錢莊

江南的溫度自然要比京都暖和許多，雖然年前蘇杭一帶也下了場紛紛揚揚的大雪，天空中的雪雲由海畔直接拉到了慶國腹地，讓所有的田園、河川都籠罩在白雪中。然而年頭一翻過去，冬天到了尾期，江南的雪便止了，日頭一出，融雪化冰，頓時沒有了厲寒之意。

便是蘇州城外道旁的樹椏都提前伸出了青嫩的小茸葉。

明家當代主人，號稱天下最富有的商人，明青達，此時正坐在明園的小丘亭下，目光翻越那高高的院牆，落在了樹間的青嫩中。雖然明園的院牆極高，一旦閉門後就會成為一個防備森嚴的堡壘，然而這些高牆卻擋不住他的目光，掩不住依然孱弱卻逐漸勃發的春意。

雖是冬天，卻依然期盼著春意。

明青達嘆了一口氣，有些疲憊蒼老的面容上增添一絲光彩。他快活地想著，這冬天就要過去了，花兒草兒都要活過來了，自己的明家，這個龐大的明家，應該也要重新活過來了才是。

一年的時間內，明家經歷了太多的變故，往年憑藉內庫所謀取的龐大利潤整整少了一半，各路的行銷貨路被監察院不停地騷擾著，商貨錢銀的流動十分困難，漸漸有了日薄西山之感。

而且那位暗中控制明家的明老太君也被欽差大臣「逼死了」，明三爺險些被流放，又忽然間多了一個搶家產的明七爺。

林林總總，無數把刀劍向明家的頭上砍過來，讓明青達有些艱於呼吸，難以生存。他清楚這些事情的幕後之人是那位坐在龍椅上的天下至尊，而執行者是那個面相溫柔、心思陰險的欽差大臣范閑，好在……這半年裡范閑基本上是在杭州待著，在梧州、澹州玩著，很少回蘇州內庫衙門視事，尤其是年節前後這兩個月，范閑離開了江南，回到了京都。

范閑離開江南，籠罩在明家頭上的烏雲也移開，監察院江南分理司雖然依然在努力地貫徹著范閑的指示，打壓著明家的生意，可是明家畢竟在江南人脈深厚，有無數官員暗中幫手，所以明家的生意頓時活了過來，迎來難得一見的活躍。

所以先前明青達看著院牆外的嫩枝才會發出快樂的感嘆。

然而他的臉馬上陰沉了下來，因為他忽然發現自己被喜悅沖昏了頭，春天來了，樹木發芽了，可是……欽差大臣也要回來了。

他的心情頓時陰鬱起來，憤怒地起身，一拂袖往自己的院落行去。明園占地極大，大部分男丁都住在園中，本來依理論，明老太君死後，明青達這位當家主人真正掌握了話事權，應該要搬進明老太君那間地勢最高的小院才是，可是明青達堅決沒有同意族中的公議，藉口心懷母親，將那個院子改成了思親堂。

他清楚為什麼自己不敢搬進那個小院裡，因為他害怕自己在那個小院裡一旦醒來，會看見那梁上繫著的白巾，和那雙不停彈動著的小腳。

當天上午，在明園裡處理了一下族裡下面商行、田莊的事務，明青達拿起滾燙的毛巾使勁地擦了一把臉，感到一股從骨子裡滲出來的疲憊。這個家太大了，需要操心的事情太多，以前他做當家主人可以比較輕鬆地處理具體事務，那是因為大的方向以及與朝中權貴們的勾結，都由明老太君一手處理，用不著他費神。

而現在不一樣，與京都方面暗通消息，需要他親手辦理，最令明青達頭痛的是，范閒一直沒有停止對明家的打壓。外患臨頭，明家內部又出了問題，范閒硬生生透過打官司，把夏棲飛那個孽種塞進了家中……而且明四爺最近聽說和夏棲飛走得很近。

在朝廷的壓力面前，明青達沒有太好的方法，只好看著夏棲飛一步一步地靠近明家的核心，甚至在一個月前的大年初一，他還眼睜睜看著夏棲飛歸了宗族，祭了祖。

內憂外患，讓明青達有些承受不住了，但他必須堅持著，為了這個家族，他必須熬下去，一直熬到永陶長公主成功。

他看了身邊的兩人一眼，在心裡嘆息一聲。身旁的一男一女，就是他如今最能信任的人，一個是他的兒子明蘭石，一個……是當年明老太君的貼身大丫鬟，如今自己的二姨太。

如果不是這位大丫鬟，明青達根本沒有可能全盤接手明老太君的祕密，成為明家真正的主人，所以他對於這位女子也做出了足夠的補償和愛意。

而明蘭石……明青達看了自己兒子一眼，皺了皺眉頭。其實他清楚，明蘭石能力不錯，眼光也好，只是父子二人最近在關於明家的前程上產生了極大的衝突。

依照明蘭石看來，既然朝廷打壓得這麼凶，內庫又被范閒牢牢把持住，明家再想如往年一樣從內庫裡謀取大額利潤已經不可能，應該趁著現在和緩的時機，漸漸地從這門生意裡退出去，憑藉明家在江南的大批田產和各地網路，不再做內庫皇商，轉而進行慶國與東夷之間的進口貿易。這樣一來可以讓朝廷和欽差大臣領情，二來也可以保住明家的基業。

但明青達堅決反對這個提議，縱使現在明家支撐得十分辛苦，他依然不允許家族有絲毫脫離內庫、往別的方向發展的意思。

二姨太離開了前堂，明青達看著自己的兒子皺眉說道：「你昨天夜裡的提議……不行。」

「為什麼？」明蘭石難過說道：「誰能和朝廷作對？如果我們這時候不退……等范閒再回江南，只怕想退也退不成了。」

「范閒能做什麼？」明青達看了他一眼，說道：「難道他能調兵把咱們全殺了？」

「哼，誰知道呢？那位欽差大人可是皇帝的私生子，如果他真的胡來……還會怕誰？」明蘭石明明知道范閒不可能用這種法子，可依然忍不住說道。

「我們在宮裡也是有人的。」明青達皺眉說道：「太后、皇后、長公主……這些貴人難道就敵不過陛下的一個私生子？」

「那生意怎麼辦？如果范閒還像去年一年裡這麼做……我們明家要往裡面填多少銀子才能彌補虧空？」明蘭石憤憤不平說道：「以前做內庫生意，想怎麼賺就怎麼賺，如今是做一單賠一單，定標的時候價錢定得太高，根本不可能有利潤，又被監察院的人天天鬧……父親，這樣下去，支持不了多久，再搞三個月，我看族裡就要開始賣田產了。」

「急什麼？」明青達不贊同地說道：「內庫的生意一定要做下去，這是長公主的意思，如果我們這時候脫了手，范閒也許會放過我們，可長公主那邊怎麼交代？沒了內庫的標額，我們明家就只是一塊肥肉，隨時可能被人吃掉。」

他沒有意識到，這句話在一年前就對自己的兒子說過。

「那……至少往東夷城那邊的貨……少出一些，也可以少賠一些。」明蘭石試探著說道。

明青達搖搖頭，斬釘截鐵說道：「不行！不能得罪四顧劍……我們還需要太平錢莊的現銀。」

說到現銀，父子二人同時沉默了起來。在朝廷與范閒的全力打壓下，明家能一直挺到現在，還能夠把族中的萬頃良田保住，靠的就是與東夷城的良好關係，太平錢莊與招商錢莊源源不斷的現銀供應。

「萬一……我是說萬一，太平和招商覺得咱們家挺不住了，要收銀子怎麼辦？」

「收銀子？我們抵押的是田產和商行。」明青達冷笑說道：「錢莊拿了這麼些去能有什麼用？難道還能賣掉？他們只有繼續支持咱們……不然收回去的只是些死物，根本不能掙銀子的死物。」

「我們該怎麼辦？」

「熬下去！」明青達站起來，微微握緊拳頭，咳了兩聲，堅定說道：「只要太平錢莊和招商那邊沒問題，我們就可以熬下去，范閒拿我也沒有辦法。」

「要熬多久呢？」明蘭石看著這一年家族的風風雨雨，精神上實在是有些支撐不住了。

「熬到范閒垮臺，熬到陛下知道他錯了。」明青達雙眼深陷，疲憊之中帶著一絲獰狠說道：「哪怕兩年、三年，也要熬，我們必須等京都那邊的動靜。」

「可是現在家裡要銀子的地方太多，只怕還要繼續在錢莊裡調現銀。」明蘭石憂心忡忡說道。

「族裡的份額……被逼著給了夏棲飛一份。」明青達閉目算著。「就算老三、老四這兩個姨娘生的有異心，他們手頭也沒有什麼，絕大部分在咱們手裡，錢莊那邊調銀不要越線就好。」

老謀深算的商人，雖然並不認為太平與招商錢莊會忽然在鍋下抽出柴火，可是一直謹慎小心的他，當然知道要把風險壓在最下方。

蘇州城那條滿是錢莊、當鋪的街道並不怎麼長，青石砌成的街面顯得格外清淨，能夠到這裡來的人，不是窮到了某種地步，就是富到了某種地步。

明蘭石身為明家的接班人，自然是後者，所以當他悄悄來到那家掛著「招商」青幡的錢莊時，馬上被招商錢莊的大掌櫃恭恭敬敬迎了進去。

自從范閒下江南以來，明家向外支銀的力度便大了起來，尤其是內庫奪標一事，以遍布天下的太平錢莊雄厚實力，一時間也無法籌措到如此多的現銀，所以明家冒險求助於招商錢莊。

沒想到招商錢莊竟是千辛萬苦地應了下來，這一次的合作給明家留下極為良好的印象，在進行了很詳細的背景調查之後，明家確認了招商錢莊的資金來源是當年北齊錦衣衛鎮撫司指揮使沈重家的遺產以及東夷城一個家族，便放下心來。

雙方的合作日漸增多，合作無間，招商錢莊已經成為太平錢莊之外，明家最大的合作者。一年多的時間，明家已經在這家錢莊裡調出了三百多萬兩銀子。

明蘭石今天又是來調銀的，雙方很熟絡地簽好了契約書和公證書，履行完彼此的手續。

招商錢莊的大掌櫃忽然面露為難之色，說道：「明少爺，有一件事情不知當講不當講。」

明蘭石眉頭微皺，心裡卻咯登一聲，心想莫不是招商錢莊忽然對明家產生了某種懷疑吧？

果不其然，那位面相普通的大掌櫃試探著說道：「這兩月裡不錯，可是聽說……欽差大人馬上就要回江南了。」

明蘭石冷哼一聲，心想整個天下都知道自家與欽差大臣范閒不和，可招商錢莊以前不怕，怎麼現在卻怕了起來？

大掌櫃溫和笑著說道：「明家執江南商界牛耳百年，咱們家一個小小錢莊自然不敢懷疑什麼，只是……提醒少爺一聲，這天下掙錢的買賣多了去，何必非要和朝廷相爭？」

明蘭石心裡一動，這正好契合了他想將明家轉移到另一條軌道上的意圖，只是他畢竟不是明家掌權人，對於這位大掌櫃忽然的提醒也產生一絲懷疑。當著這個外人的面，他當然不肯說什麼，微笑說道：「什麼生意能比內庫掙錢？」

大掌櫃呵呵笑了兩聲，沒有再說什麼。

待明家的馬車離開那條青石板鋪成的街道後，招商錢莊的大掌櫃微佝著身子，回到了後面守衛森嚴的庫房。庫房裡存放著現銀和各處開來的票據，而大掌櫃明顯很重視明家的這張調銀單，他小心翼翼地放到一個單獨的木格裡，眼光瞥了一眼裡面。

裡面的單據已經堆得很厚了，如果招商錢莊此時逼著明家還錢，明家又不可能與朝廷毀約，從內庫出銷事宜中脫離出來，那就只有變賣自己雄厚的家產還錢。

當然，招商錢莊不會做這種事情。

大掌櫃忽然想到一件事情，笑著對身旁的助手說道：「明六爺借了多少銀子了？」

「已經超出額度了。」那名助手恭恭敬敬說道，他對於大掌櫃的手段十分佩服，因為他清楚，此時的招商錢莊實際上已經擁有了將近一半的明家，雖然明家的產業價值絕對不只這些，但是財富這種東西，一旦反映在票據上，一旦處於某種比較巧妙的時刻，總是會縮水很多的。

「那位客人……帶著印契？」

「是。」

大掌櫃點了點頭，知道主人家準備動手了，只是……他不是還沒有回江南嗎？

在招商錢莊背後的那間偏房裡，大掌櫃一眼就瞧見了那張青幡，恭敬請示道：「這位大人，接下來應該怎樣做？」

王羲一入蘇州，便來到了招商錢莊，他當然知道這家錢莊與明家的合作關係，但他無論如何也沒有想到，不，應該說是全天下的人都沒有想到——這家錢莊……居然是范閒的！

他的嘴裡有些發苦，再一次感覺到師父為何會如此重視范閒，為什麼會讓他來代表師父的一部分態度。他也清楚，范閒在那間破神廟裡和自己說的話並不虛假，招商錢莊已經擁有了明家足夠多的借據，在這件事情裡，自己只是一個要帳的打手……並不可能改變這一切。

就算他此時通知東夷城，通知明家，也不可能改變已經註定的事實。

明家完了，準確地說，在明青達跪在范閒面前，暗中殺死明老太君，以悲戚的態度，求得天下的同情，把范閒的雷霆一擊拖住之前……明家就已經完了。

明家所做的這一切努力，都只是很多餘的動作，很無力的掙扎。

范閒之所以一直沒有動手，是因為他以前還要對付來自京都的壓力。而現在他動手，一定是因為他清楚，京都裡的貴人們再也沒有多餘的力量可以幫助到明家。

王羲皺起眉頭，心想范閒會用什麼樣的手段，拖住京都裡永陶長公主對明家的支持呢？

「我不懂這些。」王羲嘆了口氣。「什麼時候去要帳，我跟著你去。」

大掌櫃笑了笑。很久以前，他是戶部一名很成功的官員，現在，他是一名很成功的高利貸操作者，對於清鋪這種事情，他很拿手。「東家那邊還會有行動配合，麻煩大人在蘇州城裡多等幾天。」

王羲心想，范閒要清算明家，光靠借據肯定是不夠的，他還會有什麼動作呢？

范閒在江南的動作提前開始，因為他需要打這個時間差，而真正導致江南動作的京都動作，也在這一刻慢慢開始了。

二月中的一天，被拖得焦頭爛額的東夷商鋪老闆終於得到了一個好消息，送出去的銀票起了作用，明天，對，就是明天，繡布……就要進宮了。

第六章　一個宮女的死亡

二月裡來是春分，花開花落依時辰，未到百花朝天時，暫借巧手種春魂。這春之意、春之魂種在何處？便是種在人們的衣裳上，那些花枝招展、層層疊疊的金邊繡花裡。

頭一天，皇后指名要的西洋繡布終於進了宮，攏共不知道多少匹布，卻是勞動了宮裡不少太監。在宮外調布進來的是洪竹，但像今天分放這種小事情，這種需要體力的小事情，他自己卻懶得去做了。

他待在東宮的正殿裡，注意到太子並不在，一邊小意撥弄著香爐裡的黃銅片，免得香燃得太快，一邊小聲吩咐那些宮女勤快些，趕緊把那三層棉褥子鋪好，因為皇后待會兒便要看書了。

不多時，一陣香風拂過，內簾掀開，眉如黛、唇若丹、擁有一雙流波丹鳳眼的皇后有些慵慵地走出來，斜倚在矮榻上，喝著泡好的香片，看著手裡的書。

書是澹泊書局出的小說集，雖然皇后極其痛恨范閒，懼怕范閒，但是在日常的消遣中，這位國母並不願意降低自己的生活品質。

略看了幾頁書，皇后的眉頭皺了起來，不知道在想什麼。

洪竹這時候正在皇后身後替她捶背，那雙洗得格外潔淨的小拳頭，輕重有序地砸在皇后單薄的身體上。皇后向來喜歡洪竹的得趣小意、服侍周到，尤其是這一手捶背的功夫，但今天卻沒有如往常一樣閉著雙眼享受，而是盯著面前的書冊發呆。

「娘娘想什麼呢？」洪竹微笑著說道。

宮中的太監、宮女們和這些貴人比起來，就像是泥土中的螻蟻，所以一般的人們看見皇后之類的貴人總是大氣不敢出一聲，一味的怯懦恭敬，恨不得把自己的手和腳全縮回去。

但洪竹曾經得過范閒教誨，自己也感覺到，這些貴人們看似位高權重、錦衣玉食，沒有什麼不滿足的，可……偏偏就是這些貴人們容易感覺宮中生活苦悶，寂寞難捱，喜歡有人陪著說說話。

洪竹從在御書房裡當差時便和一般的小太監不一樣，他並不會永遠低眉低眼，時刻不忘擺出一副奴才樣……而是恭謹之餘，行事應對多了幾絲坦蕩之風。

其實這個道理很簡單，宮裡的貴人們也是需要說話的，而她們的身分註定了沒有什麼知心人可以交流。一直陪伴在身旁的小太監如果能夠不那麼面目猥瑣、行事忸怩可嫌，她們的心情也會好許多。

所以洪竹才會得了那麼多貴人的喜愛，包括皇后。

皇后似乎已經習慣了與洪竹說話，嘆了口氣說道：「只是在想……這老在宮中也嫌厭煩，母后這兩天總在吃素唸經，本宮也沒多少見她的機會。」

洪竹笑著說道：「奴才陪娘娘說會兒話也是好的。」

口中是一定要說奴才的，可是臉上是不能擺出下賤奴才的樣子，不然主人家見著下賤奴才只會有抽他耳光的欲望，斷沒有與他交流的想法。

「你能說些什麼？要不還是和前些日子一樣，將你幼時在宮外流浪的日子講來聽聽？」皇后感興趣說道。

洪竹家族被貪官害得家破人亡之後，他與哥哥二人逃往膠州，在那些年裡，不知道吃了多少苦頭，見了多少人間悲歡離合，說起閱歷來，真是比這些自幼生長在王侯貴族家的貴人們，要豐富得多。

尤其是他每每講的乞丐祕聞，江湖上的小傳言，民間的吃食玩樂，落在皇后的耳中，顯得是那樣的新鮮有趣。

而今日洪竹講的是當年流浪路上聽到的真實笑話，和妓院裡的姑娘有關，只是畢竟身在皇宮，聽故事的人又是一國之母，所以洪竹講得格外小心，不敢說出太多露骨的話語來。

然而皇后聽著這個故事，眼中流波微動，微微一笑，心裡覺著有些好玩，卻趕緊打了個呵欠掩飾過去。

她在洪竹身前，洪竹自然看不到，他只是覺得皇后居然沒有阻止自己繼續說下去，不禁有些意外。

他畢竟年紀小，哪裡知道，就算是再如何神聖不可侵犯的貴人，其實腦子裡想的東西，和市井裡的婦人們沒有什麼區別。

故事講完之後，皇后嘆息說道：「民間的孩子確實過得挺苦，不過也可以看到一些不一樣的事情。」

洪竹吶吶笑道：「苦著哩，娘娘是何等身分的人，自幼……」

這便很自然地將話題扯到了皇后的童年生活，皇后一時間有些失神，想到如今的皇帝，在自己幼時，還是那個不苟言笑的表哥，似乎也有偶爾在一起的快樂時光，只是後來……怎麼變成這個樣子呢？

她馬上又想到自己家族在那個京都流血夜裡付出的代價，情緒開始不穩定，漸漸多了幾絲哀怨之感。

洪竹小心翼翼地控制著說話的分寸，用眼角餘光注意著皇后睫毛眨動的頻率，又把講話的內容深入到童年時皇后的那些小玩物身上。

皇后這時候正在心中警告自己，而且也不可能和一個奴才講太多自己的事情，聽到他轉了話題，心頭也自一鬆，便如數家珍般地說了起來。

總之不知道轉了多少彎，洪竹終於成功地、不著痕跡地讓皇后想起了一塊玉玦，一塊當年從娘家帶進宮中來的玉玦。

皇后比劃著那個玉玦的大小，笑著說道：「那塊玉的質色不錯，當然比不上大東山存著的貢品，不過放在一般王侯家也算是難得的品質……對了，那是先帝爺賜給本宮娘家的，上面雕的雲紋是皇家制式，也不可能拿到外面戴去，一直都收在衣裳裡。」

皇后有意無意間指了指自己的胸口，雖然穿著厚厚的冬衣，可是那手指依然陷進了豐盈裡。

洪竹輕輕吞了口口水，小聲陪笑說道：「好像在宮裡沒見娘娘戴過。」

「那塊玉玦雖然挺溫潤的，但那水青兒太淺……當年當姑娘家的時候時常戴著，如今本宮便不合適了。」

洪竹討好說道：「娘娘天姿國色，明媚不減當年，和姑娘家有什麼差別……再淺的水青兒都合適。」

皇后眼中閃過一絲厲色，壓低聲音喝道：「說話越來越放肆了！」

洪竹面色大驚，趕緊重重地掌了自己的嘴一下，卻沒有注意到皇后脣角那絲滿足的笑容，與眼波裡越來越濃的意味。

皇后昨兒個就知道了繡布進宮的消息，這種小事她不怎麼操心，自然有人往各處宮裡送。太后那邊是頭一家，還有宮中那些有名分的娘娘也送些，最後便輪到了永陶長公主所在的廣信宮。雖然皇后一直不怎麼喜歡這個小姑子，但是為了自己的兒子，也得著力巴緊著。

這時節東宮後廂便是在忙著分繡布的事情，洪竹伺候完皇后，便沒有什麼具體事情要忙，他左右無事，便站在門外盯著那些身材苗條的宮女們忙碌，眼光盡在那些宮女們豐滿微翹的臀上掃著。

忽然他覺著腰間一痛，扭頭看去，只見一個眉眼裡盡是嫵媚勁的宮女正恨恨地看著自己。

他不由得低聲叱道：「秀兒妳瘋了！這麼多人，這是在宮裡！」

這個膽子大到敢掐東宮太監首領的小宮女，便是范閒曾經聽到的那個秀兒，也是洪竹在寂寞深宮之中找的一個伴。

秀兒咬著下脣咕噥道：「你眼睛都在往哪兒瞄呢？你也知道這是在宮裡？」

洪竹嘻嘻笑了兩聲，哄了兩句，心想自己一個太監，也只好用眼睛、手指頭過過乾癮，值當吃醋？他並不以為意，只是忽然想到一件事情，好奇問道：「妳到這兒來做什麼？」

他突然心頭一驚，壓低聲音說道：「別是要妳去各宮裡送繡布？」

秀兒好奇看著他緊張的神情，微愕說道：「不是……不知道今兒怎麼回事，娘娘忽然記起一件好久都沒有用的小物件，要我進廂房找找。」

洪竹心情微鬆，小心問道：「是什麼物件？」

「一塊淺青的玉玦。」秀兒嘟著嘴說道：「也不知是誰多嘴，讓娘娘想起這東西來……這都多少年沒有用的東西，一時間怎麼找得到？如果找不著，怎麼向娘娘交代？」

洪竹心頭大喜，知道自己先前說的話終於起了作用，皇后終於想起要找那塊玉玦。

便在這時候，一位宮女掩嘴笑著從他二人身邊走過。

秀兒惱火嗔道：「笑什麼笑？」

那位宮女吐了吐舌頭，說道：「就許你們笑，我笑不得？」

慶國的皇宮，其實並不如百姓們所想像的那樣光明堂皇，但也並不如那些小說家所虛構的一般黑暗恐怖。尤其是東宮裡，皇后心知肚明自己的弱勢與無奈，所以刻意在這些細微處下工夫，對於宮女、太監比較溫和，馭下並不如何嚴苛，存著個廣結善緣的意思。而洪竹也是個慣能小意謹慎的人物，哪怕如今成了太監首領，對於下面這些人也不怎麼頤指氣使，所以那位宮女才敢開他們二人的玩笑。

「這是去哪兒呢？」洪竹微笑看著那個宮女，以及宮女身後抱著兩卷上好繡布的小太監。

宮女笑嘻嘻地行了一禮，說道：「這是送去廣信宮的。」

洪竹笑著點點頭，讓她去了。

那名宮女叫王墜兒，能有姓氏，說明在東宮裡是比較受寵的人物。她帶著兩名小太監來到廣信宮外，知道永陶長公主的習氣，揮揮手便讓兩名小太監候在外面，她一個人辛苦地抱著繡布進去。

宮裡自然有永陶長公主的宮女們接了繡布過去。既然是代表皇后過來的人，永陶長公主也隨意地和那名宮女說了幾句話，問皇后娘娘好，便打發她出去了。

廣信宮裡安靜無人時，永陶長公主才轉到屏風後，看著那個滿臉幸福神色的慶國太子，溫和笑著說道：「治國三策背好了沒有？」

太子痴迷地望著她，點了點頭，輕輕地握住永陶長公主柔若無骨的手，就像捧著一顆脆弱易碎的玉石那般，捧到了自己的臉旁，蹭了一蹭，輕聲說道：「乾兒已經背好了。」

永陶長公主輕輕用手指點了點他的眉間，看著太子眉宇間那抹熟悉的痕跡，不知怎的，心頭一慟後又一軟，用雙手捧著他的臉，眼波微動，柔聲說道：「乖，好好背給姑姑聽。」

東宮中，皇后正在發脾氣，因為宮女們找了許久，還是沒有找到那塊水青兒的玉玦，這讓皇后的心情很不好。

秀兒膽顫心驚地站在皇后身邊，心裡想著，這位主子怎麼今天偏要在那塊玉玦上下工夫？她哪裡知道，皇后是被洪竹的話語所觸動，想覓些許多年前的光陰尾巴。

「給本宮仔細地找！」皇后十分生氣，只是偶爾一動念想找個東西，結果卻偏生找不到。自己馭下寬厚，這些奴才們居然翻了天！她也隱約聽說過，宮裡有些手腳不乾淨的傢伙，但是沒想到居然有人敢膽大包天到在東宮裡伸手。

想到自己在皇宮中孤立無援，現在居然被這些狗奴才們欺到頭上來，皇后氣得嘴脣直抖，對著面前跪了一排的太監、宮女陰寒說道：「庫房裡找不到，就在各房裡搜！」

底下跪著的那排人面色極其難看，紛紛在心裡想著，這難道是準備抄宮？右下方的那三個太監更是嚇得臉色慘白，心裡駭異無比，因為東宮裡那些陳年不用的小物件基本上都是被他們偷出宮去賣了，先前皇后說的那塊玉玦也在其中。

好在此時眾人都被皇后尖銳陰狠的訓斥嚇得極慘，臉色都不怎麼好，所以這三名太監內心的小鼓並沒有被旁人察覺。

皇后把右手重重地往案上一拍，右手中指上的那塊祖母綠扳指啪的一聲被砸碎了，大怒說道：「查出來是誰手腳不乾淨，也不用再回我，直接給我打死了去！」

洪竹低著頭看著案上、地上的那些祖母綠碎片，苦笑想著，這塊扳指可比那玉玦值錢多了。但他清楚皇后是偶一動念，內心惱火，要藉此立威清宮，也不好多說什麼，微微欠身，領了命，便帶著一些上等宮女、太監在宮裡搜了起來。

一時間，東宮後方的廂院裡腳步陣陣，翻箱倒櫃聲大起，就如同是抄家一般，令人說不出的心悸。

那些老老實實在門外等著命運吩咐的宮女、太監們並不怎麼擔心，就連那三個經手的太監也不害怕，因為這種事情做多了，誰也不會傻到把那些犯忌諱的贓物藏在自己房裡。

然而——

看來有人確實這麼傻。

三個太監傻了眼，而本來帶著驕橫之色看著眾人的那名宮女臉色倏地慘白了起來，尖聲說道：「這不是我的！這不是我的！」

洪竹為了避嫌，沒有親自進去搜，但當看到一名太監從那宮女床下搜出玉玦來時，他忍不住嘆了口氣，望著那名宮女搖了搖頭。

這名宮女，正是先前送繡布去廣信宮的那位王墜兒，她臉色慘白，眼神一片慌亂，啪的一聲跪到洪竹的面前，抖著聲音說道：「小洪公公……不關我的事，不關我的事……不關我的事……」

真正偷了這塊玉玦的三名太監面面相覷，心想這塊玉玦不是已經賣出宮了，怎麼又會忽然出現在東宮裡，出現在那位宮女的手中？三名太監後背一下子就嚇出汗來，因為贓物出現，誰知道待會兒會審出什麼問題來。

洪竹皺眉看著跪在自己身前的王墜兒，嘆了口氣，說道：「綁了，等著娘娘發落。」

幾個壯實些的太監上前把王墜兒掀翻在地，用麻繩結結實實地綁了起來。王墜兒已經嚇得花容失色，只能不停地淒聲喊著冤枉，說自己從來沒有見過這塊玉玦。

洪竹搖搖頭，往前宮去覆命。那三名太監對視一眼，由一位膽子大些的跟了上去，跟在洪竹的身後壓低聲音說道：「公公，娘娘先前的意思是找到東西就直接把那犯事的打死……這時候和娘娘說，只怕娘娘心裡會不痛快，連累了公公不好。」

洪竹停住腳步想了想，說道：「這事太大，還是等讓主子們說話，咱們這些做奴才的，可別太多事。」

那太監的眼裡閃過一道失望之色，他原本想著借洪竹的手，直接把王墜兒杖殺，那不管那塊玉玦是怎麼再次進了宮，只要人已經死了，玉玦又回來了，怎麼也不會查到自己身上，沒有想到洪竹竟然還是要去請皇后的命。

「事情哪有這麼簡單。」洪竹冷笑著，寒寒地看著他一眼，說道：「她一個人哪裡有這麼大的膽子偷宮中的東西，一定另有幫手幫她遮掩，就算沒有幫手……但這東西從哪裡來，待會兒讓內廷的人仔細審審，一定能審出源頭。」

那太監心頭大寒，心想這源頭……如果真的審下去，還不是得把自己三人揪出來。可是他是無論如何也不敢向洪竹坦承此事，只是試探著問道：「不知道娘娘會怎麼處置？」

「真正查到這宮裡的禍害……亂杖打死是好的，就怕扔到天牢裡去被監察院的那幫變態折騰。」洪竹嘆了口氣。

那太監眼珠子一轉，吞了口恐懼的口水，說道：「畢竟是宮裡的事情，如果讓內廷和監察院的人查，只怕……娘娘也會沒了臉面，要不……咱們自己先查一查？」

洪竹似乎被這話說得有些心動，用眼角餘光一瞥，恰好瞧見那太監眼中的一抹殺意，笑了笑，便點了點頭，吩咐道：「用心審。」

而等到了前宮的寢殿，洪竹卻是換了另一副嘴臉，先將已經查到的消息告訴皇后，卻又誠懇無比地勸說皇后以寬仁處置，畢竟太后這幾日在吃素，如果出了人命，只怕老人家不喜。

皇后本來十分惱怒，但被洪竹勸說著，也漸漸消了氣，手中拿著那塊水青兒的玉玦緩緩撫摸，皺眉說道：「有道理，不過死罪可饒，活罪難免，吩咐下去，給我重重地打！」

洪竹領命正準備去後面，皇后卻又喚住他，說道：「你去做甚？交代下去就好……你留在本宮這裡，向來聽你自誇手巧，編個金絲絡子，好把這玉玦繫起來。」

皇后的表情平靜，聽不出任何情緒。洪竹卻是心頭暗喜，心想如果讓自己去主持審問，誰知道會不會把自己牽連進去。

不知又過了多久，一位太監面色難看地跪到宮外，洪竹皺著眉頭過去聽他說了兩聲，臉色也難看起來。

他湊到皇后耳邊輕聲說了兩句。

皇后的娥眉皺了起來，厭惡說道：「真不吉利……吃不住打也罷了，總算有兩分羞恥心，曉得自殺求個乾淨……」她隨意說道：「讓淨樂堂拖去燒了。」

洪竹心頭微顫，但他清楚，在這些貴人的眼中，自己這些奴才只是被指使玩弄的物件，人命不如螻蟻，他沉默地欠身，然後去安排那名宮女的後事。

他知道王墜兒的死亡肯定不是自殺那麼簡單，一定是先前自己安排審她的太監……為了滅口，為了保住他的榮華富貴、生命財產而暗中下的毒手。

不過這本來就是洪竹安排的事情，所以他也並不如何吃驚，只是對那位無辜的宮女生起了一絲歉疚。

慶國皇宮極其闊大，占了京都四分之一的面積，裡面住著天下最尊貴的男人、女人，也生活著天底下最卑賤的女人、不男不女的人。在這座涼沁沁的宮裡，每天不知道要發生多少故事，不知道有多少卑賤者會離奇或是無聲地消失、死亡，而沒有任何人記得他們曾經在皇宮中存在過。

雖然慶國的皇族並不以嚴苛聞名，然而這種階層間的森嚴壁壘，註定了皇宮永遠是一個人吃人的地方。

所以東宮裡一名普通宮女的死亡，並沒有引起什麼人注意，只是淨樂堂的燒場上多了一具屍體，繡衣局裡有個丫頭很幸運地得到了進入東宮服侍皇后的機會，皇后依然每天聽著洪竹講笑話，太后依然每天吃素，太子依然每天學習治國之道，再去廣信宮裡向永陶長公主請教。

一切如常。

「但凡大族大戶，若有人從外面攻來，總是一時不會覆滅，因為它的底子夠厚……然而如果是家族內部出現問題，自己人開始動手，猜疑、傾軋這種事情形成風氣，那離死亡的那天也就不遠了。」

在穎州新修成的土石大堤上，范閒看著堤下的大江滾滾東去，若有所思說道：「千里之堤，潰於蟻穴，千年之族，毀於一念。」

他回過頭對一臉黝黑的楊萬里說道：「我說的不僅僅是你修的江堤，也不僅僅是指明家，還包括這個天下。」

范閒沒有把話說明白，他掐算著時間，今天應該就是那個宮女死亡的時間，再過些日子，等流言起來，皇帝注意到東宮宮女的離奇死亡，以他的猜疑心，一定會察覺到很多問題。

皇族表面上的平靜與和睦，或者就會因為那名宮女的死亡，而產生人們意想不到的動盪。

第七章　大石壓車誰能阻？

楊萬里看了身旁的范閒一眼，說道：「老師，江南的事情已定，您也不要太操心了。」

他這話說得很真心、很誠懇。此時的楊萬里，經過了將近一年河堤上的風吹雨打，河運總督衙門裡的扯皮推諉，早已漸漸摸清了做官的真諦、民生的艱難。

為官者，若想為百姓做事，替朝廷分憂，手中就一定要有權有錢，不然什麼事情都做不出來。楊萬里因為有范閒做靠山，所以在工部沒有哪個上司敢對他指手畫腳，河運總督衙門裡雖然依然一塌糊塗，可是他卻有權力直接撥內庫的銀子，所以在這方面，沒有人能夠替他製造障礙。

他再不是當年那個一拂兩袖清風，便敢對著門師大吵大嚷的純潔青年，每念及此，對於門師當年在杭州西湖邊的教訓深深佩服。

此時二人腳下連綿不絕的河岸長堤，便是這一年裡楊萬里的成就。每每看著那些方石黃土，看著堤下馴服的江水，他的心裡總是充滿了充實與驕傲，身上打著補丁的衣服、黝黑的面龐，都成了一種光榮的印記。

楊萬里清楚，自己能夠達成人生理想，所依靠的，便是戶部尚書和范閒父子二人無微不至的照顧和提攜，所以他對於范閒的到來，一則喜悅，一則擔憂，說出了先前那句話。

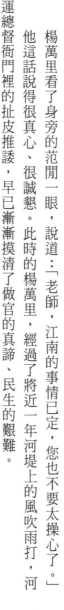

天下人都知道范閒在回京的時候曾經遇襲，楊萬里很擔心他的身體。

范閒搖搖頭，望著腳下的江水說道：「無妨，你不要將我看得太高，我是個懶人，不會忙於政務而壞了自己的身體……至於江南的事情，明家的七寸早被捏住了，他們自然沒有什麼還手之力，只是如果想一口吃掉，其實還是有些困難。」

如今的楊萬里，當然能聽懂這話裡的意思，吃掉明家不難，關鍵是明家背後的皇族成員們，如果范閒不用忌諱宮中的情況，明家早就已經被他吃下了。

范閒笑了笑，沒有詳細地說具體情況，只是安慰說道：「此次回京，頗有收穫，陛下頓整吏治的決心雖然沒有下，但是朝堂之上的換血已經開始進行……你應該在邸報上看見了成佳林的名字。」

「是啊，佳林兄是我們四人當中第一個回朝任職的。」楊萬里高興說著。

范閒遇刺的調查無疾而終，而慶國皇帝卻藉機趕走了一些老傢伙，安插了許多新人入朝，范門四子中最沒有名氣的成佳林便適逢其會，越級提拔，如今已經是禮部員外郎，是朝廷的重點培養對象。

范閒看了他一眼，笑道：「你們四人之中，佳林最是沉默中庸，也唯因此，他反而走得比季常更順利一些……當然季常的問題也在我，如果不是我把他喊到膠州去，他也不會陷入此種僵局之中，只盼他不要怪我才是。」

楊萬里搖頭道：「老師這說的是什麼話？膠州的事情，季常也來信與我說過，茲事體大，也只有季常才能處置。」

范閒點點頭，既然四人知道自己的苦心，那也不用自己再多解釋。

二人沿著長長的江堤往著下游的方向走去，一路散步，一路說著閒話。范閒提醒道：

「你在河運衙門的事情我很清楚，朝廷也清楚，如今拚命萬里的稱謂也傳入了宮中，這對你將來是大有好處……不過你還是要記住當年我說的那句話，修河工這種事情，你會的事情，就要努力去做，你不懂的東西，千萬不要胡亂指揮。」

楊萬里笑著應道：「在河堤上待了一年，再不懂的東西，也了解了一些。」

范閒不贊同地看了他一眼，說道：「河工乃大事，甚至比西胡、北齊邊境上的戰事更要緊，如果只是了解一些……這一些怎麼足夠支撐你說出如此信心十足的話來？」

楊萬里馬上聽懂了，慚愧受教。

「區區一年的時間，當然不可能止住河患。」范閒忽然皺眉說道：「這是十年之工，甚至是百年之工，甚至是只要人們在這大江兩岸生活多少年，就要修多少年，你要戒驕戒躁……甘心寂寞才是。」

「是，老師。」

「不過也要注意培養一些得力的下屬和專才。」范閒誠懇說道：「雖說你有為萬民造福之願，可是長年風吹雨淋，身子骨只怕受不了，你培養出了得力的人，河工衙門就不要再待了，給我回京認真做事去。」

楊萬里一驚，趕緊分說道：「老師，我不想回京，那京裡可比大堤上麻煩多了……再說，我也不怕吃苦，早習慣了。」

「京裡當然麻煩，但你要做事，就必須回京！」范閒斬釘截鐵說道：「這和你能不能撐住這份苦無關，我還指望你多活幾年……這麼大年紀的人了，連媳婦都還沒娶，傳出去像什麼話？」

楊萬里苦惱不敢多言。說來也奇妙，范閒的年齡比他四位門生都要小，可是這兩年裡偶爾碰在一處，范閒擺起門師的譜教訓他們，竟是越來越習慣了，這大概便是所謂的居移氣、養移體。

後幾日范閒依舊是在潁州逗留，大部分時間都在江堤上與楊萬里指指點點，卻也免不了要受河運總督衙門的宴請。一般的地方官員，范閒可以推脫，可這一次河運總督竟是親自前來宴請，這等面子，實在是沒轍。

河運總督請范閒的理由很簡單，河運總督衙門缺的就是銀子，而范閒主持內庫有的就是銀子，這一年河運總督衙門修河順利，大受皇帝嘉獎，就是因為范閒明裡暗裡，對這個衙門投注了十分的熱情和無數銀兩。這種情分，由不得河運總督感激不已。

而讓楊萬里感到奇怪的是，范閒一直停留在潁州究竟是為什麼？行江南路欽差當然可以巡視大堤建設，可是看范閒的模樣，竟是準備在這裡待半個月。

「老師，您難道不去蘇州嗎？」有一天，楊萬里大著膽子問道。

「不著急，再等等。」

范閒笑了起來。慶國京都在北，蘇州在東，他此時穩坐潁州，冷眼旁觀著兩地即將發生的事情，就如同一個挑夫挑了兩擔刺果，恰好將扁擔挑在肩上承著力，卻不擔心被那些刺果刺痛自己的大腿。

他在等著蘇州的事情先進入正題，然後等著京都的事情爆發，潁州是看戲最好的地方。雖然他這人在天下官員眼中十分犯嫌，但在這種敏感的時刻，他依然需要避嫌。

監察院啟年小組在江南有兩位領頭人物，一位是在閩北三大坊統管內庫出產事宜的蘇文茂，一位是在內庫轉運司蘇州城常駐府衙裡盯著明家動靜的洪常青。

針對明家的動作，其實早在一年前就布了局，而真正的動局是從半年前就開始。招商錢莊一邊大力地向明家輸銀以支持對方的管道和日常所需，一邊開始挑弄明蘭石開拓新的商路，同時還對那位只喜歡摔角的明六爺下了手……那位糊塗的明六爺，只知道招商錢莊借了自己不少銀子花，卻根本沒有想過，他自己在明家的股份，早已經成了招商錢莊裡的幾張契紙。

這一切都是明著進行的，因為招商錢莊就算此時逼債，以明家的雄厚實力、手中的貨物抵押、日常的流水、太平錢莊的支援，依然可以應付，而不必被迫清盤，以商行股份和田產來清償。

所以一直以來，擺在范閒面前的問題，便是如何讓明家的流水急速縮價，讓明家的周轉發生嚴重的問題。

對付明家這麼龐大的產業，就算再有錢，只怕都很難達成這個目標；但問題在於，范閒擁有內庫的全權處置權，死死地掐住了貨物的供應，也等若是扼住了明家的咽喉。

率先動手的是蘇文茂，在內庫轉運司副使任少安表哥的全力配合下，在慶餘堂幾位葉掌櫃的巧手安排下，從去年夏末時，內庫三大坊的出產便開始逐步穩定地上升，品質也有了極大的提高。

出貨多，吃的貨必然就多，明家不肯放過這個機會，加之這段時間內，監察院對明家的騷擾也放鬆不少，所以明家的整個產業全部活了起來，一時間吞了無數貨，向著東夷城和泉州方向運去。

如此大的一筆貨物雖然耗去了明家大量銀錢，但是明青達並不擔心，因為這一轉手便有銀兩進帳，這也正是他那段日子裡感覺心情輕鬆的原因。如果一直這樣下去，那該是多麼美好的日子啊。

然而內庫轉運司三大坊忽然間不知道什麼原因停工了！

停工的消息傳到蘇州後，明青達大發雷霆，讓明蘭石趕緊到內庫轉運司常駐府衙，追問究竟發生了什麼事。洪常青很無恥地接受了他的質問，卻只肯表示三大坊正在進行例常的設備檢修，需要等一些時辰。

明家有發怒和咆哮的資格，因為他們是內庫招標出了無數萬兩銀子的皇商，內庫既然收了他們的標銀就要保證他們的來貨管道，不然他們可以去打御前官司。

但洪常青也有拖延的藉口，因為三大坊在去年一年裡的出貨，已經完成了標書上的份額，就算停個十天半月，明家該收的貨已經收完了。

明青達無可奈何，只得運用官場中的力量打探閩北一地的真正消息，好不容易有了消息回來，聽說是三大坊裡又開始鬧工潮，那位監察院的蘇大人砍了二十幾個人的腦袋，才勉強鎮壓住，只是卻要誤很多天的工。

得知是這個原因，明家才緩了一口氣，只要不是范閒的陰謀就好，便開始等待著內庫復工的那天。之所以明家會如此迫不及待、如此緊張……全是因為前兩個月裡一切風調雨順，明家對於內庫的出貨能力漸漸認可，按照日常的數量，與東夷城和海外簽訂了大筆合約。

貨單如今已經到期，明家需要大量的貨物，商家需要的是信譽，明家寧肯賠錢，也不願意沒有貨賣出去。

又過了數日，三大坊終於復工……然而生產出來的各式貨物卻沒有多少，杯水車薪，不知何時才能回復去年的光景。明家一時間陷入了小小的慌亂中，為了完成貨單，不得已開始四處調貨，將家族存著最後備用的存貨調光了不說，還迫不得已用高價在行北路和行南路的那幾家中借了些貨。

得了帳房先生的回報，衡估了一下如今族中可用的流水，明青達皺著眉頭說道：「范閒究竟想做什麼？難道收我幾天貨，就想把我打垮？這也太幼稚了。」

明蘭石在一旁聽著，嘴裡有些發苦。這些天他暗中向招商錢莊調了一筆銀子準備摻和到私鹽生意裡，他這次的合作對象，是江南最大的鹽商楊繼美，而且知道楊繼美和總督薛清的關係極鐵，所以明蘭石並不擔心什麼……只是私鹽的回利至少需要三個月……如果父親知道他把家中的流水挪到了別的地方，會不會還像現在這樣成竹成胸？

「我們明家別的沒有，就是有銀子。」明青達冷笑道：「范閒想操控市面上的貨價，來吃我們家的銀子，那就送給他吃，反正他將來還是要吐回來……必須把這次的貨單完成。」

然而監察院的行動當然不僅僅是操縱貨價這般簡單，便在明家高價集貨成功之後的第二日……三大坊的工人們像是吃了麻黃素一般興奮起來，內庫的運作忽然爆發，根本看不出一絲工潮的影子，在極短的時間內就連創日產量的高峰。

幾大皇商出手的貨價雖然是朝廷衡定的價格，但賣出去的價錢必然要受上游供貨方的控制，此時貨價賤了起來，生意卻好了不少，嶺南熊家、泉州孫家甚至是夏明記都在這一波中掙了不少，主要是掙了明家不少差價……誰讓明家標路最多。

明家辛辛苦苦集的高價貨，履行了大部分的貨單，卻只能眼睜睜看著市面上的貨價在降，說不出的惱火；尤其是泉州出海的幾個洋人更是無恥地跑了路，轉向嶺南去接便宜貨……讓明家砸了一大堆高價的瓷器、香水在手裡。

僅此一役，明家就折損了七十萬兩的流水。

如果放在以前，這七十萬兩對於江南明家來說算不了什麼，但是被監察院全力打壓了一年之後，明家的流通管道裡早已接近水枯，全靠太平和招商兩家錢莊支撐，如今又有七十萬兩像雪花一樣消融不見，由不得明家主人明青達不警惕。

「這一單一定要送過去，施辟寶雖然是個洋人，但他背後也是大的洋商行，一定不會像那些島人那般無恥，他是講信譽的。」明青達揉著疲憊的雙眼，對下面的兒子說道：「蘭石，這次你親自押貨去，一定要小心。」

明蘭石應了一聲，他也知道這批貨很要緊，因為這批貨是父親想盡一切辦法，不知動用了多少關係，才從內庫裡搶出來的一批試用貨。

所謂試用貨，指的便是內庫初次研製成功的貨物，如同以前的烈酒、香水一般，定價雖然極高，但世人皆知肯定是極新奇的玩意，一旦賣出去，可以當作黃金賣。

這次的試用貨是一批鏡子——明蘭石親自驗過貨，這些鏡子主料是玻璃，但背面不知道是怎麼做的，竟然鍍上了一層銀子，照上去纖毫畢現，實在是寶貝。

按理講，以范閒和明家的關係，內庫這麼重要的試用貨怎麼也輪不到明家發財，然而明家畢竟在江南經營日久，轉手透過另一家皇商才把這批貨吃下來。但明蘭石心中依然有些不祥的感覺……如果能把這批銀鏡安全送到泉州的施辟寶手上，明家目前十分艱難周轉的局面便可以得到很大的緩解，可是……會這麼順利嗎？

「不要擔心什麼。」明青達陰沉著臉說道：「我已經與京中通了消息，這批貨你親自押送，膠州水師那邊也交代過，這次我們不自己出海，雖然少掙些，但行走在州郡之間，應該安全……」

這位已經忍讓范閒一整年的明家主人忽然抬起頭來，寒著聲音說道：「如果有人……真的敢殺人搶貨……總不能把所有人都殺死，逃回人來，我們便上京打御前官司！」

三日後，由蘇州往東南方去的一座小山上，洪常青看著山下那條長長的車隊笑了起來。裝銀鏡的車子並不多，只有兩輛馬車，但明家竟然出動了五百私兵前來護送，果然是十分重視這筆出口的貨單。

然而他的笑容馬上就斂了下來，變成一片寒冷。在這一刻，他想到了一年前，膠州水師大批官兵上島屠殺的那一日，他想到了那些吃腐屍的海鳥，那個島上死不瞑目的海盜兄弟們。

雖然從一開始，他就是監察院的密探，負責上島偵緝，但在島上和那些海盜待得久了，總有些感情。所以今天他站在山上，看著下方明家的車隊和私兵，脣角露出一絲快意而血腥的笑容。

今天不殺人，但肯定比殺死這些人，還讓明青達更心痛。

正思考間，一隊約二百人左右的騎兵，護送著幾輛馬車，從和明家正對著的官道上走了過來。

兩邊對衝，便堵在山下。

明蘭石一直小心注意著道路上的情況，看著這群人，馬上發覺到一絲詭異的氣氛，指揮手下的私兵們拔出武器，準備迎敵。

但那二百人的騎兵並沒有如何動作，只是冷漠地與明家車隊擦肩而過，這些騎兵雖然直立馬上，但渾身上下都透著一股寒冷而肅殺的氣息，令明家的私兵們不敢妄動。

恰恰兩個車隊並成兩條線的時候——

二百騎兵護送的幾輛馬車的車廂忽然破了，裡面的東西全部傾了出去，砸在明家存放銀鏡的馬車上！

如果是一般的貨物，砸一下又怕什麼？

但問題是砸在存放銀鏡馬車上的東西……是石碌，極重極沉極有稜角的石碌！

無人膽敢以血肉之軀去攔，就算身負嚴命的明家私兵也是如此，只聽得轟的幾聲悶響之後，傳來無數聲細細碎碎的破裂聲音！

明蘭石尖叫一聲，趕緊下馬查看，只見那一百多面銀鏡……絕大部分都被壓成了破碎發光的鏡片，雖然依舊反射著迷人的光芒，可是……

官道上頓時大亂，無數人拔出兵器，雙方對峙著，大戰一觸即發。

明蘭石眼前一黑，馬上知道完了，他狠狠地轉頭，盯著那二百騎兵的首領人物，咬牙說道：「果然……堂堂監察院黑騎，什麼時候也做起了殺人劫貨的事情？」

那名首領人物臉上罩著黑色的面具，並不意外明蘭石能認出自己一行人的身分，因為他們今天本來就沒有準備遮掩身分。

監察院五處副統領荊戈望著明蘭石冷漠說道：「本將沒有殺人，也沒有劫貨……本將護送內庫三大坊所需石材途經此地，爾等民間商人竟敢阻路，道路窄且狹，不幸翻車，雙方均有損失，本將不要你們賠償……爾等也休要鼓譟，激怒了爺爺凶性子，仔細你的人頭。」

明蘭石看了看那些渾身鐵血氣息、似乎躍躍欲試的黑騎……他強行將胸中的憤怒壓下去，只覺咽喉裡一片血腥味道，瞪著眼睛，痛苦失神道：「翻車？」

這世上有翻車翻得這麼準的？雙方均有損失？內庫的碌石怎麼翻也不會少個角，而自家……卻是脆弱的銀鏡啊！

第八章　這是一個陰謀

安靜的山谷中，一片壓抑與恐慌，卻沒有人敢動手。

明蘭石當然知道這是范閒安排的，從一開始就是，但他不明白對方畢竟是朝廷官員，怎麼會做出如此無恥的事情來。

面對著這樣一支可怕的騎兵，明蘭石不想與對方火拚，從而送掉自己的性命，可是滿地的碎片讓他的腦中一片憤怒！

「我要去京都打官司！」

明蘭石大怒尖聲罵道。

「隨便，本將不奉陪。」

荊戈冷冷地拋下這句話，便率隊走了，走之前還沒忘了把那重重的石碌也抬回馬車上，只留下欲哭無淚的明蘭石、那些瞠目結舌的明家私兵，還有一大片散落地上、晶晶發亮的玻璃碎片。

往年明家暗中蓄養海盜，與膠州水師勾結，於東海之中搶船劫貨，殺人如麻，不知道禍害了多少條性命，強搶了朝廷多少貨物，如今范閒反其道而行之，不在海上下手，卻在陸上動刀，既不害明家人性命，也不奪他們貨產，只是……盡數毀去，讓明家哭也哭不出來。

天理循環，天公地道，便應是如此。

事情還沒有完。

穿著一身官服的洪常青咳嗽兩聲，從山上走下來，走到明蘭石的身邊，微笑說道：「明少爺好。」

「洪大人？」明蘭石此時已經麻木了，看見范閒的親信也不怎麼意外，只是不知道對方想和自己說些什麼。

「我本名叫青娃，原本也是那個島上的兄弟。」洪常青湊到明蘭石耳邊，咬牙冷狠說道：「這些不值錢的玻璃片，是本官替猛子哥、蘭花姊，還有島上死去的幾百兄弟……謝您的。不會忘了蘭花姊吧？那可是您最疼的姨太太啊……」

洪常青說完這句話，胸中充滿了報復的快感，大聲說道：「謝您了啊！」

哈哈大笑聲中，洪常青瀟灑離開，留下面色如土、一臉震驚的明蘭石，他有些愕然地看著自己的雙手，似乎此時才想起，自己曾經用這雙手結束過一個對自己滿懷痴情的女子性命。

消息傳回蘇州城外的明園，明青達右手一抖，手中捧著的上好官窯瓷碗砰的一聲摔在地上碎成無數片，但他一點兒都不覺得心疼。

因為那些銀鏡摔成玻璃碎片的脆響，已經讓他心疼到毫無知覺了，他忽然覺得自己的心，也像是這地上的瓷碗、那處的銀鏡一樣，碎成了無數片。

「打官司？我不怕。御前官司就更不怕了……他找誰去替他打？」

在潁州逍遙半個月後，范閒等到了王啟年，終於坐上馬車，開始繼續往杭州駛去。

監察院的消息早已經傳遞過來，范閒挑了挑眉梢，有些好笑，有些快意。去年自己在江南雖然也在呼風喚雨，但總被明青達那個老狐狸鬱悶地拖著，此時京都平，自己將對方玩弄於股掌之中，實在是很快活的事情。

他只是給了一個大概的方略，而具體的執行者卻是下面的人，他也沒有想到，洪常青直到如今還記得那座島上的慘劇，硬是不肯讓明家死得痛快些，非要這麼慢刀子割肉。

「慢刀子割肉，溫水煮青蛙。」范閒對身旁的王啟年說道：「我都替明家感到心疼。傳令下去，火候到了，讓兒郎們別再貪玩，趕緊收了的好。」

王啟年在京中留了近一月，就是為了注視著宮裡的動靜，說道：「再過兩天，長公主和太子爺，已經顧不得明家的死活，要搶在明家反應過來之前動手，現在正是時候。」

范閒點點頭說道：「要的就是他們想不到我會下狠手……明家現在只怕我會繼續陪他們慢慢熬下去，我就要打他們一個措手不及。」

他忽然笑了起來，掀開車前的簾布，看著緩慢倒退的江南官道，忍不住心中的快意，哼起了小曲。

王啟年在一邊聽著那首怪聲怪腔的曲子，忍不住笑著問道：「大人，至於樂成這樣？」

范閒哈哈大笑道：「憋了一年，終於可以放手做事，想不樂也難啊。」

當欽差大臣的馬車用最緩慢的速度向杭州進發時，蘇州城裡的諸人卻是各有心思。權傾江南的總督薛清收到了范閒親筆書信後，便一直坐在書房裡發呆，他左右二位師爺也知道了書信中的內容，與他一樣都在發呆。

看著就像是三尊泥菩薩。

薛清離京早，路上快，二十幾天前就到了蘇州，對於這些日子裡明家吃的虧清清楚楚，但他本以為這只是監察院對明家的再次削弱，卻沒有想到范閒在信裡竟說得那般自信，竟……像是準備畢其功於一役了。

「范閒他憑什麼？這又不是打架。」

江南總督薛清明顯不知道關於招商錢莊的勾當，不由苦苦思考范閒的信心來自何處，為什麼要在信裡向自己通氣，讓自己做好準備？

「欽差大人既然這般說，那便是心中有定數。」左師爺皺眉出主意道：「現在的問題是我們該怎麼辦？」

薛清陷入了沉思之中，如果范閒真的能夠把明家吃掉，他身為深知皇帝心意的親信，當然會好生配合，可問題在於……他對於明家身後的皇族勢力也是頗為忌憚，一朝京中沒有明顯的傾向，他是萬萬不敢搶先動手的。

「要不然……咱們就和去年一樣，再看看？」右師爺想了半天，只想出一個和稀泥的法子。

薛清忽然雙眼一睜，兩道寒光射了出來。「看……當然要繼續看下去，但不能光看，范閒只是行江南路欽差，就算有辦法在明面上趕走明青達，可暗地裡卻不方便讓監察院出手……總要照顧一下江南的民心。」

薛清最後說道：「調州軍看住明園和明家的那一千私兵……如果范閒沒辦法，咱們就繼續看著。如果范閒成功，咱們就得幫他把這些人吃掉！」

右師爺顫著聲音說道：「大人，調兵殺人……如果被宮裡那些人知道了，會出大麻煩。」

薛清揮揮手中范閒寄來的親筆密信，平靜說道：「他既然敢做，就一定是對京裡的局勢有把握，這位年輕的欽差大人可不是一個傻子……寫信告訴我，便是要分我功勞……可這一年江南路衙門什麼都沒做，如果想分這筆功，就一定得出力。」

忽然間，書房外傳來一陣急促的敲門聲。薛清皺了皺眉頭，一名師爺上前開門，一位江南路衙門的下屬官員惶急地走進來，來不及躬身，直接對薛清稟報道：「總督大人，明家出事了！」

明家出事了？

薛清在心中一驚，暗嘆范閒動手好快，面色卻依然平靜，問道：「具體講來。」

那名官員吞了口口水，說道：「上午時辰，內庫轉運司衙門上明園收了一批帳，名目好像是銀鏡。」

薛清知道那批銀鏡被范閒遣人砸碎的內幕，眉頭微皺，也不禁有些心疼，問道：「那又如何？明家簽了協議，這銀子自然是要給的。」

這話明顯是偏著范閒那邊，朝廷對付商家，總是這樣的不要臉。

「關鍵不是這筆銀子。」那名官員看了薛清一眼，小心說道：「聽說……明家的周轉出了問題，與他家有關聯的幾家錢莊……現在都去明園裡逼債了！」

逼債？

薛清霍地站起來。明家在江南綿延百年，敢上明園逼債的……可沒有幾個。一則明家銀子多，二則也沒有錢莊願意得罪他們，這……這怎麼今天卻忽然變了？薛清的心裡馬上轉過無數個念頭，難道范閑整了明家一年，竟把明家逼到了山窮水盡的地步？

如果明家真的還不出錢，被那些錢莊們逼得商行賤賣、家族大亂……這……薛清的眉頭皺了起來。他知道皇帝的意思，明家必須讓朝廷控制，但是……明家不能亂！

明家一旦真的破產，不說那族中的數萬百姓，與之息息相關的江南百姓怎麼辦？

「太平錢莊也去了？」

「沒有」

「派人去明園外盯著。」聽到明家最大的合作夥伴太平錢莊沒有參與此事，薛清心下稍安，但面色依舊陰沉，吩咐道：「告訴那些人，明家與錢莊間的糾紛朝廷不管，但是明家不准倒！」

范閑和薛清一樣，都很明白皇帝的意思，明家是要吃的，而且要整個吃過來，吃相還不能太難看，不能讓明家自身的實力折損太多，從而影響了整個江南的穩定。

所以他不會眼睜睜看著明家倒。明青達也不可能看著明家倒。

此次逼債並沒有存著清盤的念頭，只是想謀取一些……極大的好處。而今日，之所以是幾家錢莊一起去明園要錢……純粹是因為范閑依然存著一絲奢望……能夠把招商錢莊的幕後東家掩藏起來。

這世道，欠錢的永遠比借錢出去的有道理、有底氣，所以明家家主明青達捧著微溫的茶碗，一口一口緩緩啜著茶水，眼皮子都懶得抬一下。他下方坐著的是各家錢莊的代表，從名義上來說都是他的債主。

而那些錢莊的掌櫃們也沒有身為討債人的自覺，很拘謹地坐在椅子上，只敢放上三分之一屁股，偶爾抬眼看看明家主人，眼中便會閃過一絲害怕，哪裡像是來討債的。

這些錢莊掌櫃知道自己都是小螞蟻，只要明家主人動動手指頭，就可以把自己捏死，把自己從江南這塊地方上趕出去。但是今天他們不得不來，因為連著一年明家所經歷的風風雨雨，已經讓他們起了擔心，加上被有人心挑弄一番，今天都聚集到明家的會客廳裡。

他們代表著資方，雖然銀子不多，但依舊是資方，資方最心疼自己，最不能忍受的就是損失。尤其是這一個月裡，所有的人都知道，監察院對明家的打擊力度又大了起來，明家連受損失……而最近那批銀鏡的報廢、今天上午內庫轉運司的逼銀，終於成功地壓垮了這些錢莊掌櫃們的心理防線。

一位老掌櫃苦著臉，恭恭敬敬說道：「明老爺，明家執江南商界牛耳已近百年，若說還不出銀子……那是誰也不信的，只是最近市面上傳言極多，總想來求老爺給咱們這些人一個準話。」

「準話？」明青達厭惡地皺了眉頭，這些螞蝗一般的無恥東西！往常跪著上門，自己都懶得正眼看一眼，如今居然敢來……向自己討話！

明青達根本不在乎這些錢莊掌櫃，就算現在明家的周轉再困難，還清這些銀子還是綽綽有餘。他的眼角餘光只是淡淡瞥著一直安靜坐在最後方的那位掌櫃。

那位掌櫃是招商錢莊的大掌櫃，身後站著一位面相英俊的年輕人。招商錢莊與明家的關係，沒有太多人知道，招商錢莊在江南的名聲也並不響亮，所以他坐在最後面。明青達心裡有些不祥的預感，招商錢莊今天來湊什麼熱鬧？

他沒有興趣再和這些掌櫃們說什麼，端起茶碗送客，同時冷漠地讓這些人去帳房裡把所有的借貸清掉，攏共十幾萬兩的債務，明家受不得這種屈辱。

那些錢莊掌櫃們心中大喜之後又大驚，喜的是錢終於拿到手了，雖然損失了些利息；驚的卻是，看明家這種豪氣……難道是自己收到的風聲有問題？

所有的掌櫃們都退了出去，明青達偏著頭饒有興味地看著一直未動的那位大掌櫃，輕聲說道：「我知道，他們都是被你勸著來的。」

招商錢莊的大掌櫃溫和笑了起來，並沒有反駁這句話。

明青達眉頭微皺說道：「說吧，你想要什麼。」

都是在商界浮沉了無數年的老狐狸，從這一年與招商錢莊的配合看來，明青達心知肚明，這位並不出名的錢莊大掌櫃，當年一定也是一位狠角色。此時所有的閒雜小蝦都走了，二人說話便直接了許多。

明青達清楚明家向招商錢莊一共調了多少的銀兩，如果招商錢莊先前也加入到逼債清盤的隊伍中，明家就只能去賣田賣房，就算此次支撐下來，家族也會元氣大傷……而對方既然一直沉默到現在，那肯定不會是來看明家笑話的，一定另有所求。

而以招商錢莊手中握著的那些借據，確實已經有資格從明家手上要些什麼。

大掌櫃微微一笑，說道：「明老爺，我家東家要……與您合作。」

合作？明青達的眼睛眯了起來，寒光一放即斂。錢莊與商家合作，是怎樣的合作？他閉目沉思片刻，便輕聲說道：「不行。」

不行二字雖輕，卻是擲地有聲，不容人置疑。

大掌櫃似乎也沒有想到明家居然會如此直接地拒絕，微微一怔後依舊笑了起來。「不行……也要行。」

明青達猛地睜開雙眼，用一絲憐惜與不屑的目光盯著大掌櫃，冷冷的聲音從牙縫裡滲了出來：「你……是在威脅我？」

「不敢。」大掌櫃溫和說道：「只是一個請求。」

明青達再次陷入沉思之中，他沒有去問對方威脅自己的憑恃，這一年裡向招商錢莊借了不少錢，這就足以讓對方說話多了幾分底氣。

大掌櫃不疾不緩說道：「在商言商，如今的局面，明老爺您也清楚，如果我錢莊憑條索銀，明家的周轉馬上就要斷了，您拿什麼去供內庫的後續銀子？那位小范大人可在等著您拿不出銀子……就可以斷了您的行東路權。明家雖然富庶強大，可是……這皇商的身分總不能不要，內庫流出的銀子不能不要。」

明青達沉默了下來，知道對方說中了自己的害，明家現在最大的問題就是流水周轉已經漸有乾枯之象。

「調銀條契上寫得清楚，沒到時間，你們一兩銀子也別想拿回去。」事到如今，明青達依然沒有一絲慌亂，因為他有足夠的底氣。

不料招商錢莊大掌櫃微微一笑說道：「誰說不能拿回去？條契上寫著，若錢莊願以淺水價出契，您就必須在五日之內還銀，這官司……即便是打到京都去，也是我贏，您還是必須還銀子。」

「淺水價！」明青達猛地一下子站起來，疲憊的面容上露出不可思議的表情，壓低聲音陰沉斥道：「你瘋了！你要損失三成！」

大掌櫃面色不變。「如果真的不能合作……就算損失三成的銀子，我們錢莊也要請您提前還銀子。」

明青達冷冷地盯著他，似乎是想判斷對方究竟是不是一個瘋子，稍稍放緩了一下口氣，說道：「真這樣做，我明家大不了賣田賣地，也不是還不了你，可是你們錢莊的損失可就大了……」

「這正證明了我方的決心和誠意。」大掌櫃溫和笑道：「我家東家一直做錢莊生意，但對於貴國的商貿十分有興趣，他是一位有野心的人，願意和您這樣的當世豪傑合作，所以請您務必賞面。」

明青達緩緩坐下來，他終於想明白了，原來招商錢莊的東家早在一年之前就想藉由借貸的關係，加入到明家的生意中來，這個局……設得也太久遠了些。

「你家東家是誰？」

「協定達成之日，東家定會親自上門來拜謝明老爺。」

「可如果我真的不想怎麼辦？」明青達已經回復平靜，淡淡說道：「打官司也好，我明家一路奉陪，不過這些銀子嘛，總還是可以拖個一年半載的。」

「真的能拖嗎？」大掌櫃溫和笑道：「御前官司只是笑話，依慶律民生首疏三條，明老爺應該明白，民間借貸官司頂多能打到江南路衙門……打到薛清大人面前，您……確定願意這樣做？」

明青達當然不願意這樣做，朝廷對於自家已經虎視眈眈了一整年，如果碰見這種官司，一定會想方設法地陰死自己。

沒想到招商錢莊將所有的後路都已經算到，將慶國朝廷與商人間的爭執看得如此明白，明青達的手指微微抖了一下，盯著這位大掌櫃，老累的心在咆哮：「這是一個陰謀！」

一陣極久的沉默之後，明青達有些疲憊地說道：「你家東家想怎麼與我合作？」

「債抵銀，轉股。」大掌櫃乾脆俐落地說道。

第九章　大人物們

冬已去，春未至，昨夜一陣寒風掠過，明園牆外那初生的新嫩青芽頓時又被凍死了，泛著不吉利的慘白。

明青達微微閉目。

他早就猜到了招商錢莊會選擇這個方案，而且如果拋卻家族被算計的屈辱不言，招商錢莊的東家真的入了明家的股，雙方抱成一團，資金會馬上變得充裕，以後的發展不可限量……甚至連東夷城和太平錢莊的臉色也不用再看。

明青達的心情略和緩了些，斟酌片刻後說道：「要多少？」

「三成。」大掌櫃鬆了口氣，抬起臉溫和微笑道：「全部的三成，由官府立契，死契。」

明青達將將才好了一些的心情，馬上陷入了無窮的憤怒與嘲諷之中，他望著大掌櫃，輕蔑說道：「三成？你家東家是不是沒有見過世面？區區四百萬兩銀子……就想要我明家的三成？」

「明老爺誤會了。」大掌櫃恭敬說道：「全部的三成是指明家的股子，總量並不包括朝廷裡那些貴人的乾股……我家東家雖然有野心，但也沒有這麼大的胃口和膽量。」

明青達冷笑一聲，永陶長公主與秦家在自家裡的乾股數量極大，如果他們說的三成是包括了這個乾股的數量，那倒真是好了，看他們將來怎麼死，然而對方要其餘的三成，這個數量也極為過分。

「不值這麼多。」他冷漠說道，準備送客。

大掌櫃微笑說道：「明家富甲天下，手握江南不盡民生，良田萬頃，房產無數，這區區四百萬兩銀子當然不只這個數目……然而，此一時，彼一時，現銀這種東西和資產並不一樣，同樣是一兩銀子，在不同的時刻，卻有不同的價值。」

他繼續說道：「這四百萬兩銀子若放在以往，只不過是明家一年的現銀收入，當然抵不上三成的股子。但現如今明家正缺流水，需要現銀救急，我家東家入股之後，自然會大力提供銀錢支持……這四百萬兩就代表了更重要的價值……如今換明家三成股份，並不貪心。明老爺也是明白人，當然知道我家東家喊的這個價，已經算是相當公允了。」

明青達沉默片刻，知道對方說的是實在話。

「茲事體大，我雖是族長也不能獨斷，我要再想想。」明青達端起了茶杯，招商錢莊大掌櫃與他身後的年輕人告辭出去。

明蘭石從側方走進來，看著父親惶急說道：「父親，不能給他們。」接著憤憤不平說道：「現在才知道，這家招商錢莊真他媽的黑！居然從一年前就開始謀劃咱家的產業了。」

明青達看了兒子一眼，有些不喜地搖搖頭，不贊同他的話，說道：「在商言商，這一年裡如果不是有招商錢莊的支持，咱們家的日子還要慘些。四百萬兩銀子的借據，加上後續的流水支持，換取三成股子，確實如他們所言，是很公允的價格。」

「可是……」

明青達有些疲憊地揮揮手，在今天與招商錢莊的談判中，他看似自信，卻在步步後退，以至於內心深處對自己都產生了某種懷疑——是不是這一年裡，被監察院連番打擊後，自己的信心已經不足了？是不是在范閒面前跪了一次，做了無數次的隱忍退讓後，自己已經缺乏了某種魄力，習慣了被人牽著鼻子走？

可是……自己是明家當代主人！

明青達緩緩說道：「在商言商，但招商錢莊既然用陰的……我們又何必還裝成自己一直雙手乾淨？」

明蘭石感覺後背一陣冷汗湧出，吃驚說道：「父親，一旦事敗，可是抄家滅族的死罪。」

明青達冷笑道：「有長公主護著，便是范閒也不敢亂來……區區一個招商錢莊，算得了什麼？」

「可招商錢莊在東夷的總行肯定有帳目。」明蘭石看著父親，忽然感到一陣寒冷，覺得往常顯得睿智無比的父親大人，現如今……卻漸漸變得愚蠢憤怒。

「不管了！」明青達平靜睿智的眼眸裡閃過一絲猙獰，冷冷說道：「東夷城的人找咱們大慶要錢……誰耐煩理會？」

「要不然……要不然……」明蘭石喃喃說道：「咱們賣地賣宅子吧？這筆銀子雖然多，但不是還不起。」

明青達陰沉說道：「你能想到的，他們能想不到？朝廷嚴禁田地私下買賣，如果是小宗的話還好，可是這麼多田要賣出去，怎麼能不驚動官府？一應手續辦下來，至少要一年以後……招商錢莊寧肯損失三成，也要提前還債，為的是什麼？不就是逼咱們分股？」

明青達忽然心頭一沉，想到朝廷嚴控土地買賣的律條，正是當年葉家女主人在世的時候，強力推行的新政之一。

明蘭石面色如土地離開，他猜到父親會做什麼，但不知道父親會怎樣做，只知道父親在明家面臨暴風雨的情況下、在這一年的壓力下，終於失去了理智……而他雖然依然極其艱難地保持著一絲清明，認為與招商錢莊合作更好，但是基於自己那件一直隱而未報的事情，也不敢開口勸說什麼。

當天夜裡，蘇州城那條青石砌成的街道上，忽然多了一些窸窸窣窣的聲音，就像是被冬天困在洞裡許久的老鼠，忽然間嗅到了香美糕點的味道，藉著夜色的掩護傾巢而出。

然而老鼠只有三隻，三個穿著黑色夜行衣的高手，輕而易舉地突破了招商錢莊的防衛，直接殺進了後堂。

錢莊的保衛力量一向森嚴，加上招商錢莊的幕後身分，暗地裡請了不少江湖上的好手，然而就是這樣的防衛力量，卻阻不住那三名夜行人的雷霆一擊，由此可見，這三名夜行人的超強實力。

最可怕的是來襲者手中的長劍，劍上彷彿烙印著某種魔力，破空無聲，劍出不回，直刺有如九天降怒，氣勢一往無前、從不回顧，片刻間在錢莊裡留下了十幾具屍首與滿地的鮮血。

沒有人來得及發出慘呼與呼救之聲。

然而這樣三位極高明的劍客，卻在錢莊的後園裡，遇到了極大的阻礙。他們明明看見了招商錢莊大掌櫃死死抱在懷裡的那一盒借據，卻無法把劍尖刺入對方的咽喉。

甚至是三人中領頭的那位絕頂高手也做不到。

因為他手中那柄開山破河的無上青劍，此時正被一張看似柔弱、實則卻內蘊無窮綿力的青色幡布圍繞著。

嘶啦啦三聲響，劍客收劍而回，雙手一握，對著手持青幡的年輕人行了一禮。

武道之中自有尊嚴，暗殺到了如今這種地步，便成為武道上的較量。

此時青幡已經被那道極高明沉穩的劍意絞成了無數碎片，上面寫的「鐵相」二字也變成了碎布片上的小黑點，曾經化名鐵相，如今化名王十三郎的年輕人，手裡拿著那根光禿禿的幡棍，看著手持青劍、一副大師風範的黑衣人，緩緩低頭回了一禮。

「請。」

黑衣人取下蒙面的布巾，一臉肅容，三綹輕鬚微微飄蕩，謹誠持劍，將全身的精氣神盡數貫入這柄劍中，輕啟雙唇說道。

以王十三郎天不怕地不怕、渾然灑脫的心性，驟然看見這人的面容，也不禁動容！如果是范閒在此地，看清黑衣人的面容，只怕也會馬上轉身就走，一刻不留。

雲之瀾，東夷城四顧劍首徒，一代九品上劍術大家雲之瀾！

王十三郎右手緊緊握著幡棍，瞳孔微縮，十分緊張。

跟隨雲之瀾進入招商錢莊後院的兩位夜行人，正是東夷城的高手，他們看見雲之瀾持劍正面對敵，十分恭謹地退到一旁。在他們的心裡，對面那個持幡的年輕人雖然修為極其高深莫測，但只要他不是大宗師或者是慶國范閒這種變態人物，那就一定不是雲之瀾的一劍之敵。

王十三郎怔怔看著他，忽然說道：「您……的傷好了嗎？」

雲之瀾微微皺眉，緩緩說道：「閣下認識我？」

去年春天時，雲之瀾單身赴江南，一方面是暗中看著自己的女徒弟們修煉，最重要的目標卻是想覷機刺殺江南路欽差范閒，然而事情的結局卻有些痛苦，一代劍法大家，居然只是坐在漁船上遠遠看了樓上范閒一眼，便中了監察院的埋伏。

時至今日，雲之瀾對於從水中如鬼魅般出現的那道劍芒依然念念不忘，暗生寒意，因為那道神出鬼沒的劍芒，讓他受了出道以來最重的傷。然而他受傷的消息一直嚴格控制著，想必南慶朝廷也不願意鬧出外交風波，所以當王十三郎問他的傷好了沒有，雲之瀾心裡覺得有些驚訝。

王十三郎有些無奈地笑了笑，說道：「君乃一代劍客，奈何為人作賊。」

雲之瀾笑了笑，說道：「閣下何嘗不一樣？」

「就算你把招商錢莊的人都殺了，把這些契條燒了，也不能幫到明家。」王十三郎嘆了口氣，說道：「這裡留的只是抄件，原件自然不在蘇州。」

「原件在東夷城的話，明天應該就沒有了。」雲之瀾緩緩說道：「我不知閣下是何方門下，但是明家對我東夷城太過緊要，還請閣下不要阻攔。」

王十三郎說道：「明青達已經完了。」

還沒有說完，一直安靜等在雲之瀾身邊的黑衣人開口說道：「師父，這人是在拖時間。」

王十三郎微微一怔，發現這名黑衣人竟然是位女子，說話的聲音極為清脆，不由得偏著腦袋笑道：「思思也來了？」

黑衣人身子一震，雲之瀾也好奇地看著王十三郎，嘆息說道：「沒想到閣下居然對我師門如此了解……真是有些好奇，只可惜時間不多，馬上蘇州府就要來人了。」

他緩緩舉起手中的劍，劍尖微微顫抖，遙遙指著王十三郎的咽喉。

「您不會殺我。」王十三郎說道。

「為什麼？」

「因為……」

王十三郎忽然面色一肅，左腿退了半步，青幡孤棍忽地一下子劈下來，左手反自背後握住棍尾，右手一壓，棍尖挾著一股勁意往下一壓！

破風之聲忽作、忽息，只在空氣裡斬出一條線來！

好強大的劍意！

雲之瀾瞳孔微縮，緩緩問道：「招商錢莊的東家究竟是誰？」

王十三郎猶豫了片刻，緩緩收回青幡，張嘴無聲比了個口形。

雲之瀾滿臉驚愕一現即隱，無奈地笑了笑，沒有多說一句話，便帶著兩名女徒弟轉身離開後院。在將將要出後院的時候，他忽然回身說道：「師弟，保重，范閒比你想的還要陰險。」

王十三郎苦笑說道：「大師兄，如果您告訴了明青達，相信我一定有機會看著范閒是怎麼把我慢慢陰死。」

雲之瀾沒有回頭，雙肩如同鐵鑄一般的穩定，他沉默片刻後說道：「他用這麼大的利益為賭注，來試探你對他有幾分忠誠……我不理解。」

「我也不理解。」王十三郎緩緩說道：「可能他很有自信，就算我叛了他，他也有辦法把明家搞死，他只是讓我主持此事，順便看一下我的態度。」

雲之瀾說道：「師尊的意思究竟如何？是明家重要，還是范閒對你的信任重要？我才能決定應該怎樣做。」

「范閒的信任最重要。」王十三郎誠懇說道：「就算我與您聯手，告訴明青達事情的真相，幫助明家度過這次劫難，可下次呢……內庫終究是范閒的，師尊並不介意與異國的小朋友建立起某種友誼。」

「那你剛才就不應該告訴我。」雲之瀾緩緩說道。

王十三郎笑著看了身後抱著借據、滿臉警惕的招商錢莊大掌櫃一眼。「就算我沒有告訴您，但是誰也不知道暗中我會不會通知您，所以還不如當面告訴您。」

「看來東夷城裡也不會動手了。」雲之瀾嘆息著，他並不是嘆息自己白跑一趟，而是在讚嘆師尊那張愚痴面容下的深刻機心。他也是直到今天才知道，那位最神祕的小師弟，原來出廬之後，一直跟著范閒在做事。

「是的。」王十三郎低頭說道：「如今是我在攻，所以請大師兄暫退，請保持沉默。」

「我可以退，但我為什麼要沉默？」雲之瀾平靜說道。

王十三郎從懷中取出一塊小小的玉牌，讓他看了一眼。

雲之瀾看見這玉牌馬上嘆息起來，搖頭笑道：「門中一直都知道，你是沒有劍牌的，沒想到原來師尊給了你這一塊。」

這個世界上，所有的人、所有的勢力都在做騎牆派，而東夷城一脈，無疑是一棵參天大樹，他如果往任何一方倒下去，都有可能產生某種意料不到的結局，再也無法飄回來。

所以四顧劍不能倒，因為他的劍要守護著東夷城，他必須對慶國的局勢完全判斷清楚，才會做決定；或者說，如果有足夠強大的致命誘惑，他才會出手。

因為范閒的突兀崛起，他必須在范閒這邊投以足夠的誠意，一部分的態度，正是王十三郎。而他還在永陶長公主那邊保留了一部分態度，比如雲之瀾。

只有這樣，日後慶國內部不論是哪方獲勝，他都可以獲得相應的利益。

這就是兩手抓，兩手都要硬。

而今天夜裡對招商錢莊的突襲，卻讓四顧劍的兩隻手正面握在一起開始較力，只怕這個情況連這位大宗師也沒有想到。

范閒先出手，所以雲之瀾只好退走，可是他不必沉默，他完全可以告訴明青達真相，讓他拒絕招商錢莊的入股；但他看到了四顧劍的劍牌，所以明白了在眼下暫時的局面當中，自己的師尊更傾向於哪一方。

招商錢莊裡一片安靜，隱隱傳來前院的血腥味道。

先前一直警惕著的錢莊大掌櫃，此時臉上早已回復了平靜溫和，他對著手持青幡發愣的王十三郎鄭重行了一禮，恭敬說道：「恭喜十三大人過關。」

王十三郎有些痴地偏偏頭，半晌後嘆息道：「人類的心，真是複雜，師尊和范閒真是……很有趣的兩個人。」

明青達又一次習慣性地把目光投往明園高牆外的樹上，心裡有些淒涼，想著明明冬天已經結束，春風已然拂面，前些日子生出的青嫩枝椏，怎麼偏偏又被凍死了呢？

他知道現在擺在自己面前、擺在家族面前的局面，也有如嚴酷的冬天。明家百年之基，本來哪裡這麼容易被人玩死，然而自從成為經銷內庫出品的皇商之後，明家賺得多，也陷得太深，根本拔不出來，漸漸成為了朝廷各大勢力角力的場所。

商人再強，又哪裡禁得起朝廷的玩弄？不論是這一年裡的打壓，還是前幾個月的貨價操控，以及那次惡毒到甚至有些無賴的石碌砸銀鏡……明家付出了太多血汗，損失了太多實力，整個家族商行的運作越來越艱澀。

如果他能脫身，明家依然能夠保存下來。

但他不能脫身，所以他需要解決問題。擺在明家眼前最急迫的問題，就是周轉不靈，流水嚴重缺乏。要解決這個問題，就需要有外部的支援。然而太平錢莊畢竟不是無底洞，不可能永遠向明家輸血，東夷城方面據說已經有人開始提出異議。而那該死的招商錢莊……

明青達的眉頭皺了起來，更咳了起來，咳得胸間一陣撕裂痛楚。

如果招商錢莊要的不是明家三成股子，而且手裡頭握著足夠的籌碼，明青達也不會做出如此喪失理智的反應，他甚至願意和招商錢莊進行更深層次的合作，等度過這一次風波之後，雙方攜起手來，賺盡天下的銀子。

可是……想要自己的家產？這便觸到了明青達的底線，這是他弒母下跪忍辱求榮才謀來的家產，怎麼可能為了四百萬兩銀子便雙手送上？

可是……現在的明家，確實抽不出現銀來還這四百萬兩白銀，就算招商錢莊用淺水價應契，接近三百萬兩的銀子，明青達也拿不出來。

他咳得更厲害了，咳得眼中閃過了一絲黯淡失落與屈服。

雲之瀾又一次帶著他的人走了，只不過上次這位劍術大家是傷在監察院手下，這一次卻是瀟灑離開，兩種差別讓明青達嗅到了極其危險的味道。前天夜裡，招商錢莊雖然死了不少人，但是帳冊與借據沒有搶過來，東夷城中的行動也根本沒有動靜，相反的，江南路衙門搶先接手了招商錢莊血案，派重兵把守。

同時明家的私兵也全部被江南路總督薛清的州軍們緊緊盯著。

明青達知道自己已經無法再用雷霆手段，被朝廷盯著，一切只能從商路上想辦法，而要解決目前明家的危機，他只有選擇低頭。

他有些疲憊對身旁的二姨太說道：「去請招商錢莊的人過來……妳親自去，態度要好一些。」

那位當年明老太君的貼身大丫鬟點了點頭，然後提醒道：「趕緊向京裡求援吧。」

第十章　明園裡的笑聲

明青達冷漠地看了她一眼，冷漠道：「母親不知道妳曾經是長公主的宮女，但妳知道我很清楚這一點……所以不用刻意提醒我什麼。我和殿下本來就是一條船上的人，我也不準備下船。」

他頓了頓，覺得在這女子身上撒氣沒有必要，搖頭說道：「信早就發給宮裡了，長公主殿下一定有辦法拖住范閒的手。」

如果永陶長公主有空閒的時間，當然有足夠多的陰謀詭計、朝爭堂辯來拖延監察院對明家的進逼。

問題在於，其實大家現在都很忙。

招商錢莊的大掌櫃冷漠地坐在明園華貴的花廳裡，手邊的茶水一口未動，他的右手繫著繃帶，不知道是不是在前天夜裡的廝殺中受了傷。

此一時，彼一時，前天是招商錢莊主動找明家談生意，今天卻是明家在施暗手無效後，無奈地主動請求，所以這位大掌櫃的態度明顯也不一樣。

明青達在後方偷偷看著對方的臉色，心想這位大掌櫃雖然憤怒，卻依然來了，想必是錢莊的幕後東家，不願意因為前天那件事情，就影響了雙方之間的大買賣。

他正準備掀簾出去，卻發現自己的袖子被人拉住，愕然回首一看，發現自己最疼的兒子明蘭石臉色慘白，欲言又止。

明青達皺著眉頭，低聲喝叱道：「現在什麼時節了，有話就說。」

明蘭石往廳裡瞄一眼，臉色更加難看了，扯著父親的衣袖進了後廳，然後二話不說，便撲通一聲，跪在他的面前。

「孩兒不孝……請父親殺了孩兒……」明蘭石鼓足勇氣，抬起頭來說道：「一定不能讓招商錢莊用那些調銀換股子！」

明青達沉默片刻，緩緩啟脣問道：「究竟發生了什麼事？」

明蘭石羞愧地低下頭去，說道：「孩兒……私下向招商錢莊調了一批銀子，用的是手中的半成乾股做抵押。」

明青達倒吸一口冷氣，面色變得極其難看，卻馬上回復鎮靜，急促問道：「什麼時候能回銀？訂的什麼契？能不能找太平轉契？」

這問的是幾個關鍵問題，因為事涉明家歸屬的股子大事，明青達根本來不及痛罵自己的兒子，搶先問出來，希望不要讓招商錢莊又多了這半成。

「死契……」明蘭石哭喪著臉說道：「至於回銀……原初以為是三個月，但眼下看來，應該是一分本錢都回不來了，太平應該也知道這件事情，他們不會受轉的。」

明家一年裡盡在風中雨中，被范閒憑恃著內庫出產，掐得快要喘不過氣來。明蘭石正如那日對他父親說的一樣，一直以為應該把明家的經營業務大方向進行調整，只有這樣，才不會永遠被范閒玩弄於股掌之間。

因為明青達的堅持，明蘭石只好暗中進行嘗試，去年底用自己在明家的半成股子，換取了招商錢莊的現銀支持，他本以為這次嘗試會在極短的時間內獲得極大的收益，說服父親，但沒有想到……

明青達腦中嗡的一聲，險些暈厥過去，半晌後才微微喘息著問道：「究竟是什麼生意？又怎麼會一點兒本錢都回不來？」

明蘭石看著暴怒的父親，遲疑半晌後才顫抖著說道：「是……私鹽生意。」

明青達一怔，半晌沒有說出話來。

慶國最賺錢的生意永遠只有三門，一門是青樓生意，一門是內庫的皇商，一門就是販賣私鹽。而在這三樣當中，販賣私鹽回本最快，利潤也最高。

「為什麼回不了本？」明青達冷厲地盯著兒子的雙眸，一字一句說道：「我知道你是一個沉穩的人，就算是風險大的私鹽，你也一定有辦法保住本錢……告訴我，為什麼回不了本？」

「因為……」明蘭石欲哭無淚。「前些天鹽茶衙門忽然查緝，也不知道他們是怎麼知道的消息，把所有的十二船私鹽全部扣了下來……我去找過人，可是根本沒有辦法。」

他沒有注意到父親愈來愈鐵青的臉色，一個勁地解釋：「那些相關的關卡、衙門，一向被家裡養得挺好，根本沒有想到他們會忽然出手。再說楊繼美一向走那條線，他向孩兒保證，一定沒有事……」

啪的一聲脆響，明青達凶猛的一記耳光，生生地把明蘭石扇到了地上！

明蘭石捂著發麻的臉，半躺在地上，感覺到有血從嘴裡流出來，看著如病獅一樣暴怒的父親，根本說不出話來。

「衙門？衙門！你也知道那是衙門！鹽茶衙門不敢查明家……可監察院難道不會逼著他們來查！」明青達壓低聲音咆哮著，眼中充滿了不敢置信的頹喪與暴怒。「楊繼美！你腦子裡是不是進了水？那個賣鹽的苦力是薛清的一條狗！范閒在蘇州住的就是他的園子！」

明青達胸中一陣寒冷，一腳踹到兒子身上，咬著牙罵道：「我怎麼養出了你這麼蠢一個敗家子！」

他好不容易才平伏下心情，無力說道：「這私鹽生意可留下了把柄？仔細監察院用這個罪名斬了你。」

「請父親放心。」明蘭石掙扎著跪在他的面前。「那批銀子直接從招商錢莊出的，楊繼美那狗賊雖然知道是我，但官府找不到什麼證據。」

「如果招商錢莊把你與他們的契約書拿到堂上……官府就有證據了。」明青達無奈地嘆息道。

明蘭石忽然心頭一寒。「這個錢莊……不會是范閒的吧？」

明青達身子一顫，片刻後沉默地搖搖頭。「不可能是范閒的，長公主在京裡查過戶部，我們對范閒也盯得緊，他沒有這麼多的銀子來做這個局。」

這話簡單，但背後所付出的辛苦極大。明家要和招商錢莊做生意，當然要把招商錢莊的底子調查得清清楚楚，確認范閒與招商錢莊沒有什麼關係。然而明青達沒有想到，他調查出來的結果雖然不錯，招商錢莊的東家確實不是范閒……但那東家是北齊的皇帝！

「一切從謹慎出發。」明青達仰著頭，勉強控制住自己失敗的情緒。「讓出三成……對不起列祖列宗，但可以讓咱們再拖一段時間，等著京中的後手。」

然而，這兩年明家漸漸衰敗直至最後覆滅，其實便是因為……這個「拖」字！
許久之後，當廳裡的招商錢莊大掌櫃打第二十個呵欠時，明家當代主人明青達陰沉著臉走了出來。
大掌櫃微微一笑，說道：「明老爺讓人好等。」
明青達沒有拱手行禮，也沒有說其餘的東西，冷漠說道：「把蘭石那半成股子的契約書拿來，銷去一應書冊，我便應了你家東家的要求。」
「是，明老爺。」大掌櫃面色不變，從懷中取出一份文件，送到明青達的面前，正是明蘭石籌措販鹽銀兩所留下來的契約書，似乎他早有準備。
不等明青達開口，大掌櫃輕聲說道：「那一份，回去後就銷毀。」
明青達無力地點了點頭。

下午時分，明家與招商錢莊的各大帳房先生魚貫而入，大掌櫃強力要求請來的觀禮富商們坐到一旁，由蘇州府派來的官府公證也做好了準備。
三張白紙鋪在案上，一枝墨筆龍飛鳳舞，須臾間，三份債務轉股子的文書便被寫成。在旁觀禮的孫、熊諸氏富商與蘇州城裡的年高老者看了半晌，才看明白上面寫的是什麼，不由得連連直吸冷氣，說不出的震驚。
招商錢莊入股明家，占股三成！
雖然江南的大人物們早看出了明家的窘狀，但誰也沒有料到，富可敵國的明家，竟然會難過到此等地步，雖然稱不上山窮水盡，可是用四百萬兩的借銀換取明家三成的股子……商人們又琢磨一下，想到明家現在困境主要集中於周轉流水上，便馬上看明白這一點，反而又覺得招商錢莊這個要價十分公道。

明青達提起毛筆沉吟片刻，毫不作態，十分平靜地簽下自己的大名，按上了指印。

眾人沉默地看著這一幕，不論與明家是敵是友，對於明青達的城府與魄力，都感到無比的欽佩。百年大族，生生分出三成股子與外人，非不凡人，斷不能做出如此不凡舉措。

代表招商錢莊簽字按指印的……是一位年輕人，一位面相秀美、卻始終站在錢莊大掌櫃身後的年輕人。

眾人本沒有注意到他的存在，直至此時才紛紛醒過神來，投以詫異的目光，心想神祕的招商錢莊大東家，難道就是這個名不見經傳的年輕人？

明青達此時終於皺了皺眉頭，說道：「原來您便是錢莊的大東家，前日失禮，莫怪。」

不怪他看不出來，因為王十三郎一身瀟灑疏朗氣息，委實不像是一位商界的梟雄人物，連一絲居上位者的感覺都沒有。

王十三郎微微一怔，不知道自己是不是應該承認，因為他不知道在此時此刻，范閒是不是還會停留在幕後。

便在此時，明園門口一陣喧譁，隨即便是中門大開的聲音，緊接著二門再開，三門亦開，喧譁聲直接傳到了大廳中，那些急促的腳步聲來得極快，比唱禮的聲音還要快些，透著一絲霸氣與囂張。

明青達皺緊眉頭往廳外望去，不知道來的是什麼人。

腳步聲極其輕快。

因為腳步的主人心情異常輕快。

一身黑色監察院官服的范閒跨過門檻，走了進來，臉上持著一份快意的笑容。在他的身後，跟著洪常青一應監察院官員，以及夏棲飛這位明七爺。

他沒有與那些官員、商人們打招呼，直接走到明青達的面前，用一種頗堪捉摸的眼光看著明青達。

明青達微微皺眉，看著這位據傳還在沙州一帶的欽差大臣，問道：「欽差大人大駕光臨，有失遠迎。」

范閒微笑說道：「如此盛事，豈能不來，尤其是本官還要來對明老爺說聲謝謝。」

「謝謝？」明青達心頭微顫。

「謝謝你的三成股子。」他附到明青達的耳邊，用只有對方才能聽到的聲音，輕聲說道：「招商錢莊……是我的。」

明青達微微皺眉，心想自己是不是聽錯了什麼？

范閒看著案上墨跡未乾的文書，脣角綻放出開心的笑容。辛苦籌劃一年，隱忍一年，終於在今天收到成效，教他如何不開心？

雖然他知道擺明身分，會讓招商錢莊再也無法躲開朝廷的目光，但這是遲早之事，他也需要藉由這個風頭，讓北齊皇帝賺飽收手了……雖然在皇帝老子的注目下，范閒可能要承受一百多萬兩白銀的損失，可他並不計較這個。

縱橫江南百年、縱橫廟堂江湖、手控無數百姓生死的明家……今日易主！如此一場盛大好戲，范閒怎能錯過？花一百萬兩白銀買張戲票，能夠親眼目睹這一景致，實在是很值得！

他看著面色變幻不停的明青達，瞇眼壞壞想著，如果明青達忽然昏了過去，那這張戲票，就更超值了。

似乎是上天聽到他的心聲，明青達看了看站在范閒身後的招商錢莊大掌櫃，看著那個年輕人將契約書遞到范閒的手裡，他終於想明白一切事情，只是他依然想不通……戶部不可能把國庫搬光……范閒從哪裡撈了這麼多銀子搞了個錢莊？

明青達渾身顫抖，雙眼微紅，喉嚨咕嚕了兩聲卻說不出話來，氣血攻心，身子一挺便倒了下去！

范閒對著四周面面相覷的眾人，隨意拱手一禮，在這空曠華貴的明園廳中哈哈笑了起來。

第十一章　子係中山狼（上）

笑聲並沒有持續多久便停了，因為范閒忽然發現自己太過得意猖狂了些，並不是什麼好跡象。

而昏過去的明青達也醒了過來，綢表棉裡的大袍子無風自動，他雙拳緊握，雙眼微紅，狠狠地盯著范閒的臉。

笑聲止，昏人醒，就像先前那一幕沒有發生一樣，但事實上，所有的人都清楚，明家的三成股子已經落到范閒的手上。

如果僅僅只有三成，那依然是遠遠不夠的。

明青達看著站在范閒身後的夏棲飛，想到此人手中的一成股子，再想到那個與家族漸漸離心的明四爺，心裡越來越寒冷，然而依然存著一份僥倖的希望。

「送客。」明青達最後看了一眼范閒手中的文書，有些疲憊無力說道。

范閒沒有動，瞇著眼睛看著明園裡華美的建築，一臉欣賞，就像是這園子已經變成他的。

明青達面色再變。

夏棲飛從范閒的身後閃了出來，看了他一眼，輕聲說道：「送客。」

同樣是兩聲送客，卻出自兩個人的嘴裡，這代表著關於明家的歸屬、明家主人的身分，夏棲飛已經正式站出來，開始向明青達進行挑戰。

客廳裡的諸位觀禮賓客知道今天這事大了，而且不知道緊接著會發生什麼，明青達在震怒之下會做出怎樣的事情，為求明哲保身，眾人趕緊脫身離去，竟是連禮數也顧不得，包括蘇州府在內的證人官員，也趕緊向范閒行了禮便逃出園子。

廳內頓時安靜下來，留下的人包括范閒一方的人馬，還有明家的兩房男丁，人數雖然不少，但知道馬上就要攤牌，沒有人敢發出聲音。

明青達冷冷看了范閒一眼，從懷中掏出一張契約書，緩緩撕掉。「你為什麼不使無賴，把蘭石的這半成股子也吞了？」

范閒看了他一眼，搖了搖頭，說道：「我是朝廷命官，又不經商，要你兒子的股子做甚？」

他走到自己一行人後方，坐到椅子上，不再多話，只是靜靜欣賞著這一幕。

他今日趕至蘇州，一方面是要看這場大戲，一方面也是要給夏棲飛撐腰，明家在江南日久，手底下上千私兵，如果真要搞出大事來，夏棲飛的江南水寨並不見得能正面抵擋。

夏棲飛站在明青達的面前，微微一笑，說道：「招商錢莊的東家提前寫過備書，他手中的三成股子，由我說話。年前蘇州府判大哥酌情補償小七，大哥慷慨，贈予一成股子，小七感激不盡，日後大哥終老明園，小七定會用心服侍。」

明青達在兒子的攙扶下勉強站立在廳中，他看了一眼身後的明族男丁，臉上浮現出一絲慘笑，說道：「看來暗中有不少人投到你身邊去了，不然你說話不會這般有底氣……說來也是，這一年內，我明家的精力都用在應付小范大人身上，卻是忽視了你。」

此言一出，明族男丁們表情複雜，已經暗中投向夏棲飛的人面色慚愧，而那些並不知道內情的人一臉震驚，唯有明四爺兩眼看向外頭，說不出的淡漠。

明青達深吸一口氣，面容顯得無比蒼老，他知道對方既然敢來搶明家主人的位置，那一定有了完全的把握，可他依然存著最後掙扎的念頭。

他回首冷冷盯著明四爺，一字一句說道：「你把股子也給了他？」

「識時務者為俊傑。」明四爺緩緩說道。

明青達慘笑三聲，指著他的鼻子罵道：「蠢貨！明家由此而亡，全都因為你！我看你死後如何去見明家的列祖列宗，待會兒怎麼面對你的母親！」

明四爺微微一顫，旋即冷笑起來，笑容裡顯得十分狠毒。「大哥，我沒臉去見？去年我被逮進了蘇州府大牢，你不讓人來撈我也罷了，居然派人來暗殺我……如此兄弟，難道你有臉去見？」

明青達盯著他的眼睛，說道：「當時的情況不得不如此……」

「我明白。」明四爺神經質一般笑道：「你想讓江南士紳同情咱們明家，所以要我死在牢裡……可你想過沒有？我也是明家的兒子！憑什麼要我死！你怎麼不去死？」

你怎麼不去死？

明青達渾身發抖，回頭尖聲對夏棲飛吼道：「把你的底牌都亮出來！就算老三、老四這兩個姨娘養的投了你，可你依然不夠！」

夏棲飛看了他一眼，緩緩開口說道：「招商錢莊手上不只三成。」

「不只三成？」

「是啊。」夏棲飛平靜道：「明老六這些年在外面欠了多少銀子，你是知道的……他是老太君最疼的幼子，你對他向來忌憚，所以對他的用度剋扣得厲害，嚴禁他插手族產，可他貪玩，是個喜歡用銀子的人……那便只好伸手向外面借了，他又沒有產業，當然只有用老太君當年留給他的股子做抵押。」

「老六？」明青達瞪大雙眼，他怎麼也想不到，明家易主的關鍵一筆，竟然是出自於自己的親弟弟。他愕然回首，看著人群中害怕不已、一直往隊後退去的明六爺，惘然說道：「老六……你瘋了？」

明六爺此時一臉死喪，半佝著身子躲在人群後面，躲避著明青達噬人的目光。在明青達家主積威之下，這些族中男丁都被他殺人似的目光嚇退了半步。

「不是他瘋了，而是明家所有的人都瘋了。」夏棲飛冷漠說道：「看看這園子吧，裡面的人都各有心思，一肚子的壞水……包括我在內，所有姓明的人，天生從骨子裡都透著自私與淡薄，大難臨頭時，有誰還會記得這個姓氏？說來說去，明家的敗因依然是你。你防著族中的所有人，卻對外面的壓力一味退讓……如此行事，怎能不敗？」

廳內一片沉默。

明青達忽然哈哈笑了起來，只是笑聲裡有說不出的絕望與憤怒，他指著夏棲飛說道：「你以為拿了過五成的股子，就可以在明家話事？不要忘了，明家產業裡還有宮中的份額，還有軍中的份額，你能控制的……依然不足數！」

此時已經沉默了許久的范閒終於開口，輕聲說道：「那是乾股。」

乾股兩個字便點明了情況。

范閒看著已經快要陷入瘋癲狀態的明青達，說道：「不上帳冊的股子，難道可以光明正大地拿出來打官司？」

明青達盯著范閒那張可惡的秀美面容，說道：「小范大人，難道你……真的敢把長公主與秦老將軍的股子吃掉？」

范閒站起來，微微偏頭，想了一會兒後溫和笑著說道：「如果我不敢吃，我今天來做什麼？」

明園一座清幽的小院內，明青達孤單地坐在書桌前，他的面容已經沒有什麼光彩，就像是被熬乾了油脂的銅燈，說不出的憔悴。今日下午，夏棲飛已經憑恃著手中占據的股子，把他從明家主人的位置上趕下來，同時在江南路衙門與監察院的雙重公證或者說是監視下，所有的帳冊已經被封存，園內所有的人手統統被換了一遍。

隱忍了一年的明家前代主人明青達，此時甚至根本無法將自己的命令傳出去。雖然只有半天時間，他知道，一旦陷入這種情況，自己被明家的人們、江南的人們遺忘只是時間上的問題。

「為什麼……范閒敢這樣做。」他百思不得其解，額頭上深深的皺紋裡夾著死灰一般的顏色，喃喃道：「長公主會幫我的。」

「妳說是不是？」他有些茫然地問道。

二姨太的臉上也流露出一絲恐懼的臉色，她當初是永陶長公主的貼身宮女，被派到了江南明家，一是監視，二是負責聯繫。去年明青達縊死自己的親生母親，便是透過這位明老太君的大丫鬟，獲得了宮中的點頭。

「不知道……宮裡一直沒有回音，不會是出事了吧？」

明青達慘笑了起來。「難怪……難怪范閒會這般自信，原來他早就知道宮裡幫不了咱們了……如果連長公主都出了問題，我們只是他嘴裡的一塊肥肉，隨便什麼時候吃都可以，他還弄出了這麼多手段，也算是瞧得起我。」

「不是瞧得起你。」

范閒領著夏棲飛推門而入，搓著有些發涼的手，坐在明青達的對面，說道：「從一開始的時候，你我都心知肚明，朝廷要毀掉你明家，是太過輕鬆的一件事情……問題在於，朝廷並不想毀了你們。」

明青達看了他一眼。

「陛下要的是一整個完好的明家，不是一個瀕臨破產、奄奄一息、最後家破人亡的明家，所以要吃掉你，難度確實不小。」范閒說道：「而且這件事情最好能和平解決，不用鬧出太多人命，亂了江南民生……你知道明家是隻巨獸，想馴服是不容易的。」

他繼續說道：「本官給過你機會，可是你沒有抓住。」

明青達有些粗重地喘了兩口氣，說道：「接下來你們會怎麼做？要知道我這邊至少還有接近一半的股子。」

「從現在起，你在明家就沒有說話的資格了。」范閒說道：「明家今日起，由夏棲飛話事。」

夏棲飛在一旁開口，像是在對明青達進行解釋，又像是對他進行痛至靈魂深處的最後一擊。「我已下令，明園所有帳冊送至江南路總督府，全力配合朝廷審查往年內庫船隻屢被海盜劫掠一事。」

第十二章　子係中山狼（下）

夏棲飛接著說道：「本人忝為明家家主，自然要配合朝廷辦案，一旦族內有子弟妄行不法事，統統要交出去。」

「蘭石！」明青達驚恐地站起來。

「不錯，明蘭石已經被傳至蘇州府衙門交代私鹽之事。」夏棲飛盯著明青達的眼睛。「至於有人冒充海盜一事，相信要不了多久也會查明白。」

明青達喘了幾口氣，說道：「你知不知道，這樣下去，明家就真的完了！就算我與母親曾經虧待於你，但你……畢竟是父親的小兒子，你姓明的！難道你就眼睜睜看著明家毀在你的手上！」

他咆哮了起來。

「放心吧。」范閒微抬眼簾，說道：「朝廷對經商沒有什麼興趣，本官也明白，像這種商事，如果官府插手過多，只會將一個金盆子變成馬桶……年前本官便已經進諫陛下，朝廷不會直接插手明園，明園還是明家的明園，只不過這個明園會聽話許多。」

他攤開雙手，平和說道：「本官會讓內庫轉運司全力配合明家，不出一年，您一定可以看到一個重新興旺發達，不！是更加發達的明家！」

明青達一震，無力地坐下來。

在這貫穿了整整一年的事件之中，慶國官方，準確的說是范閒，成功地獲得了明家的控制權；尤其關鍵的是，如今的明園易主，並沒有太多官府的影子，夏棲飛本來就是明家七子，他入主明園名正言順，而且一應手段用的都是商場伎倆，江南的百姓接受起來會容易許多。

至少不會再有許多學子、士紳在蘇州裡遊行，說監察院強奪民產。民產還是民產，只不過擁有這個民產的主人，現如今是夏棲飛這位監察院暗中的官員。

范閒搖頭說道：「這一年裡，你我過得並不舒服，如今有個成算，你我也都算是解脫。」

「雖然大人是個喜歡羞辱人的人，但此時前來，想必不是炫耀功績這般簡單。」明青達打斷了他的話，盯著他的雙眼說道：「想必大人會慢慢用這些人把我架起來，但是你……不能把我困在園子裡，我總是可以出去的。」

「我要來說的就是這件事情。」范閒一字一句說道：「你，不能出園。」

明青達冷漠笑道：「你憑什麼？」

「本官奉旨，查緝膠州水師謀逆一案，明老爺是涉案證人，如果你不想一出園便落個畏罪潛逃的罪名，盡可以出去。」

膠州水師的案子早就查完了，范閒只是尋找一個藉口。明青達冷笑說道：「這話又能去騙誰？」

「還有招商錢莊遇襲的案子，夏棲飛遇刺一案。」范閒微笑說道：「明老爺過往的手伸得太遠，有太多漏洞可以抓。」

明青達怒極反笑，極有意思地看著范閒。「如果真想查這些案子，以前就可以查，為什麼要挪到現在？」

「因為以前你是明家主人，我查你，會讓朝野上下認為監察院在迫害商人，謀奪財富。」范閒笑吟吟說道：「如今你沒有這個身分，就好辦多了。」

「大人似乎少說了一個原因。」明青達冷漠應道。

「是啊。」范閒嘆息道：「長公主現在幫不了你了，我做起事來真是百無禁忌，快活得很。」

他看了一眼明青達身後的那女子。

明青達的眉頭皺得極深，說道：「這也正是我先前不明白的地方，如果大人確定京都幫不了我，直接用這種手段就可以整死明家……何必還要轉這麼多道圈子？」

「我說過，我要一個完整的明家。」范閒說道：「從前我如果用這些雷霆手段，你以明家主人的身分，可以驅使整個明家與朝廷對抗，甚至可以讓江南動亂……而如今，你沒有這個身分，你說的話，也就沒有這種力量。」

「身分，看似很不重要。」范閒認真說道：「其實是最重要的事情。」

他微笑說道：「必須承認，你只是一個商人身分，遠不及我。無論如何也不能抵抗朝廷之怒，然而你用盡手段，隱忍委屈，硬生生拖了我一年……實在是令人佩服。」

明青達微笑說道：「至少我還是明家的大東家，您不讓我出園，想必也不放心我就這麼待在園子裡，您準備怎麼處置我？想必以您的手段，不至於在這風口浪尖上殺死我，落人話柄。」

「你又錯了。」范閒認真說道：「我佩服你，但你的身分不如我，你就算現在死了，也掀不起多大的風浪來。」

「當然。」他很溫和地勸說道：「好死不如賴活著，我勸你最好還是在明園裡多養幾天老。」

說話間，夏棲飛臉上帶著一抹複雜的神情，從懷中掏出一塊白色的布綾，輕輕地放在明青達面前的書桌上。

白綾一出，明青達面色不變，他身後那位二姨太卻是嚇得牙齒都格格作響。

「白綾放在這兒，你哪天真有勇氣以死亡來對抗我，就請自取去用。」范閒望著明青達說道：「但我知道，你沒有勇氣自殺，所以你會按照我的想法繼續活下去，直到我不需要你活下去……一個縊死了自己親生母親的人，一定非常清楚死亡的恐懼，一定非常害怕死後去黃泉之下看到那個老太太。」

「你最好不要死，因為明蘭石很難再從牢裡出來，如果你死了，你手頭的股子就會轉給那個不足兩歲的嬰兒。」范閒皺了皺眉頭說道：「你知道，一個小孩子手中有這麼多錢……不是什麼好事情。」

說完這句話，他轉身離開書房，在他身後，夏棲飛細心地將書房的門關好，沒有留下一道縫隙，書房裡重新陷入一片昏暗。

明青達盯著書桌上的白綾，沉默無語，許久之後才緩緩說道：「好一個狠毒的狼崽子……」

明園裡的防衛力量已經被監察院清空換血，這座美麗的園子陷入一種安靜而不安的氣氛之中，四處可以看見陌生的人。如今夏棲飛話事，他讓明園進行改變，族中沒有幾個人敢當面抵抗他的命令。

「明園的私兵已經被薛清大人派去的州軍繳了械。」夏棲飛收到消息後，馬上到范閒的耳邊說道：「明青達手頭的力量已經被清空了。」

「有沒有出什麼問題？」

「死了四十幾個人。」

「記下薛大人的情分。」范閒低頭沉默了一會兒，旋即抬臉笑道：「明家現在終於是你的了，復仇的感覺怎麼樣？」

夏棲飛低頭恭敬說道：「明家是大人的。」

范閒不贊同地搖搖頭。夏棲飛趕緊解釋：「屬下的意思是說，明家是朝廷的。」

范閒回頭瞪了他一眼，說道：「明家是你的，就是你的，什麼時候又成了朝廷或者我的？你以為在書房裡我和明青達說的都是假話？把心放安吧……朝廷對明家沒有興趣，要的只是明家聽話。」

夏棲飛一窒，不知如何言語。朝廷花了這麼大的本錢，才把明家完全的控制住，難道就這麼輕輕鬆鬆交給自己打理？

范閒嘆了一聲，解釋：「站的位置不一樣，想的事情也不一樣。陛下是誰？陛下是天下共主，慶國的子民都是他的子民，既然如此，他的子民擁有什麼，也等若是他擁有什麼，只要這位子民把這份東西治理好……能帶給百姓、朝廷益處就好。朝廷如果真把明家收進手中，嶺南、泉州那些商人怎麼想？而且以朝廷官員那些迂腐嘴臉，誰有辦法把這麼大個家業管理好？所以放心吧。」

夏棲飛嘴中發苦，忽而想到，皇帝是天下的主人，所以不在意子民的產業，可范閒呢？為什麼他也甘心不從明家裡吃好處？

范閒的話打斷他的思緒。

「先前問你，復仇的感覺怎麼樣？」

夏棲飛有些茫然地搖了搖頭。「以主人的身分走在明園之中，卻沒有什麼感覺……因為這園子很陌生，我總以為幼時生長在這裡，如果一朝回來重掌大權，應該會很快活，可是不知道為什麼，偏偏生不出太多欣喜的感覺。」

「報仇這種事情就是如此。」范閒停頓片刻，然後說道：「一旦大仇得報，便會覺得事情很無聊了。」

夏棲飛忽然想到一件事情，小意問道：「其實屬下與明青達的想法有些接近，由今天這一幕，再看大人這一年的布置，似乎顯得過於小心了一些。」

「和平演變本來就是個長期過程。」范閒笑著說道：「穩定重於一切，和平過度才是正途……我只是個替陛下跑腿的，陛下要求兵不血刃，我也只有如此去做……」

他接著苦笑說道：「再說以前明青達有長公主和皇子們的幫忙、軍方的撐腰，我哪裡能夠像如今這般放肆。」

提到永陶長公主，夏棲飛皺眉問道：「那幾成乾股究竟怎麼處理？」

「全部抹了，反正都是些紙面上的東西，又沒有實貨。」范閒交代道：「做個表，我要送進宮去。」

夏棲飛忽而苦笑起來。「這下子可把長公主得罪慘了……不知道那位貴人會怎麼反擊。」

范閒笑了笑，沒有說什麼，心裡卻在想，宮裡那位長公主已經被自己得罪到極點，至於反擊……那位貴人沒有空想這些東西。

他向夏棲飛招了招手，兩個私生子便在換了主人的明園裡逛起來，一路小聲說著後續的事，一路欣賞著天下三大名園之一的美麗風景，環境與心靈都變得美妙起來。

京都深深皇宮之中，自一個月前便開始傳出某個流言，但凡這種貴人聚居之地，服侍貴人們的下人總喜歡在嘴上論個是非，說個陳年故事，講些貴人的陰私閒話……然而這個流言實在是太過驚人，所以只流傳了兩天，便悄無聲息地湮滅無聞。

這是因為這個流言委實有些無頭無腦，根本不知是從何處傳出來，更沒有什麼證據，而且……太監、宮女們雖然嘴賤，但不代表無腦，知道再傳下去，傳到貴人們的耳朵裡，那自己的小命一定會報銷掉。

有史以降，流言碎語乃是皇宮生活裡必不可少的佐料，大多數都會消失在人們的淡忘之中，再如何聳動的話題，在沒有後續爆發的情況下，都不可能維持太久的新鮮度。

本年度皇宮頭號話題，也很自然地這樣消失了。然而有的人卻沒有忘記，尤其是那些最多疑敏感的人，在某個深夜裡，還在討論著這個話題。

姚公公輕聲說道：「小畜生們的嘴都很賤，奴才知道怎麼做。」

矮榻上的中年男子放下手中奏章，全無一絲皇帝應有的霸氣，很平和地說道：「聽說東宮裡死了一個宮女？」

第十三章　宮裡的三個夜

夜已經深了，御書房裡一片安靜，慶國皇帝勤於政務，對後宮的恩澤自然少了許多，像今夜這般不在後宮就寢，而是直接睡在御書房裡的次數極多，所以太監們早就備好了一應用具。

一陣微風從窗沿鑽了進來，明明吹不動有玻璃隔擋的燈火，卻不知怎的，仍然讓室內的光線暗了些。

「是的，聽說是偷了皇后娘娘小時候佩戴的一塊水青兒玉玦，被審了會兒，抵賴不住，覷了空自盡了。」

姚公公很簡單明瞭地向皇帝道出自己掌握的原委，沒有多加一言一語。

「水青兒玉玦？」皇帝皺了皺眉頭，似乎在思考這件東西，片刻之後，他笑了笑，說道：「想起來了，那是皇后小時候戴的東西，記得是父皇當年訂下這門婚事之後，賜給她家的。那時候父皇好像剛剛登基不久……宮裡亂得很，這物件也不是什麼上品，但小時候的皇后很是喜歡，一直戴著。」

他皺了皺眉頭，從這種難得的溫暖回憶裡抽離出來，淡漠說道：「記得上面刻著的是雲紋。」

姚公公一味沉默，不知道皇帝的心情究竟如何。

「雖然皇后喜歡，但也不至於因為這種小玩意杖殺宮女。」皇帝脣角泛起一絲冷笑說道：「她不是號稱宮中最寬仁的主子嗎？賢良淑德，仁厚國母，一直扮演得極好，怎麼卻在這件小事上破了功？」

明明姚公公說的是宮女羞愧自殺，但皇帝直接說杖殺，皇宮裡的人們一個比一個精明，誰都明白這些名目用來遮掩的真相是什麼。

「你暗中查一查是怎麼回事。」皇帝重新拾起奏章，回復了平靜。

皇宮裡早已回復了似乎永恆不變的平靜，誰也沒有想到，姚公公正帶領著幾位老太監在暗中調查著什麼事情。皇帝似乎沒有對這件事情太過上心，連著數日都沒有詢問後續的消息。

又是一個夜裡，姚公公恭敬回稟道：「宮女的死沒有問題。」

皇帝點點頭，說道：「知道了。」

「只是，那名宮女出事之前的當天下午，去廣信宮裡送了一捲繡布。前一天皇后娘娘向東夷城要的那批洋布到了貨，依例第二天便送往各處宮中，並無異樣。」姚公公加了一句。

皇帝緩緩地將目光從奏章上收回來，看了他一眼，又垂了下去，說道：「知道了。」

「太子當時在廣信宮。」姚公公把頭低到不能再低。

皇帝將奏章輕輕地放在桌上，若有所思，沒有再說「知道了」這三個字，直接吩咐道：「讓洪竹過來一趟。」

洪竹跪在皇帝的矮榻前，面色如土，雙股顫慄，連身前的棉袍都被抖出一層層的波紋。

他不是裝出來的，而是真的被嚇慘了——本以為小范大人安排的這條線索埋得極深，而且看似與自己八竿子打不著關係，應該會讓自己遠遠地脫離此事，沒有料到在這個深夜裡，自己竟會跪在九五至尊的面前。

皇帝沒有正眼看他，直接問道：「東宮死了位宮女？」

「是。」洪竹不敢有半分猶豫，為了表現自己的坦蕩與赤誠，更是拚了命地擠壓著肺部，力求將這一聲應得無比乾脆，然而氣流太強，竟讓他有些破聲，聽上去十分沙啞。

他答話的聲音迴蕩在御書房內，有些刺耳難聽，皇帝不易察覺地皺了皺眉頭，說道：「聲音小些……將當時的情況說來。」

洪竹老老實實地將皇后因何想起那塊玉玦、如何開始查宮、如何查到那名宮女、誰進行的審訊、宮女如何自殺，都說了一遍。

皇帝似乎是在認真聽，又似乎一個字都沒有聽進去，眼光始終落在奏章上，隨意問道：「那宮女撞柱的時候，你可親眼看見？」

「沒有。」洪竹回答得沒有遲疑，內心深處大喚僥倖，若不是當時皇后有別事留下自己，這時候答應就斷沒有這般自然了。

御書房又陷入了平靜之中，許久之後，皇帝忽然抬起頭來，似笑非笑看著洪竹，說道：「你今日為何如此害怕？」

洪竹吞了一口唾沫，臉上很自然地流露出恐懼與自責交雜的神情，跪在地上一面磕頭一面哀聲說道：「奴才有負聖恩，那宮女自殺的消息沒有及時前來回報，奴才該死。」

皇帝怔了怔，笑了起來，罵道：「朕讓你去東宮服侍皇后娘娘，又不是讓你去做密探，這等小事，你當然不用來報朕知曉。」

洪竹點頭如搗蒜，心裡卻在想些別的。一年前，他被一直寵信有加的皇帝從御書房逐到東宮，在外人看來當然是因為范閒在皇帝面前說了他壞話，但只有他自己清楚，皇帝只是借這個理由，讓自己去東宮裡做金牌小臥底，而且這一年裡，自己這個小臥底做得不錯。

他在心裡安慰自己的怯懦，強打精神想著，就連皇帝也不知道自己真正是誰的人，這發些抖又算得了什麼呢？

皇帝本來還準備開口問些什麼，卻忽然間皺眉住了嘴，轉而說道：「這一年在東宮，皇后娘娘對你如何？」

「娘娘馭下極為寬厚，一眾奴才心悅誠服。」洪竹這話說得很有藝術。

皇帝笑了起來，用極低的聲音自言自語道：「為了塊玉就死了個宮女，這……也算寬厚？」

等洪竹走後，姚公公安靜地站在皇帝的身邊，等著他的旨意。皇帝沉默許久後說道：「洪竹沒說假話，那宮女的死看來確實沒什麼問題，只是……」他笑了起來，說道：「只是這過程太沒有問題了。」

姚公公腦中一震，明白皇帝的意思。慶國開國以來，皇宮裡各式各樣離奇的死亡不知發生了多少次，再怎樣見不得光的陰謀與鮮血，都可以塗上一個光明正大的理由，然而……往往當理由過於充分，過程過於自然，這死亡本身，反而值得懷疑。

「有些事情，朕是不相信的，你也不要記住。」皇帝平靜說道。

姚公公跪了下來。

「請洪公公來一趟。」

姚公公此時隱懼之下，沒有聽清楚皇帝的話，下意識回道：「小洪公公剛才出去。」

皇帝皺眉，有些不悅之色。姚公公馬上醒了過來，提溜著前襟，向門外跑出去，在過門檻的時候險些摔了一跤。

自從范閒三百詩大鬧夜宴那日之後，也正是皇宮近十年來第一次被刺客潛入之後，自開國後便一直待在皇宮裡的洪四庠，當年的太監首領，便變得愈發沉默、低調起來，整日只願意在含光殿外晒太陽。

但是宮裡、朝中沒有一個人敢小瞧他，反而因為他的沉默愈發覺著這位老太監深不可測。即便如今宮中的紅人洪竹，其實也是因為他的關係，才有了如今的地位。

就連太后和皇帝，對於這位老太監都保持著一定的禮數。

然而今天皇帝直呼其名道：「洪四庠，你怎麼看？」

上一次慶國皇帝這樣稱呼這位老太監時，是要徵詢他對於范閒的觀感，其時洪四庠回答道，認為范閒此人過偽。

只有在這種重要的、需要洪四庠意見的時候，皇帝才會認真地直呼其名。在旁人看來，這或許是一種不尊重，但皇帝的意思卻是恰好相反，他一向以為稱呼洪四庠為公公，會讓對方想到身體的隱疾，而直呼對方的姓名，反而更合適一些。

洪四庠微微佝著身子，一副似睡似醒的神情，輕聲回道：「陛下，有很多事情不在於怎麼看，就算親眼看見的，也不見得是真的。」

皇帝點點頭，說道：「朕的性子一向有些多疑，朕知道這樣不好，有可能會看錯，所以請你幫著看看。」

洪四庠恭謹一禮，並無太多言語。

皇帝沉默許久後說道：「承乾這半年精神一直不錯，除了日常太傅教導之外，也時常去廣信宮聽雲睿教他治國三策，朕有些好奇，他的身子怎麼好得這麼快。」

雖然說如今皇族裂痕已現，但至少表面上沒有什麼問題，皇帝深知自己的胞妹在權術一道上深有研究，所以往常並不反對太子與永陶長公主走得太近，甚至還暗中表示了讚賞，然而……

「麻煩你了。」皇帝說完這句話後，便不再看洪四庠一眼。

洪四庠慢慢地佝身退了出去，緩緩關了御書房的門，走遠了一段距離，回首望著裡面的燈光，在心底嘆了一口氣，對自己說道：「既然知道自己多疑，最後又何必說自己好奇……陛下啊，您這性子應該改改了，慶國的將來，可都在您的一念之間。」

後幾日，一名太醫暴病而亡。又幾日，一位遠房宗親府上的貴人郊遊不慎墜馬。再幾日，京都有名的回春堂忽然發生了火災，死了十幾人。

在火災發生的當天夜裡，一臉木然的洪四庠再次出現在皇帝的面前，用蒼老的聲音稟報道：「老奴查到太醫院，那位太醫便死了。老奴查到宗親府上，那位貴人也死了。老奴查到回春堂，回春堂便燒了。」

今夜慶國皇帝沒有批閱奏章，很仔細地聽著洪四庠的回報，聽完了這句話，他的脣角閃過一絲詭異的笑意。

「有人想隱瞞什麼，而不論是在宮中、在京中，能夠事事搶在你前面的人不多。」皇帝平靜說道：「她的手段，我一向是喜愛的。」

洪四庠沒有說話。永陶長公主的手段，整個天下都清楚，只不過這幾年裡一直沒有施展的餘地，若這種手段放在幫助皇帝平衡朝野、劍指天下，皇帝當然喜愛；可如果用在毀滅痕跡、欺君瞞上，皇帝當然……很不喜愛！

洪四庠從懷中取出一枚藥丸遞過去，說道：「只搶到一顆藥。」

皇帝用手指頭輕輕地捏玩著，微一用力，藥丸盡碎，異香撲鼻，他的眼中一片冷漠，說道：「果然好藥。」

洪四庠平靜說道：「有可能是栽贓。」

「所以……什麼事情還是要親眼看見才可以。」皇帝說道：「先休息吧，不論這件事情最後如何，不要告訴母后。」

洪四庠應了一聲，退了出去，心裡清楚，就算以自己的身分，可是這宮裡有很多事情依然是不能看的。

微風吹拂著皇宮裡的建築，離廣信宮不遠處的一個園子裡，身著黃衫的慶國皇帝從樹後閃出身來，微微低頭，心裡覺得有些奇怪。明明洪四庠已經弄出了這麼大的動靜，為什麼她還不收斂一些？

然而這一絲疑惑早已被他心中的憤怒與荒謬感所擊碎了，皇帝的眼中充斥著一股失敗失望失神的情緒。

他沒有回去寢宮，依然在御書房裡歇息。

在這個夜裡，他思考了很久，然後問了身旁服侍的姚公公一個奇怪的問題：「洪竹會不會知道什麼？」

姚公公緊張地搖搖頭，勸說了幾句。他必須在皇帝隱而不發的狂怒下保住洪竹的性命，也才能盡可能地保證自己的安全。

「朕想殺了他……」皇帝皺眉說道：「朕想……殺了這宮裡所有人。」

然後他平靜了下來，用一種異常冷漠的語調吩咐道：「宣陳院長入宮。」

在冬日裡滿頭大汗的姚公公如蒙大赦，趕緊出宮直奔陳園去找那位大救星。在他出門不久，御書房裡傳來一聲巨響，聽上去像是那個名貴的五尺瓶被人推倒在地。

不知道是什麼樣的事情，能讓一向東山崩於前而面不改色的慶國皇帝，會做出如此憤怒的發洩舉動。

「回春堂那裡不會有問題吧？」陳園中，那位已經在輪椅上坐了許久的老跛子，對身邊最親密的戰友說道：「我不希望在最後的時刻犯錯。」

一身凌亂頭髮的費介說道：「能有什麼問題？雖然是洪四庠親自出馬，但宮裡的每一步都在您的計算之中，不會讓他們抓到什麼把柄。」

「很好。」陳萍萍閉著眼睛想了許久，眼角的皺紋像是菊花一樣綻放，然後睜眼緩緩說道：「我在想一個問題，要不要讓洪竹消失。」

這是一個很奇怪的問題。皇帝之所以偶爾想到這個，是因為他盛怒之下，下意識要將所有有可能猜到皇室醜聞的知情者全部殺死，而且他當時馬上反應了過來，並沒有下這個決定。那陳萍萍又是為了什麼，會想到要殺死洪竹？

陳萍萍皺著眉頭說道：「算來算去，這整件事情當中，也就只有洪竹這個線頭可能出問題。」

費介搖了搖頭。「雖然是我們想辦法讓洪竹看到了這件事情，但很明顯，陛下不是透過這個小太監知道的。」

這兩句對話闡釋了一個令人震驚的真相，也說明了一直盤桓在范閒心頭、卻一直無處問人的大疑惑。

洪竹雖然是東宮太監首領，但他憑什麼運氣那麼好……或者說運氣那麼差，居然會發現永陶長公主與太子間的陰私事？

原來……就連洪竹，也只是陳萍萍最開始掀起波瀾的那個棋子。

「正因為如此，我才覺得這個小太監有些看不透。」陳萍萍皺眉說道：「他明明是陛下放到東宮裡的釘子，在知道了這件事情之後，為什麼一直沒有向陛下稟報？以至於我本以為還要再等兩個月，才能把這件事情激起來。」

「也許是他知道，如果這件事情由他的嘴裡說出去，他必死無疑。」費介說道：「能在宮中爬起來的人，當然不是蠢人。」

陳萍萍忽然微笑著說道：「洪竹能一直忍著，我很佩服……只是陛下終於還是知道了，很好。」

費介也笑了起來，笑容有些陰森。「您有一個好接班人，我有一個好學生。」

陳萍萍帶著滿足的笑容點點頭。「直到現在還沒有弄清楚他怎麼安排的，僅憑這一點，就說明他已經長進不少了。」

這位老跛子知道洪竹是皇帝的心腹，卻不知道洪竹是范閒的人。

第十四章　半個時辰

陳萍萍沉默片刻後說道：「陛下是個多疑的人，范閒用的這法子不能說是不聰明，但問題在於陛下多疑，所以對於這些太容易看到的疑點，反而會產生更深層的懷疑……」

費介看了他一眼，說道：「所以我們要替范閒殺人，把這些疑點打結實。」

「是啊……」陳萍萍微笑說道：「陛下多疑，所以反而很難下決斷，這麼多年過去了，他也不是當年那個敢用五百人去衝北魏鐵騎的猛將了……殺人定君心，雖然很粗糙，但好就好在，死人是不會說話的，死人卻會告訴陛下，陛下想知道的。」

費介咳了兩聲，說道：「雖然說的有些麻煩，但基本上我聽明白了。」

陳萍萍笑了起來。「陛下多疑又自信，所以他一旦疑什麼，就只會從眼前發現的證據中，尋找可以證明自己猜疑的那部分……所以說來說去，只是陛下欺騙了他自己的眼睛。當然，從某一方面來說，這不算是欺騙，因為這是實際上發生的事情。」

正說著，陳園外面傳來隱隱的說話聲。陳萍萍與費介二人對視一眼，陳萍萍說道：「看來宮裡的旨意到了，你準備離京吧。」

費介點了點頭，然後問道：「洪竹那裡？」

「暫時不要動。」陳萍萍皺眉想了一會兒，推著輪椅向園前行去，說道：「我總覺得這個小太監不簡單。」

遠在江南、自以為冷眼旁觀京都一切的范閒，並不知道，他埋在皇宮裡最深的那根釘子，同時間內成為慶國最厲害的兩位大人物想要殺死的對象，這只證明了，他不是神，準確的說，這個耗費了他最多精力、隱藏得最深的計畫，依然有許多全然在算計之外的危險。如果不是洪竹擁有足夠好的運氣，等范閒下次回京的時候，只怕在這個世界上再也找不到那個滿臉青春痘小太監的任何消息。

不知道神廟裡會不會有神，但這個世上肯定沒有人是神，就算是境界最接近神的北齊國師苦荷，就算是權勢與心境已經足以讓神都嫉妒的慶國皇帝……其實都還只是凡人。

所以那位一向顯得有些深不可測的慶國皇帝，此時坐在太極宮的長廊下，看著面前的一大片宮坪時，眼光顯得有些落寞與失望，就像是一個普通的中年男人。

在皇帝的身邊，是那輛黑色的輪椅，陳萍萍半低著頭，輕輕撫摸著膝上的羊毛毯子，沉默不語。

君臣二人沉默，平靜地看著面前的宮坪。此時尚是春初，沒有落葉，沒有落花，宮裡被太監、宮女們打掃得乾乾淨淨，纖塵不染，石板間的縫隙裡那些土都平伏著，繪成一道道謙恭的線條。

此時夜已經極深了，但是太極宮內的燈火依然將宮坪照耀得清清楚楚。

「我錯了。」皇帝今天沒有用朕來稱呼自己，他嘆了一口氣，說道：「我總以為，三次北伐，西征南討，這個世上已經沒有什麼能夠讓我承受不住的事情，所以我可以冷靜地看著這一切的發生，可是當事情真正發生的時候，我發現，原來我還是高估了自己的承受力。」

陳萍萍看了他一眼，輕聲說道：「這是家事……古人說過，清官難斷家務事，陛下也不例外。」

此時此刻，陳萍萍已經知道了宮中究竟發生了什麼，但他並沒有刻意表現出如何的震驚與驚恐，態度很平靜，就像是這件事情並不是什麼大事。這種態度讓皇帝的心情好了些，對，只是一件見不得光的家事而已。

皇帝將自稱改了回來，微笑說道：「以往你一直說，你不想摻和到朕的家事中來，可是後來終究還是進來了，如何，這件事情要不要替朕處理一下？」

陳萍萍將頭低得更低了一些，說道：「陛下早有妙斷，老奴只需要照計行事罷了。」

皇帝沉默了許久，緩緩說道：「數月前，朕便是在這處與你說過，朕準備陪他們好好玩玩……然而她畢竟是朕最疼愛的妹妹，那些小崽子畢竟是朕的兒子，所以一直存著三分不忍，然而到了如今，即便不忍，也要動了。」

陳萍萍緩緩抬頭，表情不變，內心深處卻漸漸瀰漫著一股詭異的情緒，他為了讓皇帝下決心，已經做了那麼多事、等了那麼久，終於等到皇帝開口的那一瞬間。

「你在宮外，朕在宮內。」

慶國皇帝緩緩閉上眼睛。

當夜，京都十三城門司收到宮中手令及監察院核准情報書，京都開城門的時間被延後了半個時辰。晨光熹微，準備進城的百姓們擔著瓜果蔬菜與肉類，在城門外排成了長龍，滿臉的惘然與不解。

京都很少有延後開城門的先例，但是據前面的官兵回報，昨天夜裡，有東夷城的奸細意圖潛入監察院，所以此時京都內正在大肆海捕，為了防止奸細逃出城去，十三城門司戒備森嚴。

百姓們頓時平靜了下來，沒有人再有怨言，只是在低聲罵著那些不知死活的東夷城奸細。

而在京都內，由陳萍萍親自坐鎮的監察院，早在凌晨時分就已經行動起來。陳萍萍這幾年一直待在陳園，監察院由范閒直接指揮，而如今一旦他將監察院的權柄拿回手中，監察院的行事速度與隱密性，頓時回復到一個前所未有的恐怖地步，在不到一個時辰的時間內，監察院就已經暗中控制了四座府邸。

京都守備師沒有接到任何消息，巡夜的官兵們目瞪口呆地看著那些穿著黑色官服的監察院官員忙碌地行走，急忙向上峰稟報，不知道京都出了什麼大事。

拱衛皇城的逾千禁軍也沒有動靜，只是安靜地守護著皇宮的大門。

剛剛被慶國皇帝提拔起來的京都守備師師長，是前年跟隨大皇子西征的一位大將，聽到了下屬的稟報，他胡亂穿著衣服便衝到宮外，然而……卻只看見了一座平靜異常、沒有絲毫異常的宮城。

睡眼惺忪的侯公公帶著一批侍衛站在禁軍身後，冷漠地拒絕了這位京都守備師師長入宮稟告的請求。

沒有過多久，還在和親王府裡睡覺的大皇子也騎馬而至，然而就連他入宮的請求，也被侯公公平靜而堅定地拒絕了。

大皇子與那位京都守備師師長對視一眼，都看出了彼此心中的不安與警惕。此時天色未明，高高的天頭上卻有烏雲飄過來，將京都籠罩得更黑了一些，那些監察院的密探與官員們都行動了起來，但這二位負責京都守備的大人物，卻根本不知道發生了什麼。

京都守備師師長小心翼翼地看了大皇子一眼，說道：「大帥，要不要去監察院問問？」西征軍中，這位京都守備師師長是大皇子的偏將，所以還是習慣以大帥相稱。大皇子一愣之後懊惱地拍了拍額頭，監察院今天傾巢而出，肯定是宮裡發了旨意，而且主事的肯定是陳萍萍，別的人不敢當面去問陳萍萍，可自己怕什麼？

片刻之後，這二位領著親兵從皇城門口轉進監察院，入院之時，並未受到任何阻攔，便在園中看到了淺池畔的那位老跛子。

「叔父，出什麼事了？」大皇子望著陳萍萍直接問道。

陳萍萍沒有抬頭，說道：「沒什麼，昨天夜裡東夷城有高手潛入院中，偷去了不少珍貴情報，我連夜入京，進宮請了旨，這時候正在滿城搜查。」

大皇子皺了皺眉頭，心知肚明這是一句假話，什麼樣的奸細入京，會驚動陳萍萍？還會讓皇宮的城門都關了？

京都守備師師長恭敬請示道：「老院長，有何需要京都守備師配合？」

「謝蘇啊……」陳萍萍看了這位京都守備師師長一眼，嘆息道：「你剛上任不久，你得趕緊把京都守備師抓在手上才好，如今的你只是空有這個位置，卻連手下的兵都使不動，怎麼配合？」

謝蘇一怔，嘴裡發苦，知道陳萍萍說的是實話。京都守備師先是被葉家把持了二十年，後來又是秦恆在打理，這葉、秦二家不知道在京都守備師裡塞了多少親信，以這兩家在軍中的地位，自己一個西征軍的外來戶，如果想全盤掌握，難度確實太大。

大皇子憂慮問道：「叔父，您給句實話，事情大不大？為什麼宮門都關了？」

「是件小事情。」陳萍萍平靜說道：「只需要半個時辰，不會出任何問題。」

「對了。」他坐在輪椅上說道：「陛下有旨，今日朝會推遲半個時辰，你們往各府傳話去，免得舒蕪那些老傢伙在宮外等久了罵娘。」

又是半個時辰。大皇子憂心忡忡，但知道在事情結束之前，陳萍萍不會對自己說實話。

陳萍萍最後說道：「不過有幾家府上，你們就不用去傳話了，我的人已經去了。」

監察院的人已經派出去了，派到了平民聚居地所在的荷池坊，在京都府衙的配合下，將一群尚在睡夢中的戾狠漢子一網打盡。雖然那些江湖中人奮力抵抗，可最終在付出了十幾具屍首的代價下，依然不得不低下他們的頭顱，被繫上了黑索。

另一隊監察院的人手來到了都察院幾位御史的府上，十分粗暴地將這幾位以鐵骨聞名於世的御史按在地上，根本不顧忌所謂的斯文掃地，直接將他們押往大理寺，御史們的府邸中傳來一陣驚恐與哭泣。

監察院的隊伍中，一位用黑帽遮住容顏的年輕人皺了皺眉頭，對身旁的沐鐵說道：「沐大人，這幾位畢竟是都察院御史，就算陛下也多有包容，風聞議事無罪……你們就這般胡亂抓了，難道不怕對陛下清譽有損？」

「賀大人，您如今是都察院的執筆大人。」沐鐵恭敬說道：「至於如何善後，就全憑大人安排了。」

原來此人是賀宗緯，也正是慶國皇帝在前次換血中插進監察院的御史，不知道陳萍萍是如何想的，竟然讓此人跟隨著監察院，參加到針對都察院的行動當中。

賀宗緯冷哼一聲，知道如果天亮後自己出面，配合監察院將這群御史下獄，自己的名聲便全完了。但他也是極其聰明之人，當然知道今天凌晨的行動是宮裡的意思，也漸漸嗅出了，這是皇帝在掃蕩永陶長公主唯一可以憑恃的些許力量。

所以他不敢有任何反對意見。

他只是很疑惑，京都前些時間一直太平，皇帝為什麼會忽然不容永陶長公主？

第三支監察院的隊伍此時正在顏府。

一臉冷漠的言冰雲手裡捧著院令，看著跪在面前的顏行書，緩慢而堅定地唸著吏部尚書顏行書的罪名，一條一條，無一不是深刻人心的滔天大罪。

衣衫不整的顏行書跪在地上，聽著這些罪名，身子已經有些發軟了。他知道，不到關鍵時刻，皇帝無論如何也不可能用這些罪名處置自己這個部閣大人，而這些罪名既然拋了出來，說明皇帝是真的要滅了自己！

為什麼？

只有一個理由，這些年，自己與長公主走得太近了些。顏行書在心中哀怨地想著，但依然絕望地哀號道：「我要看陛下手令！我要看手令！你們監察院沒有手令，不得擅審三品官員！」

言冰雲看了他一眼，搖了搖頭，取出手令在他的眼前晃了晃。顏行書，堂堂吏部尚書雙眼一黑，竟被這封手令嚇得昏了過去。

還有幾路監察院的官員在行動，因為選擇的時機在凌晨，正是萬籟俱靜時節，大部分的京都官員與大老們都在沉睡，所以行動進行得極為順利，不到半個時辰的時間，京都裡大部分與永陶長公主牽連太深的官員，都被請回了監察院的天牢或者是大理寺的牢房。

最後一路監察院的官員在一座安靜的府邸外耐心等候，他們已經將這座府邸包圍了很久，始終沒有行動，便是在等待著各處回報的消息。

這一路官員沒有領頭的大人，也沒有隨身攜帶旨意，甚至連陳萍萍親手簽發的院令都沒有一份，他們的組成最簡單，全部是六處的人馬。

因為他們不需要進入那座府邸傳旨，他們所接受到的旨意是……進入這座府邸，嚴禁與府中的任何人交談，直接殺死所有人。

在平日，天邊應該已經有魚肚白了，然而今天烏雲太厚，天色還是那樣的黯淡。

一頭凌亂頭髮的費介從府邸旁的街角走出來，對圍在府邸四周的六處劍手們點了點頭，然後離開。

六處劍手們蜂擁而入，然而沒有遇到任何抵抗。他們清楚，這座府邸裡隱藏著永陶長公主最強大的武力、最祕密的情報、最親信的心腹，最……然而卻沒有任何抵抗。

所有的信陽高手，還在睡夢之中就已經被費介布下的毒迷倒了，偶爾有幾位內力精深的高手，在六處劍手的刀劍侍候下，也馬上魂歸黃泉，永久沉睡。

府邸中，一院的死人。

信陽首席謀士黃毅滿臉絕望地看著衝入門來的六處劍手。前些日子，他便被范閒用毒殺掉了半條命，今天又被范閒的師父種了一次毒，早已沒有任何還手的機會。

他只是有些不甘心，自己的頭腦還沒有發揮足夠的作用，在慶國的歷史上，連一星半點的痕跡都沒有留下，卻……要死去。

一柄冰冷的劍，中斷了他的思考，刺入了他的咽喉，讓他死亡。

進入後院，六處的劍手更是沒有給那些年輕貌美的男子們任何說話求饒的機會，用極快的速度，將他們殺死，然後開始處理屍體。

只是沒有人注意到，就在六處劍手們衝入永陶長公主別府之前，費介開始種毒的那一刻，一個叫做袁宏道的人，當年林若甫的摯友，這一年多裡，最得永陶長公主信任的謀士，滿臉驚恐之色，從府邸後的那個狗洞逃了出去。

第十五章　皇宮裡的血與黃土

天還未亮，驚魂難定的袁宏道沿著西城的一條小巷，往荷池坊那邊逃竄，一路上小心翼翼，避過了監察院的追捕和京都守備師的巡邏，好不容易來到一間民房中。

他抹了抹額頭上的冷汗，有些木然地坐在桌邊，傻傻痴痴的，許久說不出話來。在他的這一生當中，不知道做過多少大事，甚至連前任相爺也是被他親手弄下來，可是今天凌晨的這一幕，仍然讓他感到了驚心動魄。

想必永陶長公主別府裡的所有人都死了，從某種意義上來說，這些人都是被袁宏道害死的；而問題在於，在所有人的認知中，袁宏道如今是永陶長公主身邊的親信，所以如果先前他不逃，只怕也會當場被監察院六處的劍手殺死。

如果費介沒有搶先出手的話。

這間民房是監察院最隱密的一個中轉站，袁宏道側頭，看見桌上擺著一杯茶，他毫不猶豫地喝下去，潤一潤極為乾澀的嗓子。

「你難道不怕這茶裡有毒？」

一個中年男子微笑著從內室裡走出來，正是言冰雲的父親，前任四處主辦，言若海。

袁宏道警惕地看了他一眼，確認對方的身分後輕聲說道：「我本來就沒有指望還要活下去。」

在這位慶國最成功的無間行者看來，今天凌晨這半個小時的緝捕，已經說明了皇帝不再容忍永陶長公主；而且他相信，以皇帝與陳萍萍的行動力，只需要半個時辰，永陶長公主一方就會被清掃乾淨。

如果永陶長公主不再構成任何威脅，那自己這個死間，自然也會被抹去存在的痕跡。但是袁宏道並沒有一絲悲涼的感覺，因為從很多年前開始跟隨林若甫起，他就做好了隨時為慶國犧牲的準備。

然而言若海只是笑了笑，取出了為他準備好的一應通關手續與偽裝所需，說道：「你很久不在院中，或許不清楚，陛下和院長大人，從來都不會輕易拋棄任何一位下屬。」

袁宏道微微一怔後，苦笑了起來。

在這個時候，又有一位穿著平民服飾的女子滿臉驚惶地從後門閃了進來。等這位女子看清了袁宏道的面容，不由得嘴脣大張，露出驚愕的表情，似乎怎麼也想不到對方會出現在這裡。

袁宏道也無比驚訝，因為他曾經在信陽見過這個女子，當時這個女子的身分，是永陶長公主身邊的親信宮女……原來這位宮女，竟也是皇帝的人！

言若海看了那位宮女一眼，皺眉說道：「妳出來得晚了些。」

那名宮女低頭覆命。「昨天夜裡，我剛離開，洪公公就親自出馬圍住了廣信宮……我不敢隨意行走，所以慢了。」

言若海看了二人一眼，說道：「二位都是朝廷的功臣，陛下和院長大人對二位這些年的表現十分滿意，今天事情急迫，所以只好讓你們照面，也防止日後你們不知道彼此的身分，帶來不必要的損失。」

沒有太多多餘的話語，言若海交代了幾句，便開始著手把監察院最成功的兩位密諜往京都外送。

袁宏道皺著眉頭說道：「我們去哪裡？」

「你回信陽。」言若海一字一句說道：「去信陽等著。」

袁宏道有些不敢相信自己的耳朵，抬起頭來問道：「你是說……長公主還會回信陽？」

「以防萬一。」言若海輕聲說道：「皇家的事情，誰也說不準……至於回信陽之後，怎麼解釋，我會慢慢告訴你。」

他又轉頭對那位宮女說道：「妳就潛伏在京中，日後若有變故，還需要妳入宮。」

最後這位名義上已經退休的監察院高級官員很誠懇地向袁宏道和那名宮女鞠躬行禮，說道：「辛苦二位了。」

房間裡安靜了下來，言若海看著窗外的那堵圍牆，想著剛剛離開的那位同僚，微微皺眉，不知道在想些什麼，許久之後，他笑了起來。

以永陶長公主的實力、城府、手段，監察院只需要半個時辰，就可以挖出她在京都那些隱而不發的勢力，用最快的速度、最雷霆的手段清掃乾淨，顯得那樣的輕鬆自在……完全不符合世人對永陶長公主的敬畏評估，便是因為，監察院早在很久以前，就已經在永陶長公主的身邊埋了兩根釘子。

尤其是袁宏道這根釘子，更是早在永陶長公主瞧上了那個科舉中的俊俏林書生時，便被安排在林書生的身旁。

如果說那位宮女，只是掌握了一些永陶長公主的性情、喜好，同時安排了洪竹「湊巧」發現那件陰私事，而袁宏道如今身為信陽謀士，對於永陶長公主的實力、目標，則是無比清楚。

有這樣一個人暗中幫監察院傳遞消息，永陶長公主一方，又哪裡禁受得住監察院的風吹雨打？之所以陳萍萍從來就沒有把永陶長公主當成值得重視的敵人，之所以今日監察院的出手顯得如此準確與眼光毒辣，皆因為此。

袁宏道是監察院建院之初撒出去的第一筐釘子，經歷了這麼多年朝堂天下間的磨損，那筐釘子也只剩下他一個人了，然而如今的他卻不知道，現今的監察院早已不是當年的監察院。

陳萍萍早已冷漠地橫亙在這些人與皇帝的中間，所謂架空，便是如此，一切為了慶國，還是這些人的心中執念，但事實上，他們的一切，必須由陳萍萍安排。

天還是烏黑一片的時刻，那座極大的宅院裡，那位喜歡種白菜的老爺子就已經起了床，用木瓢盛水澆地。

軍方最德高望重的大老，秦老將軍年紀大了，所以起床也比一般人要早一些。

今天他的二兒子起床也很早，如今擔任了樞密院副使，卻被迫從京都守備師中脫離的秦恆，滿臉憂色地從前園趕過來，身上胡亂披了件單襖。他湊到老父親耳邊輕聲說了幾句。

雖然他如今已經不是京都守備師師長，但畢竟秦家在軍中耳目眾多，在第一時間內，就知道今天凌晨京都的異動，監察院的行動。

秦老將軍微微皺眉，蒼老的面容上現出一絲驚訝。「陛下對長公主動手……為什麼？」

沒有人知道為什麼，慶國皇帝會在安靜這麼久之後忽然動手，尤其是永陶長公主這幾個月來表現得如此乖巧的情況下。

「我們應該怎麼做？」秦恆擔憂問道。如果皇帝今天的行動，只是一個大行動的開始，那接下來倒楣的會是誰？

「我們什麼都不要做。」秦老將軍嘆了口氣，說道：「難道你想造反？這種話問都不該問。」

「可是……長公主知道咱們家的一些事情。」

秦老將軍冷笑說道：「什麼事情？明家的乾股還是膠州的水師？膠州那邊你堂兄在處理，不會有什麼把柄落在宮裡，至於明家……陛下總不至於為了一成乾股就燒了我這把老骨頭。」

「但……」秦恆還是有些擔心。「今天如果長公主失勢，我們不出手……日後朝中便是范閒一派獨大，我很擔心范閒將來會做些什麼。」

秦老將軍皺緊了眉頭，說道：「關鍵看今天李雲睿能不能活下來。」

「您是說陛下會賜死長公主？」秦恆瞪大了雙眼，有些不敢相信自己的耳朵。「太后怎麼可能允許這種事情的發生！陛下難道就不怕朝廷大亂？」

秦老將軍冷笑連連，說道：「如果我是陛下，對付長公主這種瘋狂的角色，要不就是一直不動，要動就要殺死……不過你說的也對，宮裡還有一位太后，陛下又是個珍惜名聲的君主，所以長公主不見得會死。如果長公主死了，我們做什麼都沒有用。」

秦老將軍將木瓢扔到地上，說道：「如果她能僥倖活下來，我們現在也是什麼都不能做……相信我，只要她能活著，將來的反擊一定十分瘋狂，到時……我們就有機會了。」

宮門緊閉，門上的銅釘像是幽魂的突出雙眸，盯著宮牆外那些面帶憂色的人們。在宮外等消息的人不多，主要是大皇子和謝蘇一行人。他們看著緊閉的宮門，不知道裡面正在發生什麼事情，但他們知道，監察院已經把永陶長公主一方的高級官員盡數逮捕，送到了大理寺中。

大皇子眉頭皺得極緊，片刻後忽然說道：「不行，我要進宮，進諫。」

謝蘇小心翼翼地拉了一下他的衣袖，壓低聲音說道：「大帥！不要糊塗，這時候不是我們這些做臣子的人能說話的。」

大皇子皺眉說道：「我不能眼睜睜看著這一幕發生，皇祖母怎麼辦？」

慶國太后這時候還在含光殿裡高臥，睡得十分香甜。含光殿內外的消息傳遞，已經被慶國皇帝遣人從中斷絕，確保不會有別宮的人，會來打擾太后的休息、告訴太后某些宮殿裡正在發生什麼。

離含光殿不遠的廣信宮，是太后最疼愛的小女兒，慶國永陶長公主李雲睿的寢宮，此時的廣信宮，與往常的清幽美妙景象卻不一樣。

一位佝僂著身子的老太監，就像是冬天裡的一棵枯樹般，站在廣信宮的門口。枯樹在此，一應清景俱無。

永陶長公主站在廣信宮內的檻外，冷漠看著宮外那名老太監，說道：「洪公公，我要見母后。」

洪四庠沒有說話，也沒有別的人應話，跟隨他前來廣信宮的太監們此時正在宮內忙碌，忙碌著從廣信宮的各個角落裡抬運屍體。

廣信宮裡的二十七名宮女，包括永陶長公主貼身有武藝的宮女，此時都死了，有幾具屍體在宮外的牆下，明顯起初是意圖逾牆求援。然而既然是洪四庠親自帶人來此，廣信宮裡的宮女們，根本沒有任何反擊的能力，全數慘遭殺死，甚至沒有人來得及說出一句話來。沒有人想聽她們說話，皇帝的旨意很清楚，不允許任何人說話，全數殺死。

太監們將那些宮女們的屍體抬上了幾輛破馬車，然後往燒場那邊行去。一路上，馬車空隙間流下血水連連，滴落在皇宮內的石板路上，顯得格外怵目驚心。

又有太監手執掃帚，拉了車黃土於後，一面灑土在血跡之上，一面掃淨。

片刻之後，馬車遠離，石板上的血跡混土漸淺，漸漸變成一道道極淺的印子，就像是什麼都沒有留下。

直到此時，洪四庠才緩緩抬起頭來，有氣無力說道：「長公主殿下，太后娘娘正在休息，陛下讓您不要去打擾她，麻煩您先等片刻，陛下一會兒就來見您。」

永陶長公主清美的眼瞳裡閃過一絲怨毒，垂在身旁的雙手緩緩握緊，片刻後，她卻笑了起來，極有禮數地微微欠身，說道：「那本宮……便在這裡等皇帝哥哥。」

說完這話，她反身入宮，關上了木門。

洪四庠依然佝僂著身子，像是一棵枯樹一樣，靜靜地守在廣信宮外。這棵樹的枝椏雖然沒有葉片，給人的感覺卻像是在向廣信宮的四周伸展，包裹住了宮殿的四方，讓宮裡的那位女子有些艱於呼吸。

東宮裡一片嘈雜與紛亂，人人惶恐不安，沒有戴首飾、素面而出的皇后，看著那些不請而入的太監，大發雷霆，娥眉倒豎，破口大罵道：「你們這些狗奴才！想造反不成？」

姚公公恭謹地行了一禮，輕柔說道：「娘娘，奴才不敢，只是身負皇命，不得不遵。」

便在此時，面色慘白的太子也從後殿裡走出來，他看著殿內的太監與侍衛，眼瞳微縮，發現來的人都是父皇在太極宮與御書房那邊的絕對親信，他不知道發生了什麼事情，竟讓這些奴才敢闖到東宮裡來鬧，但他清楚，這一定是父皇的意思。

可是……這是為什麼呢？太子強行壓制住內心深處的一抹驚恐，鎮定問道：「姚公公，這是為了什麼？」

姚公公行了一禮，恭敬稟報道：「陛下聽聞東宮裡有人手腳不乾淨，擔心太子殿下與皇后娘娘，所以派小的前來，將這些下人們帶去太常寺審看。」

這話自然是藉口，皇后與太子對視一眼，看出對方的不安與疑惑，一個宮女的死亡怎麼也弄不出這麼大的動靜來。

皇后強行壓抑下內心深處的怒氣，咬牙說道：「宮內的事務，一向不是由本宮管理？陛下心憂國事，何必讓這些小事勞煩他，姚公公……是哪些奴才多嘴，驚動了陛下？」

姚公公平靜地站立在下方，沒有回話。

太子嘆了口氣，問道：「既然是父皇的意思，那便帶去審吧。」

此言一出，已經被集合在東宮的那些太監、宮女們發出一片哀號之聲，他們雖然不知道迎接自己的命運是什麼，但也清楚，太常寺那個地方，比黑牢還要可怕。

「要帶多少人去？」

「全部。」姚公公抬起頭來，輕聲說道。

皇后倒吸一口冷氣，半晌後抖著嘴脣，憤怒說道：「難道這宮裡就沒有人服侍？」

「馬上便會重新調人來服侍二位主子。」姚公公恭敬說道，然後一揮手，指揮手下的太監與侍衛們將東宮裡的數十位太監、宮女都捆了起來。

一路捆，一路有人低聲求饒，然而姚公公帶來的這些人，不只捆人，還把這些人的嘴巴都捆住了。皇后知道今天的事情一定有大問題，她回頭無助望了太子一眼，想從兒子的眼中，知道事情的真相。然而太子此時面色發白，根本不知如何應對。

姚公公一行人，正準備離開東宮的時候，慶國皇帝從宮外走進來，微微皺眉，說道：「怎麼回事？」

皇后看見這一幕，趕緊帶著太子向前行禮，悲憤說道：「陛下，您這是準備將這兒打成冷宮嗎？」

皇帝厭惡地看了她一眼，卻是根本看都不看太子，直接對姚公公說道：「朕是如何吩咐的？」

很輕描淡寫的一句話，姚公公嚇得撲通一聲跪到地上，連連磕頭，然後回頭狠狠說了一句。

皇后與太子目瞪口呆看著這一幕，緊接著皇后慘叫一聲，昏厥在太子的身上。因為……就在慶國最神聖的皇宮，最寬仁的東宮殿外，那些侍衛們舉起手中的刀，猛地向下砍去！

無數聲刀風響起，數十聲悶哼掙扎著從被堵的嘴中發出，數十顆人頭落地，數十具無頭的屍身在地上抽搐，鮮血倏地間染遍東宮庭院，血腥味直沖殿宇。

皇后嚇得昏了過去，而太子則是滿臉慘白，渾身發抖，旋即卻用一種倔強而狠毒的眼神，盯住自己的父皇。

第十六章　雷雨（上）

天矇矇亮，雲漸漸匯集到京都的正上方，將矇矇的亮也轉成了昏昏的黑。皇宮後方那片雜亂的建築群裡，正在休息的太監、宮女們還在睡夢中翻著身子，然而這其中有些人早就已經醒了。

洪竹強打著精神，一記一記賞自己耳光，想用這樣的動作來讓自己保持鎮定。他今天沒有在東宮當值，所以沒有被那些太監和侍衛們殺死滅口，然而就算住在浣衣坊的院子裡，他依然感到害怕，不知道接下來自己要面臨的是什麼。

院外忽然傳來一陣聲音，雖然沒有驚醒那些睡夢中的人，卻嚇得洪竹一下子衝到窗邊，袖子裡的手緊緊握著范閒贈給他防身用的一柄餵毒匕首，時刻準備與那些來滅口的人拚個你死我活。

如果拚了，自然是難逃死路；可是如果不拚就束手就擒，內心像讀書人一樣倔耿的洪竹是怎麼也不幹的。

他的手在發抖，耳朵貼在門上，聽著院外的聲音，不時有慘哼與哭號聲響起，只是那些聲音只響了幾瞬，便馬上消失。

他的臉無比慘白，知道外面有人在殺人。浣衣坊這一片地方住著的太監、宮女，基本上都是服侍東宮與廣信宮的下人，洪竹心知肚明，外面發生的一切是為了什麼。他握緊匕首，緊張地咬著嘴脣，以至於嘴脣破了條小口都沒有注意到。

不知道那些人什麼時候來殺自己？

不知道自己可不可以拚死一個人？

洪竹緊張地等待著死亡的到來。

然而不知道過了多久，仍然沒有人來叩響洪竹的院門，漸漸的，浣衣坊裡的動靜也消失了，院外回復一片平靜。

洪竹嚥了口略帶腥味的唾沫，緊張地從門縫裡往外看，發現外面已經沒有人。他想推門出去看看到底發生了什麼事情，然而他的身體早已被恐懼變得僵硬，半晌挪不動步子。

他蹲下揉了揉腳踝子，鼓足所有的勇氣，推門走到浣衣坊的街上，有些失神地四處觀看著，發現不遠處那些小太監、宮女們的住所大門緊閉，似乎沒有什麼異常。

他走到一個院子外，小心翼翼地伸手去推。

門沒有閂上，一推即開。

洪竹看著眼前的院子，臉上的慘白之色更濃，就連嘴脣都開始泛著青光。

他沒有看到滿院的屍體，但是他看到了不起眼角落裡的幾攤血跡，而且這個院子已經空了，沒有一個人存在。

想必其他的院子裡也是這樣，這些院子裡的太監、宮女們都已經被皇帝下旨殺死，就連屍體也在凌晨前的黑暗掩護下，被拖到了某些隱密的地方燒掉。

皇帝的手，果然血腥。

洪竹有些痴傻地退出那間空無一人的小院，站在浣衣坊無人的街道中，他不明白為什麼那些人沒來殺死自己，一種劫後餘生的感動和害怕在他的心中交織著，讓他整個身體抖了起來。

天上層層烏雲的深處亮過一道明光，轉瞬即逝，雷聲轟隆隆地傳遍了京都以及京都四野的鄉村，緊接著大風一起，無數的雨點，便在風雷的陪伴下往地面灑落。

洪竹在大雨中站立著，任由雨水沖刷著自己的臉，打溼自己單薄的衣裳，許久之後他才回過神來，緊緊握著像是救命稻草一樣的匕首，回到了自己的小院之中，緊閉木門，再也不敢打開。

「父皇，這是為什麼！」太子用一種平日裡極難見到的憤怒，怒視著自己的父親，大聲吼叫：「為什麼！」

慶國皇帝沒有回答他的話，只是盯著皇后那張失魂落魄的臉龐，將雙手負在身後，緩緩低下頭，將臉貼在皇后的臉旁。

皇后的身體無由地一震，看著這個自己最熟悉、最愛也是最恨的中年男子靠近自己，看清楚了他身上那件黑邊與金黃輝映的龍袍，看清楚了龍袍上金線的紋路，嗅到了對方身上的味道，卻是看不清楚這名男子臉上的表情，看不清楚那表情下面隱著的心情。

很多年過去了，皇后其實一直都沒有看清楚皇帝。

她的身體又抖了一下，很明顯，這位皇后對於皇帝，從骨子深處感到畏懼。

皇帝附在她耳邊，輕聲說道：「妳教出來的好兒子。」

皇后一下子怔住了，她根本就不清楚為什麼今天會出現清宮這樣可怕的事情，此時聽皇帝一說，才知道原來和太子有關。可是太子最近如此安穩本分，能惹出什麼事來呢？尤其是聽到皇帝說的這句話，一種女性獨有的情緒讓皇后激動起來，尖著聲音嚷道：「我的兒子？難道不是你的兒子？」

回答皇后的是啪的一聲脆響，皇帝緩緩收回手掌，看著面前捂著臉頰、不可置信盯著自己的皇后，冷漠說道：「如果妳不想朕廢后，就不要在這裡大吼大叫。」

話語雖然輕柔，卻帶著一股令人不寒而慄的冷峻之意。

皇后的眼中閃過一抹絕望，望著皇帝，神經兮兮哭笑道：「你打我……你居然打我？這十幾年了……你看都懶得看我一眼，這時候居然打我？我是不是……應該謝謝你？」

這個時候，太子看著母親受辱，早已狂吼一聲衝過來，攔在皇后的身前，憤怒而無措地盯著皇帝，大叫：「父皇，夠了！」

雖然他攔在皇帝與皇后中間，可是皇帝那雙幽深的眸子，卻像是根本沒有看到太子這個人，直接穿過他的肉身，盯著他身後泫然而泣的皇后，淡淡說道：「切不可失了體統，知道嗎？皇后。」

皇后畏懼地抬起頭來，隔著太子並不寬厚的身體，看了皇帝一眼，咬著嘴脣，半晌沒有說話。

皇帝見她並不答話，眉頭微皺，往前踏了一步。

他再往前一步，就要直接撞到太子的身上。

太子此時的心已經涼透了，他知道自己的父皇是個怎樣刻薄無情的人物，一代君主，從來都不會有什麼婦人之仁，尤其是此時此刻，父皇扇了母后一個耳光，可至少證明了，他還將母后當作一個人看待。

可是父皇的目光直接穿透了自己，就像是自己不存在。這說明什麼？這說明父皇已經不把自己當人看了！

太子不明白皇帝因為何事如此動怒，如此不容自己，忽然間想到一樁事情，臉色變得愈發慘白，但他卻依然擋在皇后的身前，因為他要保護自己的母親。

雖然皇帝只是向前踏了一步，但太子卻感覺到一座大東山凌頂而來，一股逼人的氣勢從面前這個穿龍袍的男子身上噴發，直接壓在自己的身上。

太子似乎能夠聽到自己膝蓋咯吱發響的聲音，他害怕了，他想退開，可是他又不敢退開，因為他知道父皇正在盛怒中，他不知道父皇在盛怒之下，會對母后做出什麼樣的事情。

所以他一步不讓地站在皇帝與皇后之間，拚盡自己的全力，抵抗著那股逼人的氣勢。他的心裡有些恍惚，想著，難道這就是一位一代霸主所擁有的氣勢？能夠坐到龍椅上的人，難道就必須這樣鐵血無情？

「為什麼？」太子在強大的壓力下艱難支撐，脖子上青筋直冒，尖聲吼道：「父皇，為什麼！」

這一次，皇帝終於正視了太子一眼，看著這個敢攔在自己身前的年輕男子，眼瞳裡泛著幽幽的光，聲音像是從他的脣縫裡擠出來一樣，低沉罵道：「噁心！」

太子明白了，太子證明了自己的猜測，太子崩潰了，太子的腿軟了，一下子跌坐在皇帝的身前，開始號哭起來，眼淚、鼻涕塗滿了整張臉。

皇帝沒有再看他一眼，走到皇后的身邊，冷漠地揮手，又是一記耳光抽出去！

皇后一聲慘呼，被這一記耳光打得翻倒在地，躺在矮榻之上。

皇帝低下頭，附在皇后耳邊，用一種咬牙切齒的聲音說道：「朕將這孩子交給妳，妳就把他帶成這種樣子？」

皇帝直起身子，冷漠地向東宮外走去，將要出宮門時，他回頭冰冷而厭惡地看了癱坐在地上的太子一眼，鄙夷說道：「如果你先前敢一直站在朕的面前，朕或許還會給你些許尊重。」

說完此話，這位異常冷酷無情的慶國皇帝拂袖而去，他的身影顯得是那樣的挺拔、那樣的冷峻，根本不像是一位丈夫或是妻子，而……只是一位君主。

東宮的大門被緩緩關上了，殿內的血腥味道還殘留著，但除了痛哭著的皇后與太子之外，沒有其他人，顯得是那樣的冷清。

太子忽然緩緩地站起身來，有些木然地將皇后扶著坐好。

啪的一聲，皇后打了他一記耳光。

太子卻是躲也不躲，眸子裡充斥著絕望與掙扎的眼神，一舉手握住了她第二次扇下的手腕，狠狠說道：「母后……如果您不想死，就趕緊想個辦法通知皇祖母！」

皇后一下子怔住了。

東宮與廣信宮、宮內與宮外、浣衣坊內外，就在半個時辰之中，任何一個曾經在兩座宮殿內服侍過的太監與宮女，此時都已經被盡數殺死，除了洪竹之外，沒有留下一個活口。數百條冤魂，就為了皇帝遮掩皇室的醜聞而犧牲。

或許直到此時，這位慶國的皇帝，才開始逐漸展露自己最鐵血、最冷酷，也最強大的那一面。

這位穿著龍袍的中年男子，一個人來到廣信宮外。

他的身旁沒有跟著任何一個太監。

洪四庠見他來了，深深躬身一禮，然後像是一縷幽魂一樣消失無蹤。

這整座廣信宮，只剩下宮內的永陶長公主，與宮外的皇帝。兩個人隔著厚厚的宮門而立，不知道彼此在想些什麼。接下來的是死亡，還是回憶？是十幾年的相知，還是一剎那的生離？是君臣，還是兄妹？

起風了。

京都上空的烏雲越來越厚。

一道閃電劈了下來，無數的雨水傾盆而下。

坐在矮榻上的永陶長公主緩緩抬頭，用一種冷漠可笑的目光看著宮門口，宮門在咯吱聲中被緩緩推開，一個渾身溼透、長髮披散於後的中年男子緩緩走進來，他身上的龍袍上繪著的龍，似乎正在溼水中掙扎著，想要衝出來，撕毀這人間的一切。

永陶長公主李雲睿，冷漠地看著他，說道：「原來，你也會這樣狼狽。」

嚓的一聲！天空中雷電大作，電光照耀著昏黑的皇宮，在極短的時間內，將所有的事物都照耀得光亮無比。

尤其是皇帝的身影，那個憤怒而壓抑、孤獨而霸道的身影。

第十七章　雷雨（下）

一道閃電從京都上空的烏雲裡掠過，剎那之後，一記悶雷響起，震得整座皇宮都開始顫抖。嘩啦的大雨落了下來，打溼了皇城裡的一切，雨水在極短的時間內匯聚到宮殿之下，沿著琉璃瓦間的空隙向下流著，聲音極大。

此時尚是春時，若有雷，也應是乾雷轟隆，而似這種雷雨天氣，不免就顯得有些突兀與詭異，不知道是不是上天在動怒，還是天子已然動怒。

皇帝走進了廣信宮的大門，回身緩緩將宮門關上，然後從手腕上取下一條髮帶，細緻地將自己被淋溼的頭髮束好，一絲不苟、一絲不亂，並不如他此時的心情。

永陶長公主半倚在矮榻之上，望著他忽然吃吃地笑了起來。

在如今這個時刻，空曠的廣信宮裡忽然出現一陣銀鈴般的笑聲，笑聲在風雨聲中迴蕩著，雖然清脆，卻遮掩不住，四處傳遞，顯得異常詭異。

皇帝面色不變，緩緩向前走著，走到了矮榻之前，永陶長公主的面前。

在他的身後，一道筆直的溼腳印，每個腳印之間的距離都是那樣的平均，腳印形成的線條，如同直直地畫出來般。

並沒有沉默許久，皇帝冷漠地看著永陶長公主，一字一句問道：「為什麼？」

然後永陶長公主李雲睿陷入了沉默。

她皺著好看的眉頭，青蔥般的手指輕輕敲打著身邊的矮榻，如水般的瞳子裡像是年輕的小女生一樣閃動著疑惑與無辜。

她似乎在思考，似乎在疑惑，似乎在不知所謂。

然而她最終抬起頭，仰著臉，一臉平靜地看著面前這個天下權力最大的男子，朱脣微啟，玉齒輕分，輕輕說道：「什麼為什麼？」

此時距離皇帝問出那三個字，已經過去了很長時間，而皇帝似乎很有耐心聽到答案。

不等皇帝繼續追問，永陶長公主忽然間倒吸一口冷氣，眨著大大的眼睛，用手捂住自己的嘴脣，說道：「你是問為什麼？」

「為什麼？」

她忽然笑了起來，站了起來，毫不示弱地站在皇帝的對面，用那兩道怨恨的目光銳利地盯著他，一字一句問道：「皇帝哥哥，你是問為什麼妹妹三十幾歲了還沒有嫁人？還是問為什麼妹妹十五歲時就不知廉恥勾引狀元郎？還是問為什麼妹妹要養那麼多面首？」

她輕輕咬著嘴脣，往皇帝身前逼近一步，盯著他的雙眼，用一種冷冽到骨子裡的語氣問道：「為什麼？為什麼長公主李雲睿放著榮華富貴、清淡隨心的歲月不過，卻要為朝廷打理內庫這麼多年，為什麼她這個蠢貨要強行壓抑下自己的噁心，為慶國的皇帝收納人才？為什麼她要勞心勞神與旁的國度打交道？為什麼她要暗中組個君山會，去殺一些皇帝不方便殺的人，去搞一些會讓朝廷顏面無光的陰謀？」

「為什麼？」永陶長公主認真地盯著皇帝，一拂雲袖，尖聲說道：「皇帝哥哥，你說是為什麼呢？為什麼我會愚蠢到這種地步？為什麼你是整個天下最光彩亮麗的角色，我卻甘心於成為你背後那個最黑暗的角色？為什麼我要承擔這些名聲？」

皇帝沉默著，冷漠著，可憐地看著她。

永陶長公主忽然神經質一般地笑了起來。「這不都是為了你嗎？我最親愛的哥哥，你要青史留名，那些骯髒的東西，便必須由別人承擔著……可是你想過沒有，我呢？」

「我呢？」

永陶長公主憤怒地抓著皇帝的龍袍，恨恨說道：「我也要問你為什麼！為什麼你要把屬於我的東西都奪走！為什麼你就沒有一點兒情分？看看你那個私生子吧……你把我的一切都奪走給了他……為什麼？我知道所有的一切都會沒有，我也甘心情願，只要你願意……可是，就不能是他！為什麼偏偏是他！」

永陶長公主喘息了兩下，然後迅疾平靜下來，用一種可憐的目光看了皇帝一眼，緩緩說道：「可惜了……你那個私生子還是只肯姓范。」

皇帝沉默地看著她，半晌後緩緩說道：「妳瘋了。」

「我沒瘋！」永陶長公主憤怒尖叫：「我以前的十幾年都是瘋的！但今天，我沒瘋！」

「妳瘋了。」皇帝冷漠地說道：「妳問了那麼多為什麼，似乎這一切的根源都在朕身上，可妳想過沒有，妳對權力的喜好已經到了一種畸形的程度。」

「畸形？」永陶長公主皺了皺眉頭，閃過一絲輕蔑的表情。「女人想要權力就是畸形，那你這位天下權力最大的人，算是什麼東西？」

「放肆！」皇帝從喉間擠出極低沉的話語，揮手欲打。

永陶長公主仰著臉，冷漠地看著他，看著他的手掌，根本不在乎。

「妳的一切是朕給妳的。」皇帝緩緩收下手掌，冷冷說道：「朕可以輕鬆地將這一切收回來。」

「我的一切是我自己努力得來的。」永陶長公主冷漠地看著他。「你如果想將一切收回去，除非將我殺了。」

殿外又響起一陣雷聲，風雨似乎也大了起來。皇帝望著自己的妹妹，忽然笑了起來，笑聲中卻帶著一股寒冷至極的味道。「莫非……妳以為朕……捨不得殺妳？」

「你當然捨得。」永陶長公主的眼神裡忽然閃過一絲嘲弄的味道：「這天下有誰是你捨不得殺的人嗎？」

一直平靜著的皇帝，忽然被這個眼神刺痛了內心深處某個地方。

永陶長公主冷冷地看著他的眼睛，說道：「皇帝哥哥，醒醒吧……不要總是把自己偽裝成整個天下最重情重義的人，想必你已經去過東宮，表現了一下自己的失態，似乎內心深處受了傷……可是，騙誰呢？不要欺騙你自己，你一直等著清除掉我，你只是內心深處覺得虧欠我，所以需要找到一個理由說服你自己。」

她刻薄地說道：「是的，只是說服你自己……好讓你感覺，親手殺死自己的妹妹，那個自幼跟在你身邊、長大後為你付出無數多歲月的妹妹，也不是你的問題，而只是我……該死！」

說到「該死」兩個字的時候，永陶長公主的聲音尖銳起來。

而皇帝在聽到「東宮」這兩個字的時候，已經閉上了眼睛，半晌後緩緩說道：「妳終歸是朕的親妹妹，是母后最心疼的人，如果不是到了這一步，朕無論如何也會保妳萬世富貴……妳亂朝綱、埋私兵、用明家、組君山會，哪一項不是欺君的大罪，然而這些算什麼……妳畢竟是朕的親妹妹，朕自幼疼愛的妹妹，朕不罪妳，妳便無罪……這幾年裡不論妳出賣言冰雲那小子，還是想暗殺范閒，朕都不怪妳，因為……朕不覺得這些事情有什麼大不了的。」

他睜開雙眼，眼神已經趨於平靜。「但妳不該插手到妳那幾個姪子中間……老二已經被妳帶上了歪路，雖然表面上還遮掩得好。」

永陶長公主冷笑著插了一句話：「你自己的兒子，是被你自己逼瘋的。」

「那承乾呢？」皇帝狠狠地盯著她的眼睛。「妳可知道，他是太子！他是朕精心培育的下代皇帝！朕將要打下一個大大的江山，便要這個孩子替朕守護萬年……妳若輔佐於他，朕只有高興的分，但妳卻迷惑於他！」

天邊又響起一聲悶雷，聲音並不如何響亮，卻震得廣信宮的宮殿嗡嗡作響，然而就在這天地之威中，皇帝憤怒的聲音依然是那般的尖銳，刺進了永陶長公主的耳朵裡。

電光透過窗戶滲了進來，耀得廣信宮裡亮光一瞬，便在這一瞬中，皇帝伸出他穩定的右手，死死地扼住永陶長公主的咽喉，往前推著，一路踩過矮榻，推過屏風，將這名慶國最美的女子死死抵在宮牆上，手上青筋畢露，正在用力！

永陶長公主呼吸有些困難，卻沒有呼救，沒有乞憐，只是冷漠垂憐看著身前憤怒的中年男人，潔白如天鵝般的脖頸被那隻手扼住，血流不暢，讓她的臉紅了起來，反而更透出一絲詭魅動人的美感。

「朕……從來沒有想過換嫡……所有的一切，只是為了承乾的將來，因為朕的江山，需要一個寬仁而有力的君主繼承，而這一切……都被妳毀了！」皇帝憤怒地吼道：「為什麼！」

滿臉通紅的永陶長公主的眼眸裡閃過一絲疑惑，旋即是了然之後的洞徹，她微笑著、喘息著說道：「原來……這一切都是你在作戲，原來，范閒也在被你玩弄，想必他以後會死得比我更慘。」

她的身體被扼在宮牆上，兩隻腳尖很勉強地踮在地上，看著十分淒涼，偏在此時，她卻很困難地笑了起來。「只是你肯定不會再讓承乾繼位了，難道你準備讓范閒當皇帝……不，皇帝哥哥，我是知道你的，你是死都不會讓范閒出頭的。」

皇帝聽見這句話，手勁緩了一些。

永陶長公主望著他，有趣地、戲謔地、喘息著說道：「皇帝哥哥，你太多疑了，你太會偽裝了……你要磨練承乾，卻把承乾嚇成了一隻老鼠……他以為隨時都可能被你撤掉，怎麼能不害怕，怎麼能不需要像我這樣可靠的懷抱？」

懷抱……永陶長公主李雲睿似乎根本不怕死，一個勁地刺激著皇帝的耳膜。

皇帝盯著她，只是問道：「為什麼？」

「為什麼？」永陶長公主忽然在他的掌下掙扎起來，結果只是徒增痛苦，她尖聲怒叫：「為什麼？沒有什麼為什麼！他喜歡我，這就是原因……本宮就喜歡玩弄他，玩到讓你痛心，讓你絕望……」

她神經質般地吃吃笑著。「今天才知道，你的絕望痛苦比我想像的更大，我很滿意。」

皇帝木然地看著她，緩緩說道：「他喜歡妳？」

「不行嗎？」永陶長公主滿是緋紅之色的美麗臉龐，在時不時亮起的電光中顯得格外誘惑，她喘息著，驕傲地說道：「這天下不喜歡本宮的男人……有嗎？」

她看著近在咫尺的皇帝面龐，忽然怔住了，有些痴痴地抬起無力的右手，撫在皇帝的臉上，用充滿迷戀神情的語氣說道：「皇帝哥哥，你也是喜歡我的。」

「無恥！」皇帝一手打下她的手。

永陶長公主卻並不如何動怒，只是喘息著，堅定地說道：「你是喜歡我的……只不過我是你妹妹，可是……那又如何？喜歡就是喜歡，就算你把心思藏在大東山腳下，藏在海裡面，可依然會被你自己找到，心思是丟不掉的。」

「不是所有的男人都會像野獸一樣動情。」皇帝冷漠地看著呼吸越來越急促的妹妹。「不是所有的男人都會拜服在妳的裙下，女人，永遠不要以為會站在男人的上頭。」

「你是說葉輕眉吧。」永陶長公主忽然惡毒地啐了他一口。「我不是她！」

「妳永遠都不如她。」皇帝忽然湊到她的耳邊說道：「就算妳折騰了這麼多年，妳永遠都不如她，妳永遠及不上她在我心中的位置……妳自己也清楚這一點。」

永陶長公主的臉上忽然閃現一絲死灰之色，似乎被這句話擊中了最深層的脆弱。

皇帝的眼中閃過一絲殘忍，繼續在她耳邊說道：「妳永遠只能追著她的腳步，可是……卻永遠追不上，現在她與朕的兒子就要接收妳的一切，妳是不是很痛苦？」

永陶長公主掙扎了起來，用一種厲恨的眼光盯著他。

「妳連朕那個私生子都不如。」窗外雷聲隆隆，皇帝在永陶長公主耳邊輕聲說的話語，落在她耳中，卻比窗外的雷聲更驚心。「妳先前說可以玩弄所有的男人，妳怎麼不去玩弄他？」

永陶長公主的目光漸漸平靜下來，困難無比卻又平靜無比地道：「他是晨兒的相公。」

皇帝用嘲諷的惡毒眼光看著她。「妳連自己的姪子都敢下手，還知道廉恥這種字眼？」

永陶長公主毫不示弱地可憐望著他。「我們兄妹三人，卻有我們兩個瘋子，我不知道，難道你知道？如果你真知道，當年就不會把自己下屬的心上人，搶進宮裡當妃子了！」

殿外的風雷聲忽然停止，內外一片死一般的寂靜。

皇帝的手掌堅毅不動，扼著永陶長公主脆弱的咽喉，半晌沒有說話。

「當年北伐，你受重傷，全身僵硬不能動。」永陶長公主咳嗽著，惡毒快意說道：「是陳萍萍千里突襲，冒著天大的危險將你從北邊群山之中將你救了出來，是當年的東夷女奴寧才人沿路服侍你這個木頭人，一路上如何艱難，陳萍萍自己只能喝馬尿、吃馬肉……可對這兩位恩人，你是怎麼做的？你明知道陳萍萍喜歡寧才人，寧才人也敬佩陳萍萍，你這個做主子的，卻橫插一刀，搶了寧才人……皇帝哥哥啊，不要以為我當時年紀小，就不知道這件事情。母后為什麼如此大怒？難道就僅僅是因為寧才人的身分？為什麼要將她處死？如果不是葉輕眉出面說情，寧才人和大皇子早就不存在了……難道你知道廉恥這種東西？」

「不要說陳萍萍是個太監這種廢話！」永陶長公主惡毒說道：「你以為你比我乾淨？」

然而讓永陶長公主失望的是，皇帝似乎並不如何震驚與不安，只是冷漠地看著她。

皇帝緩緩加大了手掌的力度，一字一句說道：「在死之前，仍然沒有忘記挑撥朕與陳萍萍的關係，雲睿，朕真的很欣賞妳，所以朕……不能留妳。」

東宮之中，那對可憐的母子還在惶恐不安。滿臉慘白的太子比皇后要好許多，雖然他知道自己即將面臨的是極為可怕的下場，然而他畢竟是慶國皇帝的兒子，一直被當成下一任皇帝培養，血脈裡可怕的鎮定與冷靜在這一刻起了作用。

他想救自己，首先要救永陶長公主，而太子清楚，在這座宮殿裡能夠在盛怒父皇的刀下救人的，只有一個人。

而且皇帝根本不可能告訴那個人真相，事母至孝的皇帝，不可能讓皇室的醜聞，去傷害老人家的身體。

所以太子知道自己還有一線生機。

然而東宮早已被姚公公帶著的人包圍起來，根本無法與宮外的人取得聯繫，就算是皇后與太子日常在別宮培植的親信，也根本無法在雷雨之中接近這裡。

「放火燒宮。」太子轉過身，看著自己早已六神無主的廢物母親，狠狠說道：「就算下雨，也要把這座宮殿燒了！」

第十八章　寡人

漫天的大雨還在敲打著皇城裡的建築、宮殿裡的人心。廣信宮裡一片安靜，或許是安靜……至少裡面那對兄妹惡毒的言語在雨聲、雷聲的遮掩下，沒有一絲透到宮外。

即便如此，廣信宮外依然一個人都沒有，連洪四庠都不在，所有的人都遠遠地保持著距離，只要與廣信宮保持距離，就是與死亡保持距離。

姚公公這時候還在東宮外，但他的心思卻早已投向了廣信宮。他的手腳冰涼，內心發寒，不知道宮裡正在發生什麼，雖然他知道自己不應該去想那個場景，卻依然忍不住。

他抹了一把臉上的雨水，小心翼翼地注視著東宮裡的動靜。皇帝既然把這座宮殿讓自己看管，那自己就一定不能讓裡面的皇后和太子鬧出什麼動靜來。

相對於廣信宮，東宮這邊的情勢似乎要平靜許多，姚公公雖然緊張，但並不害怕。東宮上上下下的所有奴才全部被砍了腦袋，裡面只剩下那對孤兒寡母，諒他們無論如何也鬧不出什麼動靜來。

然而，他被雨水沁得有些溼的眼眸，卻突然間乾燥起來，燃燒起來！

好大的火！

熊熊的火焰從東宮那些美輪美奐的殿宇間升騰而起，化作無數火紅的精靈，向著這潑灑著雨水的天空伸去，無比的熾熱伴隨著火焰迅即傳遍了四周。

姚公公的眼瞳猛地一縮，然而眼瞳裡的那抹紅卻沒有絲毫淡化——東宮起火！在這個當口，除了宮裡那對尊貴的母子自己點火，沒有誰能夠辦到，可是……難道這對母子想自焚？

而且此時雨下得這般大，這火是怎麼燃起來的？為什麼漫天的雨水都無法將這火勢澆熄？

姚公公知道此時不是去追究火是如何點起來的，而是要馬上下決斷，是救火還是如何。

任由皇后與太子自焚而死？姚公公沒有花多長時間思考，他知道，縱使皇帝再如何憤怒，可是如果在自己的看管下，皇后與太子沒有承受天子之怒就這般死去，天子之怒便會降臨到自己的頭上。

片刻之後，姚公公的嗓子像是被火燎過一般，嘶啞卻又尖銳地高聲叫了起來：「走水啦！」

皇宮裡不知道有多少貯水的大銅缸，不知道有多少太監、宮女，當東宮火起的時候，早就已經有人反應了過來，紛紛向這邊趕，開始拚命地救火。姚公公緊張而小心地沒有參加，而是站在周邊黑著一張臉注視著忙碌的人群，極度小心，不讓任何人搶先與那燃燒的宮殿裡的母子二人接觸。

這火有些奇怪，似乎不像是宮殿自己燃起來，而是有誰用了極易燃燒的油脂材料，所以火勢極猛，連雨水也燒不熄，然而當這些材料燃盡之後，火苗也就沒有後繼之力，熄滅得也是極快。

便有忠心的太監撞破了被燒得黑糊糊的宮門，想闖進去救裡面的主子。

然而那個小太監一撞破宮門，就發現自己眼前一黑，不知怎的便被一根木柱砸中了頭部，昏了過去。

姚公公冷漠地當先而入，身後那些侍衛與太監再次將東宮圍了起來，將那些面面相覷的救火人群隔在宮殿外面。

東宮裡已經被燒得一片淒涼，而在殿前的石板上，皇后正被太子抱在懷中，身上除了些許被火燎過的痕跡，便只是雨水打溼後的狼狽。

姚公公微微躬身一禮。「火熄了。」

意思很簡單，既然火熄了，二位主子還是暫時委屈在這宮裡待會兒。

手掌被燙起一串水泡的太子盯著姚公公的眼睛，臉上閃過一絲戾狠神情，一字一句說道：「除非你現在就殺了本宮，不然整座皇城都知道了東宮失火的消息，你們以為還能瞞多久？」

然後太子提高聲音，平和說道：「本宮無事，只是母后被煙薰暈了過去。」聲音很輕鬆地傳到了東宮外，落在那些前來救火的人們耳中，讓這些人心頭一鬆。只要皇后、太子無事，自己這些人也就不用倒楣。

然而這聲音落在包圍東宮的太監、侍衛耳中，卻又代表著另一種意思。

姚公公身子一震，緩緩抬起頭來，看著面前這個平素裡十分普通的太子，微微皺眉，這才知道，太子畢竟是皇帝的親兒子，大禍臨頭時，這種決斷，這種自焚逼駕的手段，用得竟是這樣漂亮。

皇帝要處理家事，要保持自己的顏面，所以選擇了黎明前最黑暗的這些時辰，天公湊趣，降了一場雷雨助興，今日的皇宮，已然死了上百名奴才，為的便是掩住眾人滔滔之口。

然而此時東宮失火，眾人皆知太子、皇后安好，這件事情便再也無法悄無聲息，所謂家事，漸要轉作國事。

姚公公看著面色平靜的太子，忽而心頭一震，發現這位平素裡有些窩囊的太子，一朝遇事，無論是眉眼還是神情，竟是像極了皇帝。

慶國真正權力最大的那個女人，那個老女人，其實早在半個時辰前就醒了。老人家需要睡眠的時間極少，但太后依然習慣性地躺在含光殿的綿軟大榻上，閉著眼睛養神。

今天不知道為什麼，自己醒了這般久，天卻還是這麼黑，讓人沒有起身去園裡走走的興趣。

尤其是後來的那陣風雨雷聲，讓太后的眉頭皺了起來，眼睛閉得更緊了些。她不怕打雷，但厭惡雷聲，總覺得是不是老天爺對於李家有什麼意見，才要透過這種方式來告訴自己。

風雷之後，遠處隱隱傳來一陣喧譁之聲，只是這陣聲音很快便消失了，黑濛濛的宮殿裡又恢復了平靜。

太后卻不想再躺了，在嬤嬤與宮女的服侍下，緩緩從床上起來，顫顫巍巍穿好了衣裳，在額上繫了根青帶，被扶著坐到了椅上。

宮女們悄無聲息地端著銅盆前來侍候她漱洗，盆中的溫水冒著熱氣。

太后盯著盆中的熱霧發怔。

片刻之後，她嘆了口氣，揮揮手，說道：「剛才是哪兒在鬧呢？」

宮女和嬤嬤們面面相覷，她們雖然也聽見了聲音，猜測應該是東宮那邊，但是此時尚是凌晨，誰也沒有出殿，都不清楚到底發生了什麼事，即便有人猜到是東宮出事，可是也沒有誰敢當著太后的面說出自己的猜測。

便在此時，那名端著銅盆的宮女張了張嘴，似乎想說什麼。

而一名老態龍鍾的太監卻緩緩從殿外走進來。

整個皇宮，除了皇帝之外，便只有這位老太監可以不經通傳，直接進入太后寢宮。而太后身旁圍著的那些宮女、嬤嬤們看見那名老太監進來，愈發地沉默，只有那名端著銅盆的宮女臉上閃過一絲絕望、一絲掙扎。

洪四庠緩緩走到太后身邊說道：「東宮前些天抓了幾個手腳不乾淨的奴才，結果沒殺乾淨，又鬧了一鬧，老奴讓小姚子去了，只是小事情。」

太后微微皺眉，喔了一聲，卻瞥著那位端著銅盆的宮女。

洪四庠也用他渾濁不清的眼神，看了那位宮女一眼。

那名宮女的身子顫抖了一下，緩緩低下頭。

然而她馬上抬起頭來，用極快速的語速說道：「東宮……」

說了兩個字，便停頓在那裡，她驚恐萬分地盯著對面。

太后用她那蒼老而顫抖的手，死死地握住洪四庠的手腕，因為她知道，只要洪四庠願意，這條老狗有無數的法子，可以讓那名宮女說不出一個字來。

「走水。」端著銅盆的宮女抖著聲音說道：「好大的火，皇后娘娘和太子殿下還在裡面。」

洪四庠緩緩搖了搖頭，將手縮回袖子中。
太后緊緊盯著那名宮女，說道：「陛下呢？」
「陛下在廣信宮。」
那名宮女咬著嘴唇，替她的主子傳出最後一句話，也是她在這個世界上最後一句話，左手掏出袖中的釵，將釵尖刺入自己的喉嚨，鮮血汩汩而出。
她手中的銅盆摔落在地，砰的一聲脆響，她的身體也摔落在地，一聲悶響。
含光殿內是死一般的寂靜，所有的宮女、嬤嬤都被這一幕驚呆了，誰也說不出話來。
「死不足惜的東西！」太后站了起來，看都沒有看地上的宮女屍體一眼，說道：「去廣信宮。」
廣信宮外的雨漸漸小了起來，而永陶長公主的呼吸也漸漸小了下去，她臉上的紅已經由緋紅轉成一種接近死亡的深紅，那雙大而誘人的眼眸漸漸突起，極為詭異。她的身體懸於美麗的宮牆上，她的生命全部懸於扼在她美麗潔白頸項間的那隻大手中。
死亡或許馬上到來，然而這女子，這位慶國二十年來最怪異的女子終究是瘋的，所以在她的眼中根本看不到一絲對死亡的恐懼，有的只是一抹淡淡的嘲弄與譏諷。
嘲弄與譏諷的對象，自然是她面前的天下第一，她的兄長，慶國的皇帝陛下。
或許是這一抹嘲弄的眼神，慶國皇帝的手掌略微鬆了鬆，給了永陶長公主一絲喘息的機會。永陶長公主大口地呼吸著，忽然間舉起拳頭，拚命地捶打著皇帝堅實的身軀，因為呼吸太急，甚至連她的鼻涕和口水都流了出來，淌在她那張依然美麗卻有些變形的臉上。
死亡或許不可怕，但是沒有人在將要死的時候，忽然抓到了生的機會，還不會亂了心志。

皇帝冷漠而譏諷地看著她，一字一句說道：「原來，瘋子終究還是怕死的。」

永陶長公主啐了皇帝一臉的唾沫，嘶啞著聲音，瘋狂地笑了起來。

皇帝緩緩拭去臉上的唾沫，面色不變，又舉手緩緩擦去永陶長公主臉上的東西，緩緩說道：「妳我兄妹二人，這幾年似乎很少說些知心話了，多給妳一些時間何妨。」

「不用時間了。」永陶長公主艱難地吃吃笑道：「我只是在想，你如果今天殺死我，接下來是不是就要殺陳萍萍了……很奇妙的是，清宮這種大事，你居然一個虎衛都沒有帶……你在防著誰？防范建？」

以慶國朝廷的局勢，一旦平衡被完全打破，身為帝王，自然要樹立全新的平衡，而原來老的一代，自然要成為祭品。

「很好……看來范建死了，范閒也要死了……有這麼多人陪我一起走，我又在乎什麼？」

永陶長公主忽然又啐了皇帝一臉，嘶著聲音說道：「你是寡人，你是孤家寡人！殺了我啊，殺了我，你沒兒子，你什麼都沒有……你就是一個孤魂野鬼。」

「天子不需要朋友。」皇帝冷漠說道：「至於兒子們，如果他們敢造反，朕自然可以再生。」

廣信宮外，忽然傳來急促的叩門聲，聲音極響，似乎外面的人極為急迫。

「你……終究還是……捨不得殺我。」永陶長公主喘息著，怔怔望著皇帝說道：「你明知道我是在拖時間，為什麼任由我拖著？」

第十九章　幽

皇帝緩緩閉上眼睛，說道：「妳高估了朕的耐心，朕低估了妳在宮裡的力量……」

永陶長公主望著皇帝喘息說道：「我知道，你一直在給我機會，其實我也一直在給你機會，只要你不想殺我，我根本……鼓不起勇氣去害你……因為這一世，我已經習慣了在你的身後，想要完全站在你的對面，不是件容易的事，我不想害你……所以我一直沒有出手。」

「然而你讓我絕望了。」永陶長公主喘息著，旋即溫柔地微笑道：「所以殺了我吧，如果我活著，一定會想盡一切辦法殺死你。」

「沒有誰能殺死朕。」皇帝平靜說道，然後他的手緩緩用力，此時廣信宮外的叩門聲卻極怪異地停了下來，永陶長公主的眼中閃過一絲異樣。

「妳是我妹妹。」皇帝忽然伸出手去，輕輕地撫摸了一下她的臉頰，喃喃說道：「就算很不乖，可妳還是我的妹妹。」

這是皇帝與永陶長公主在這個世界上所進行的最後一次談話。

然後廣信宮的宮門被幾柄雪一般的刀光硬生生破開，嘶嘶脆響之後，宮門轟然倒塌，一臉平靜但眼神異常急惶的太后，在洪四庠的陪伴下，在數名虎衛的拱衛下，走進了廣信宮。

「皇兒！」

太后看著眼前這令人震驚的一幕，尖叫了起來。

永陶長公主用有些失神的目光看了近在咫尺的皇帝一眼，發現皇帝聽到這聲尖叫後，脣角浮現出一絲自嘲的笑容。

卻不知道這笑容是在嘲弄誰。

一根指頭、一根指頭，漸漸從永陶長公主發紅的脖子上鬆開，就像是附在樹枝上致命的毒藤漸漸無力。

皇帝閉著雙眼，用了很長的時間，平伏下自己的呼吸，然後緩緩收回手掌，轉過了身體，略微整理一下自己被永陶長公主揪亂的龍袍，面無表情地迎向自己的母親，牽著她的手，輕聲說道：「母后，我們回去。」

皇太后的眼光停留於癱倒在宮牆下，撫摸著自己發燙髮紅的脖頸，不停喘息著的永陶長公主身上，渾身發抖。

皇帝牽著太后的手微微緊了一下，輕柔說道：「母后，我們走吧。」

話語雖然溫柔，雖然表示了一種妥協，卻也充滿著不可抵擋的威嚴。太后的手再次顫抖起來，顫聲說道：「回宮，趕緊回宮。」

皇帝忽然在廣信宮門口停住腳步，臉上的表情一如既往的平靜，眉頭卻略微皺了一下，說道：「朕以為，這天下子民皆是朕的子民。」

先前破宮而入的那幾名虎衛神情一凝。

幾道風聲響起，幾名跟隨太后的虎衛慘哼數聲，倒在血泊之中。

皇帝恭謹地扶著太后的手出了廣信宮。
洪四庠袖著手跟在身後。
廣信宮的宮門，再次關閉了起來，也將永陶長公主的喘息聲關在裡面。

今天的朝會推遲了半個時辰，京都十三城門開門的時間，也推遲了半個時辰。這半個時辰足夠皇宮裡發生很多事情，也足夠朝中的文武百官們大致知曉了皇帝做了些什麼。

所以沒有人敢真的在半個時辰之後再赴皇城，所有上朝的大臣們，都依照原定的時間，老老實實地守候在皇宮的城門外。

只是今天場間的氣氛很怪異，沒有人會聚在一起討論閒聊，便是連寒暄似乎也成了一種罪過。那股畸形的沉默，讓所有的人都感到一股壓力。

就在凌晨前，永陶長公主在朝中、京中的大部分勢力被一掃而光，而有些勢力甚至是以往這些官員們根本不清楚的。這次行動來得如此迅疾，下手如此決斷狠辣，收網如此乾淨俐落，讓這些官員們都感到一絲寒冷。

據說坐鎮京都指揮的，是監察院的那條老黑狗。

官員們當然就知道此次事件的層級有多高，他們站在皇城前各自揣摩著，卻也想明白了，這天下終究是皇帝的天下，不是皇子們的天下，更不是永陶長公主的玩物，只要皇帝哪天想動一下，自然會輕鬆無比地將這些人清掃乾淨。

也只有到了這個時候，群臣們才回復往常對於那位高坐龍椅之上的男子的無上敬畏，才想起，自己這些人似乎在這些年裡都已經習慣了皇帝的沉默，而忘卻了他當年的無上榮光與豐功偉績。

只是官員們也不可能就此沉默接受，因為他們不知道朝會上緊接著會發生什麼，如果說皇帝要藉此事對朝堂再進行一次大清洗，門下中書的那些老大人們，很是擔心慶國的官僚機構還能不能承擔起這一次風雨。

范閒已經抓了太多的官員。

如果再抓一批，誰來替朝廷辦事？

而更多的人則是在猜想著，永陶長公主究竟是因何事得罪了皇帝，竟然落得如此下場。無論如何，這些官員們卻是猜不到事件真正的原因，自然也不可能聯想到皇宮裡那些血腥陰森的畫面。

皇宮裡沒有什麼消息傳出來，看似很平靜。

鞭響玉鳴，眾大臣依次排列上殿，其中就包括門下中書最前的舒、胡兩位大學士，還有諸部尚書，戶部尚書范建也在列，只是龍椅之下的隊伍中，已然少了數人。

這數人此時只怕正在大理寺或監察院中。

群臣低頭而入，片刻平靜後卻愕然發現，龍椅上並沒有人。

舒蕪憂心忡忡地看了胡大學士一眼，雖沒有說什麼，但眼神裡已經傳遞出足夠的訊息。這位老學士隨侍皇帝多年，當然知道皇帝的心志手段，既然說推遲半個時辰，那便是皇帝一定有把握在半個時辰之內了結所有事情。

以皇帝的氣度，沒有把握的事情，他不會做，他也不會說。

只是此時半個時辰已過，他卻依然沒有上朝，難道說宮裡的事情已經麻煩到了此等地步？

此時京都的雨早已停了，天邊泛著紅紅的朝霞雲彩，雖無熱度，卻足以讓睹者生起幾絲溫暖之意，只是太極宮上的這些慶國大臣們，心頭卻是寒冷緊張不安。

隨著一聲太監的唱禮，那位穿著龍袍的男子終於姍姍來遲。

山呼萬歲之後，依序說話，遞上奏章，發下批閱，所有朝會的流程顯得是那樣流暢自然，在這樣一個早晨，沒有任何人敢讓皇帝稍動怒氣。

舒蕪抬頭偷看了一眼，發現皇帝坐在龍椅上，面色平靜，只是略現疲憊之色。

任何觸霉頭的事情總是要有人做的，畢竟朝廷的規矩在這裡，文臣們的職責所在，堂堂兩部尚書忽然被逮入獄，都察院御史十去其三，京都驟現兩宗大血案，此等大事，一味裝聾作啞，也躲不過去。

舒蕪嘆息一聲，在心中對自己暗道一聲抱歉後，出列緩緩將昨夜之事道出，然後恭請聖諭。

皇帝撐頜於椅，沉默許久後，緩緩說道：「監察院之事，皆得朕之旨意，這些人都在獄中。」

舒蕪平素裡也敢與皇帝正面衝突，嚴詞進諫，但他知道，這只是皇帝需要自己這樣一位略顯滑稽的諍臣，可今日之事甚大，怎麼也不能貿然相詢。他吞了一口唾沫，潤潤自己因為緊張而有些乾澀的嗓子，恭敬稟道：「未知顏尚書諸人所犯何事。」

皇帝看了他一眼，閉上雙眼，揮了揮手。

姚公公早已自龍椅旁的黃絹匣子裡取出數份奏摺與卷宗，小跑下了御臺，分發給站在最前列的幾位老大臣。

奏摺與卷宗上寫了什麼東西，像舒蕪、范建這些老傢伙當然心知肚明，早已猜到，但是當他們自己傳閱時，依然要表現出震驚、憤怒、愧疚的表情。

卷宗上當然是監察院的調查所得，針對昨夜被索入獄的那些大臣的罪名，一樁一樁，清楚得不能再清楚。口供俱在，人證、物證已入大理寺，完全將那些大臣們咬得死死的，根本不可能給他們任何翻身的機會。

而朝堂上這些大臣表演的那三種表情，自然是要向皇帝表示，自己這些人對於吏部尚書顏行書諸人的罪行一無所知，故而震驚。身為朝中同僚，對於這些食君祿，卻欺君罔上、欺壓良民的罪臣無比憤怒……至於愧疚，自然是因為同朝若干年，居然沒有能夠提前發現這些罪臣們的狼子野心，未能提前告知皇帝，揭穿這些人的醜陋面目，難逃識人不明之罪，辛苦皇帝聖心御裁……不免有些愧對皇帝、愧對朝廷、愧對慶國百姓。

這三種表情做得很充分，而皇帝的表情依舊是淡淡的，脣角露著自嘲，他今日上朝之所以晚了半個時辰，自然是因為要在含光殿裡安撫太后，還要將皇宮裡的一切料理妥當。

很明顯，他沒有向太后說明自己動怒的原因，但很怪異的是，沒有能夠將永陶長公主暗中抹去，這位皇帝並不如何失望。

群臣們除了露出這三種表情之外，還有一種表情，那便是惶恐驚懼。

卷宗在朝堂上傳了一圈，已經有四位官員跪到地上，這幾位官員也是往日裡與永陶長公主有些關聯的角色，與卷宗上所涉之事脫不了關係，一見這卷宗，便知道自己的末日到了。

這四位大臣跪在太極宮中拚命磕頭，卻不敢高呼陛下饒命，因為他們清楚，自己的皇帝陛下，最討厭的便是那些無恥求饒之輩。

皇帝冷漠地看了這四位大臣一眼，說道：「罪不及眾。」

四位大臣身子一震，似乎沒有想到皇帝居然就這樣輕輕鬆鬆地饒過自己，大驚之後的大喜，讓其中一人忍不住癱坐於地，半晌說不出話來。

皇帝皺著眉頭看了那人一眼，也沒有多說什麼。

朝會之後的御書房，此時剩下的才是慶國真正的權力中心，門下中書包括六部三寺的大臣們依然如往日般坐在繡墩上，只是今日這些大人物們卻像是覺得坐在針尖之上，十分難過。

今日沒有太子、皇子聽講，大臣們的心中在猜測，面上卻不敢流露絲毫。

皇帝看了這些人一眼，緩緩說道：「有些事情，朕可以放在朝堂上講，有些事情，便只能在這裡講，因為諸位大人乃我慶國棟梁，天子家事，亦是國事之一，你們總要知曉。」

眾人心中一緊，知道這是要說永陶長公主的事情，趕緊往前躬了躬身子。

「顏行書等人，只是爪牙，朕不會輕殺。」皇帝半倚在矮榻上，說道：「朝堂上，朕也不會大動，罷了，你們先看吧。」

此時眾大臣手中拿著的卷宗，可不是朝堂上傳閱的那幾份，而是真正的一些機密，所以大臣們也不用再偽裝那三種表情，因為這三種表情乃是他們自內心深處發出的。

永陶長公主李雲睿出賣慶國監察院駐北齊密諜首領言冰雲！

勾結明家，暗組海盜，搶劫內庫商貨！

暗使膠州水師屠島！

指使刺客當街刺殺朝廷命官！

舒蕪拿著卷宗的手指在顫抖，他們這些官員雖然知道永陶長公主勢大心野，但怎麼也想不到居然會到了這種程度，尤其是這四條罪名太令人驚恐了。

當年南慶與北齊談判時，北齊人忽然拋出來的籌碼，打得慶國措手不及、震動朝堂的北齊密諜首領被擒事件……居然是永陶長公主一手操作！

當年那件事情的震動太大，許多大臣還記憶猶新，尤其是後來京都又飄了一場言紙雪花，紙上字字句句直指永陶長公主，還逼得永陶長公主無奈離京……言冰雲如今是監察院四處主辦，是御書房裡這些大臣們都清楚的事情，諸大臣本以為，那只是言語上的攻擊，沒有料到，竟然是真的！

「這……這……」舒蕪心中一片憤怒，卻又根本斥不出什麼話來。

卷宗上的調查條文太細緻，脈絡太清楚，以至於這些大臣們即便是不信，也很困難，尤其是後三項罪名的人證，如今還被關在獄中。

「有個叫君山會的小玩意。」皇帝閉著眼睛說道：「是雲睿弄出來的東西，帳房先生雖然跑了，但終究還是讓黑騎抓了不少人。至於當街刺殺之事……那兩名刺客如今還在獄中。」

胡大學士稍沉穩一些，雖然不清楚皇帝為什麼要將皇族的事情攤到桌面上來說，還是誠懇問道：「會不會……有所差池？畢竟盡是監察院一院調查所得。」

這話說得很明白，眾人也聽得明白。若是這些大罪真的指向永陶長公主，今後的慶國，再也沒有永陶長公主東山再起的可能。只是眾人皆知，自從范閒執掌監察院以來，便和永陶長公主明裡暗裡，在京都在江南，鬥得死去活來，不亦樂乎。

如果永陶長公主失勢，那范閒那一派，將成為朝廷裡最有分量的一方。

所以胡大學士才會有些提醒。

皇帝緩緩說道：「事情確實都是范閒查的，不過這個年輕人不會做栽贓這等小手段……刺客的口供與膠州水師將領的畫押俱在，帳冊也在，明家人的口供都出來了，不需要再猜疑。」

胡大學士見皇帝沒有聽進去自己暗中的進言，知道皇帝心中一定另有打算，便回復了沉默。

「好在言冰雲沒有死。」皇帝忽然睜開眼睛，冷漠說道：「不然朕何以面對慶國子民，不論是軍中兒郎還是監察院的密探，皆是為我大慶出生入死的好兒郎，卻被權貴為了一己之私盡數賣了，賣了！」

他的聲音提高了起來，厭惡說道：「噁心……」

御書房內一片安靜，許久之後，皇帝疲憊說道：「但雲睿畢竟是朕親妹妹，諸位大人若有怨意，盡可對朕發作。」

此言一出，御書房內所有大臣齊齊跪到地上，連稱不敢，心裡均覺著古怪至極。永陶長公主何等身分，難道有誰還敢逼著陛下用慶律治她死罪？只是……這些事情宮裡處置豈不是更好，為何陛下卻非要如此坦露地告訴自己這些人……發作？天啦，陛下這是從哪裡來的詞語？

「為免民間議論，長公主李雲睿封號不除，封地不除。」皇帝忽然開口說道：「任少安！」

跪在最後面的太常寺卿任少安趕緊往前挪了幾步，他的腿在發抖，心裡也在打鼓，本來御書房會議沒自己什麼事，先前一直在猜疑害怕，此時才明白，原來皇帝是要自己應旨。
太常寺管理皇族成員的起居住行，一應宮廷禮御。
「臣在。」
「長公主偶感風寒，著入西城皇家別院靜養，非有旨意者，不得相擾，違令者斬。」
「由監察院看管。」皇帝頓了頓，又緩緩閉上眼睛，疲憊說道：「什麼時候大江的江堤全部修好了，什麼時候就讓她出來。」
「臣……領旨。」任少安嚇得快哭了，心想大江萬里長，就算楊萬里再能修，只怕也得幾百年，那時候的永陶長公主只怕早成骷髏了。

第二十章　流

皇宮裡發生了一次火災，雖然那天正下著大雨，這火災來得有些莫名其妙，然而在有意無意的安排下，太子太傅諸人都看見受了驚嚇後、並不怎麼願意說話的太子。

所以在之後的那些天裡，太子沒有在御書房旁聽，便有了一個極好的理由，沒有太多人會懷疑，這其間隱藏著什麼問題。

皇家別院，便是當年林婉兒準備成婚、從皇宮裡搬出來居住的地方，也是范閒曾經爬過無數次牆的地方，只是如今他若還想再爬兩次，一定會被無數弩箭射成刺蝟。

別院四周的防衛無比森嚴，沿院四條街道早已被封，就像是一個大大的回字，別院便是裡面那個小圈，周邊則是監察院嚴密的封鎖。

名義上，那個小圈子裡是永陶長公主在調養身體，但朝中的大臣們自然知道，這位長公主是被皇帝幽禁於此，監察院看管得極嚴，只怕連隻蚊子都飛不進去，消息自然也出不來。

會幽禁多久呢？

一輛馬車在護衛們的陪伴下，由東面緩緩駛來。這輛馬車的主人先前入宮一趟，卻沒有得到任何消息，所以此時冒著大險，來到了皇家別院。

駕車的是藤子京，而這輛印著范氏方圓徽記的馬車，卻在離別院半條街的地方，就被人冷冷攔了下來。

車簾微微掀開，露出林婉兒那張疲憊中帶著微微悲傷的臉，她入宮見了太后，沒有見到皇后，雖然太后沒有說什麼，但是宮中氣氛以及某些細處的異樣，已經讓她證實了心中的猜想。

不論是從范閒的角度，還是從皇族的角度，她今日本就不應該來別院，雖然裡面關著的是她的母親。

可是她忍不住不來，她總有一種很不吉的預感，如果再不見見那個女子，這一世只怕再也沒有機會見到了。

幽，多少年？

「夫人，旨意清楚，嚴禁任何人打擾殿下休息。」一名監察院的官員平靜說道：「要不您去請旨。」

幾番交涉之下，范府的馬車，依然沒有辦法再進一步。林婉兒嘆了口氣，回到車中，知道自己本就不應來，可是……她搖了搖頭，說道：「知道了。」

那名監察院官員鬆了一大口氣，趕緊行禮表示謝意。若是一般的大臣貴人想來別院看永陶長公主，只怕監察院的人早已拿著棍子趕出去，然而馬車中的這位女子乃是永陶長公主的親生女兒，最關鍵的是，她是監察院提司范閒的妻子。

這後一個身分，讓所有監察院的人都不敢稍失禮數。

林婉兒似是沒有聽到他在說些什麼，怔怔望著遠處那個熟悉的園子，緩緩低下頭，眼淚不由自主地流出來，在心中默默替母親祈福。

永陶長公主被幽禁的事實，在朝野上下自然造成了極大的震動。

因為沒有人會輕視這個女子在這十幾年間對慶國朝政的暗中影響力，以及她及她周邊的人，對於朝野上下的控制力。

永陶長公主既然沒有死，那麼誰也不知道將來會發生什麼事。好在皇帝如此雷厲風行地將永陶長公主一系清掃乾淨，很完美地展現一位帝王可怕的控制力與殺傷力，沒有太多人會擔心朝政還會有大的變化。

有的派系從內心深處感到開心，比如監察院，比如門下中書，比如太常寺。有很多人感到害怕，不知道什麼時候自己也會被請去監察院喝茶。有很多人感到刺激，覺得在有生之年可以看到皇帝與公主兄妹反目這樣大的戲碼，實在是不虛此生。

也有些人感到難過與傷心，難過與傷心的理由不一樣，比如林婉兒是因為母女之情，而旁的人則是因為自己失去了許多往上爬的機會。

但所有人都有一個共通的認知，所有的勢力中，應該屬二皇子最為惶恐難過。

范閒用了兩年的時間，將永陶長公主與二皇子之間的聯繫挑上檯面，將二皇子一系打得狼奔豕突，所有人都知道二皇子的真正靠山就是永陶長公主，如今永陶長公主失勢被幽禁，二皇子會怎麼辦？

沒有幾個人知道永陶長公主與太子之間的關係。

包括二皇子在內。

所以王府之中，二皇子如同眾人所猜測的那般，震驚、難過、失望、傷心、惶恐。他蹲在椅子上，手裡下意識地拿著一塊糕點，卻沒有往嘴裡送，手指用力，將糕點捏得有些鬆散了，雙眼下意識看著王府的大門口——似乎隨時隨地，宮裡的太監和太常寺的官員們就會闖進府來，將自己捉拿幽禁。

二皇子無論如何也想不明白，為什麼父皇會忽然對姑母動手，而且他更震懾於父皇悄無聲息的下手，雷霆一擊的力量。直到此時此刻，他才明白過來，父皇一直不動，不代表沒有能力動，只不過是以前懶得動。

天子一動，天地變色，悄無聲息，一場雷雨之後，京都的局勢便變了模樣。

二皇子不知道自己即將面臨的是什麼，皇帝對於他與永陶長公主之間的關係一清二楚，或許……他這一世就再也沒有出頭的機會了。

他嘆息一聲，將糕點放在碟子中，苦笑著接過手巾揩了揩手，望著身邊的王妃葉靈兒說道：「如果有什麼問題，想必父皇看在妳叔祖的面子上，也不會難為妳的。」

葉靈兒明亮的雙眸蒙著一層淡淡的擔憂，她當然清楚夫君這幾天一直老老實實待在府中，時刻做著被緝拿的準備是為什麼。

然則她無法去安慰對方，也不可能去幫他做些什麼。

二皇子如今手中可以憑恃的力量，就是葉家，但在永陶長公主被幽禁之後的這些天裡，他不敢與葉家有任何明裡暗裡的通氣來往，因為他清楚，自己的一舉一動，都在宮中的注視之下。

他沒有做好準備，準確地說，在永陶長公主忽然被打落塵埃之後，他根本沒有勇氣去做些什麼，他擔心自己的異動，會讓皇帝更加勃然大怒。

為了自己的生命著想，還是安靜一些吧，幽禁，至少不是死亡。

二皇子老老實實地在王府裡等待著末日的到來，京都朝野上下的人們，也在等待著二皇子完蛋的那一天。然而眾人等了許久，皇宮裡依然沒有旨意出來，這個事實讓眾人不免心生疑惑，暗中猜測不已。

便在此時，一道旨意出宮。

所有人都被震驚得說不出話來。消息傳到了王府，二皇子被這道旨意震得直接從椅子上摔下來，無窮意外的喜悅和無窮的疑惑，在他的腦中化成無窮的震驚——這是為什麼？旨意寫得很清楚，南詔國國主新喪，皇帝特旨遣太子李承乾，代聖出巡，封南詔！

南詔？這是七年前被慶國軍隊硬生生打下的屬國，地處偏遠，毒瘴極多，道路艱且難行……千里迢迢之外，來去至少需要四個月的時間。

雖說南詔這些年一直安分，視慶國為主，兩國間關係極為密切，南詔國國主去世，慶國自然要派去相當地位的人物弔喪，並且觀禮，可是……為什麼是太子？這完全不符常禮。

為什麼不是大皇子？

為什麼不是胡大學士？

為什麼不是范閒？

在這樣一個敏感的時刻，太子忽然被派到千里之外的南詔，這代表了什麼意思？難道是一種變相的流放？

永陶長公主被幽禁，所有人都以為第二個倒楣的人一定是二皇子，誰也想不到，居然是太子！

難道皇帝終於有了廢太子的念頭？

雖說當前的事態細節並不足以支撐這個判斷，可朝中那些奸滑的官員們，都察覺到了風聲有異，卻怎麼也想不明白。

二皇子自己當然是最想不明白的一個人，他只是覺得渾身發冷。他的那位父皇行事，總是這樣出人意料與令人寒冷，行事手法有如流雲在天，怎麼也摸不清楚痕跡。

所以二皇子在震驚之後，變得更加老實本分了。

二十日後，面色蒼白的太子，在一隊禁軍、十幾名虎衛、監察院的三重保護下，由京都南門而出，向著遙遠得似乎永遠難以到達的南詔國，緩緩行去。

第二十一章　嘆

離京都極遠的江南境內，春意已籠西湖柳，西湖邊上彭氏莊園裡的春色更濃，沿宅後一溜的青樹快意地伸展著腰肢，貪婪地吸收著空氣裡的溼意與一日暖過一日的陽光。

然而這莊園的主人卻並不如何快意，更沒有伸懶腰的閒趣，他苦著臉，將最近這些天京都發來的院報、邸報，甚至是宮廷辦的那個花邊報紙都看了一遍，依然沒有放鬆。

末了，他小聲與史闡立交流一下抱月樓管道過來的消息，終於確認了事情的發展軌跡，正如這些情報中說的一樣。

永陶長公主被幽禁在皇家別院，太子身負聖命，前往千里之外的南詔國弔喪。

這便是目前看來，事件最直接的兩個結果，所以這位莊園的年輕主人忍不住嘆氣，忍不住連連搖頭。

史闡立好奇地看著他，問道：「老師，雖然不知道陛下因何動怒，但經此一事，長公主殿下再也無法在朝中、在江南對您不利，豈不是天大的好事？您為何還是如此鬱鬱不樂？」

范閒斜乜著眼睛看著他，半晌後將話嚥了回去，有些百無聊賴地揮揮手，說道：「再說吧，你還是趕緊回蘇州把抱月樓看著。」

史闡立滿頭霧水地離開，深知此事內情的王啟年閃身進來，他安靜地站在范閒的身後，注視著范閒再次審看京都傳來的所有情報，沒有發出一言一語。

因為他清楚范閒因何煩惱。

「我辛辛苦苦做了這樣一個局，最後卻是這樣的結果。」范閒有些無奈說道：「這次冒的險夠大了，結果……那婦人還是活了下來，這究竟是為什麼？」

王啟年在一旁看了他一眼，心想……永陶長公主畢竟是大人的岳母，這話不免有些冷血。

能夠橫亙在永陶長公主與皇帝中間，把范閒用了無數力氣引爆的那顆炸彈壓下去的，當然只有那位久居深宮的老人家，可是范閒依然對於這件事情的過程有許多不解和懷疑。

「婦人之仁。」

他皺著眉頭說道。

這句話不僅僅是批評皇帝最後收手，也代表了他某一方面的懷疑。永陶長公主為什麼連一點兒像樣的反擊都沒有使出來，便被皇帝如此輕而易舉地收拾掉？就算他知曉宮外的動作都是由陳萍萍親自布置，可是以他對自己丈母娘的了解……她這般安靜地束手就擒，實在是與那個瘋名不合。

「我和你說過，長公主是喜歡陛下的。」范閒癟著嘴說道：「只是沒想到居然會痴迷到這種地步，陛下沒有真正動手、起殺心之前，她居然都不會主動反抗……這是什麼世道？」

王啟年的臉色很古怪，也由不得他不古怪，身為慶國的臣子，就算再如何囂張有叛心，也沒有誰敢在自家院子裡，說出如此大逆不道的話。

偏生范閒就說了，還當著他的面說了，逼著他聽進了耳朵裡，而且很明顯，這不是第一次說這種話題。

王啟年很難過地咳了兩聲，他明白自己這輩子的生死富貴早已和提司大人緊緊地聯繫在一起，提司大人根本不擔心自己會背叛他，所以才會在自己面前如此放肆地說話。

本來這次揭露皇族醜聞，逼陛下動手的計畫，就是范閒與王啟年兩個人做的。茲事體大，啟年小組的其他成員根本沒有得到一絲風聲，至於言冰雲，更是被完全蒙在鼓裡。

好在江南離京都遠，范閒與王啟年布置的先手在兩個月後才迸發，就算是神仙，大概也猜不到這件事情和他們二人有關。

除非洪竹忽然有了自殺和殺友的勇氣。

「院報裡有幾處值得注意。」雖然做的是不臣之事，王啟年還是不能習慣大談不臣之語，有些痛苦地指著院報上幾個地方，強行轉了話題，提醒道：「回春堂的縱火案、宗親墜馬、太醫橫死……這三件事情有蹊蹺。」

「喔？」范閒回頭看了他一眼，院報上面並沒有將這三件事情聯繫起來，宮裡也不會允許任何有心人看出裡面的瓜葛，問題是他二人對這三個地方太清楚了，當然知道這些事情的根源是什麼。「難道你不認為是長公主、太子殺人滅口？」

「那只是藥，藥根本算不得什麼證據。」王啟年額上皺紋極深。「長公主殿下與太子殿下又不是笨人，憑什麼在宮中調查的時候，做出這些糊塗事來。」

「這也是我覺得奇怪的地方，我們留著這些活口，就是準備讓陛下去審。」范閒若有所思。「可明顯陛下沒有審，他怎麼就能斷定那件事情？」

「還有——」他指著紙張，認真說道：「宮裡沒查到，長公主應該不會自承其汙……這三椿案子，究竟是誰做的？」

范閒的眉頭皺了起來，此時事後反思，這三處之人活著確實不如死了好，自己當初的設想，在這個環節中，確實有些問題……而現在他思考的是，誰幫著把這局做成了道道地地的死局，讓皇帝審無可審，只有憑著自己的猜疑做出了最後的決定？

還在京都的時候，他和王啟年二人便隱隱約約察覺到，有個勢力似乎正在做與自己差不多的事情，只是當時他們怕打草驚蛇，一直不敢細查。

「應該不是別人了。」王啟年嘆了一口氣。

范閒也嘆了口氣，搖頭說道：「除了咱們那位，也沒別人了。」

「太子去了南詔……」書房裡沒有平靜太久，范閒說出了盤桓在他心頭的問題：「依時間推斷，這時候應該已經過了潁州，繼續往南了，你說陛下這個安排是為什麼？朝廷裡的臣子肯定還在猜測，還弄不明白，長公主的事情為什麼會牽扯到太子，但你我肯定清楚，陛下絕對不會容忍一個讓皇族蒙羞的兒子，繼承大位。往南詔觀禮……太子還能回來嗎？」

王啟年沉默著，不敢回答這個問題。

范閒笑著看了他一眼，說道：「你我二人不知道做了多少株連九族的事情，議論一下何妨。」

王啟年苦笑，知道他是再次提醒自己，用心何其無恥，搖頭說道：「我看這一路應該沒什麼事，陛下就算已經有了廢儲的意思，也不可能選在這時候拋出來。」

「有道理。」范閒輕輕地拍了一下桌子。「和我的想法一樣，咱們這位陛下，要的就是英明神武的勁、青史留名的範，千方百計想的就是把這件事情壓下去，絕對不願意落人話柄。此趟太子赴南詔，一則是將他放出京都，慢慢謀劃廢儲一事，二則……」

他皺起眉頭，忽然想到南詔那處毒霧瀰漫，七、八年前，燕小乙率兵南討時，士兵們的傷亡基本上都是因為這個禍害。

「瘴氣侵體，太子漸漸體弱……」王啟年說出這句話，才猛然驚醒，自己說話的膽子果然越來越大了。

范閒苦笑接道：「如果真是你我這般想的，陛下……果然厲害。」

他的眼中閃過一絲複雜的神情，只不過王啟年沒有注意到。

「很遺憾，未竟全功。」范閒嘆息道：「你說長公主怎麼就沒死呢？」

這是今天他第二次赤裸裸的惋惜，王啟年覺得有些古怪，永陶長公主已然失勢，范閒畢竟是對方的女婿，不論是從人倫親道上講，他都不應該如此說才是。

王啟年不清楚，范閒自入京都後，下意識便很忌憚永陶長公主。因為對付旁的人，可以用陰謀、用權術較量，可是對付一個世人傳頌其瘋的權貴人物，范閒很難猜到對方會做出何樣瘋狂的反應。

這種不確定性，使范閒很頭痛。

尤其是此次京都宮闈之變，范閒始終難以相信這樣的結局——永陶長公主身處死地，為何她那些力量沒有進行最後的反撲？軍方的大老呢？燕小乙的態度呢？如果說事情發生得太迅猛，軍方沒有反應的時間……可是葉流雲呢？

范閒比任何人都清楚，葉流雲在君山會中的供奉地位；在蘇州城中，也曾被那破樓一劍嚇得魂都險些掉了。即便君山會是一個鬆散的組織，可是永陶長公主一定不會像如今看來這樣的不堪一擊。

先前與王啟年分析過永陶長公主對皇帝的瘋狂畸戀，但那只是范閒用來說服自己的說辭，他並不相信這一點。

只不過，這個人世間有些事情，或許正是人們不相信的東西，才是最真實的原因。

范閒在書桌旁嘆息著、惋息著，在王啟年走後，依然止不住長吁短嘆。王啟年關上房門，下意識搖搖頭，心想長公主雖然沒死，但是從此以後，朝廷裡再無人是提司大人的對手，如此結果已然大佳，提司大人因何嘆氣？

其實原因很簡單——范閒不是一位忠臣，更不是一位純臣，他所構想的，只是在江南看著虎鶴爭鬥，各自受傷。

他想永陶長公主垮臺，但他也不會相信皇帝，他所嘆息，便是皇帝的手段，似乎比自己想像中來得更快、更厲害，皇帝的力量，沒有受到絲毫的損失。

范閒一個人坐在書房中，沉默地分析著京都發生的一切，他隱約感覺到永陶長公主或許可能是因為瘋狂的情愫而執拗地等待著皇帝的雷霆一怒，而皇帝明顯是有所保留，是親情？范閒不相信這一點。

他翻開院報下的那幾封書信，第二次看過之後，沉思片刻，便開始寫回信。信自京都家中來，范建一封，林婉兒一封，主要講的都是思思及她腹中孩子的事情，一應平安，並不需要太過擔心。

然而林婉兒的信中，自然要提到永陶長公主的事情，雖沒有明言什麼，但似乎也是想讓范閒在宮裡說些話。

范閒再次苦惱地嘆息起來，他清楚妻子是個難得的聰明人，當然知道被遮掩的一切背後，是怎樣的不可調和，可她依然來信讓自己說話，這只證明了，妻子對永陶長公主始終還是有母女的情分。

這是很自然的事情，皇帝冷血，范閒冷血，並不代表這天底下的人、皇族的人都是冷血動物。

范閒認真地寫著回信，對父親那邊當然是要表示自己的震驚與疑惑，對林婉兒的回信以勸慰為主，同時問候了一下思思那丫頭。

接著他便開始寫奏章，給皇帝的密奏，在奏章中雖然沒有直接為永陶長公主求情，但也隱約表示了一下身為人子應該有的關切。寫完後他細細查看幾遍，確認這種態度，既不會讓皇帝認為自己虛偽，也不會讓皇帝動怒，便封好了火漆，讓下屬們按一級郵路寄出。

做完這一切，范閒才稍微放下心來。這數月在江南雖然逍遙，但其實眼光一直盯著京都那處，精神上的壓力十分巨大。

事雖不諧，但基本按照他的想法在進行，他終於放鬆了些，拉開祕密的抽屜，取出七葉與自己用一年多的工夫抄錄下的那份內庫三大坊工藝流程發呆。

這份工藝流程雖然不是內庫的全部，但范閒清楚，如果這份東西真的流傳到北齊，會造成很恐怖的後果。

他的眼睛瞇了起來，暗想這一次雖然是自己和陳萍萍暗中下意識攜手，玩了皇帝一次，但終究只是玩弄了細節，至於大的局面上，說不定是皇帝在玩自己。

「十三郎也閒得有些久了。」

范閒這般想著，然後起身，收拾好一切，離開了西湖邊的莊園。

第二十二章　坑

杭州西湖邊，時近天暮，湖光山色盡融入金光之中，說不出的美麗。在這片暮光之中，隻身一人的范閒來到湖畔一座山丘之上，看著那個手持青幡的年輕人，偏頭說道：「聽說你最近在杭州城裡算命，很是得到了一些大家小姐的青睞？」

手持青幡的年輕人，自然便是東夷城四顧劍的關門弟子，那位替范閒殺了燕慎獨的九品高手。關於這個人的存在，以及之後對於自己的幫助，范閒一直覺得有些荒謬，就像是前世聽說過的那些先鋒戲劇，讓人怎麼品咂，都覺得嘴裡有股異味。

四顧劍那白痴雖然看似想得分明，但實際上范閒總覺得這事太胡鬧了，雖則天下沒有幾個人知道王十三郎和四顧劍之間的關係，可若范閒翻臉不認帳，四顧劍怎麼向永陶長公主或者說燕小乙那邊交代？

王十三郎的臉朝著西湖方向，淡淡的金光映著他英俊的面龐，鍍上了一層令人覺著心怡的光芒，極其溫和。

「現如今，整個江南都知道我是大人你私屬的高手。」年輕人和藹笑著說道：「自然那些官員們也會給我幾分薄面，這算命的生意，當然差不到哪裡去。」

湖面上一陣輕風拂來，沿著山丘下的青樹往上，只略略帶動了王十三郎手中那面青幡的一角，卻恰好露出「鐵相」二字。

經歷了招商錢莊侵占明家股子的風波，當時曾在明園的人，都已經猜到，這位站在招商錢莊大掌櫃身後的年輕人，一定是范閒用來監視錢莊的高手。

欽差大臣的心腹，自然在江南一帶混得風生水起。

「好在你沒有禍害良家姑娘的習慣。」范閒笑了笑，站到他的身邊，偏首望了他一眼，心裡泛起一股複雜的情緒。

湖畔青丘，湖面反金光，光潤臉龐，這一幕景象，讓范閒不由得想到很多年之前，在澹州的懸崖上，世間最親近的那個男子，似乎也是被一團明亮包圍著。

那個蒙著一塊黑布的男子，似乎在對某個地方告別。那王十三郎呢？范閒下意識搖搖頭，不明白自己為什麼總習慣將這位仁兄與那位瞎子叔聯繫在一起。

他很想念五竹，尤其是在江南這麼安穩的狀況下，他不知道五竹的傷究竟養好了沒有，就連陳萍萍也不知道五竹究竟躲在什麼地方養傷。

而什麼樣的傷勢居然要養一年多？

范閒的眉頭皺了起來。

王十三郎好奇地看了他一眼，問道：「小范大人，你有心事？」

「是的。」范閒沒有猶豫，直接說道：「我有件事情需要你幫忙。」

「什麼事情？」

「我朝太子正在往南詔方向走，這一路上毒霧瀰漫，道路艱險，我有些擔心他的身體。」范閒面色平靜說道。

王十三郎眉頭微皺，呼吸略微沉重了一些，思忖許久後緩緩說道：「禁軍、監察院加慶國虎衛，這種防守何其嚴密，就算我死了，也不見得能近他的身。」

范閒笑了起來。「你誤會我的意思了。」

王十三郎看著他，一言不發。

「替我帶解毒丸子給他。」范閒微微低頭，似乎是在躲避湖面上越來越濃的金光。「替我暗中保護他，確保這一路上他的安全。」

王十三郎的眉頭皺得更緊，完全不明白范閒為什麼忽然間會拋出這個任務，遲疑少許後，他輕聲問道：「為什麼？以我對慶國京都局勢的了解，長公主被幽禁，太子明顯也要失勢，慶國皇帝之下，再無與你抗衡之人。」

范閒笑了笑，不知道該怎樣解釋，於是乾脆沒有解釋。

「京都到底出了什麼事？」王十三郎像個孩子一樣好奇問道：「這事不會和您有關係吧？」

他下意識用了「您」這個尊稱。但范閒卻呸了一口，沒好氣說道：「我在江南，手再長也伸不到京都去。」

王十三郎想了想，認可了他這個解釋，撓了撓頭後說道：「可是……太子一路南下，看來貴國陛下似乎有什麼想法，小范大人你要我去保護他，莫不是猜到了什麼？可是如果我猜的是對的……你這樣，豈不是與貴國陛下作對？如今的我，早已成了眾人皆知的祕密，這樣明著與貴國陛下作對，大人難道不擔心？」

「免了，別瞎猜了。」范閒嘆了口氣。「這事和陛下無關，純粹是婉兒來信的要求，我畢竟假假也是半個皇族子弟，總要付出一些。」

王十三郎笑了笑，明知他說的是假話，卻也不揭破。

范閒皺著眉頭看了他一眼，說道：「別笑得跟兔爺似的，此時看來，你也不是個蠢貨……」

王十三郎攤手說道：「我什麼時候蠢過？」

「殺小箭兄的時候。」此時的范閒，早已從王十三郎的嘴中，得知了當時夜襲元臺大營時的具體過程，知道王十三郎當日的勇猛，發過無數聲感嘆，此時又再次重複了一遍：「猛士……很容易死的。」

王十三郎自嘲笑道：「我大概只習慣這樣的對戰方式。」

不知怎的，范閒忽然想到林青霞在《鹿鼎記2神龍教》演的猛將兄，很荒謬地自己笑了起來，然後在王十三郎茫然的眼光中輕輕拍了拍他的肩膀。「你師父讓你跟著我，想必是為了很多年以後的事情……既然如此，還是惜些命吧……南詔那一線上，你暗中跟著就好，能不出手當然最佳。」

他沉默了片刻後說道：「我不是要脅你，只是明家如今已經在我手中，內庫行東路的權力也都在我手中，你應該清楚這兩個月裡，我與令師合作得不錯，所以請幫我這個小忙。」

看著那面青幡消失在湖畔的金柳裡，范閒沉默了下來，蹲了下來，一屁股坐到青丘上，看著美麗的西湖和那並不存在、從來沒有存在過的斷橋發呆。

如果知曉內情的王啟年知道他這個安排，一定會嚇得半死，以為他患了失心瘋。然而范閒清楚，自己沒有瘋，以前要將太子打下來，是因為太子如果繼位後，自己就沒有好日子過。

而此時要保住太子的小命，卻是要給慶國皇帝製造麻煩——因為一旦永陶長公主和太子完全嗝屁後，他與皇帝之間再沒有任何緩衝，削權是馬上就要到來的事情，而范閒更擔心的是陳萍萍和范建的安全。

范閒心裡清楚，慶國皇帝是一個極要名聲的人，從這次皇宮事變中便可以觀察得極為充分。一件皇族醜聞，皇帝為了遮掩此事，不惜殺了宮中數百人，還將一直壓在案下許久的東海屠島事、出賣言冰雲的細則都拋了出來。

如此一來，永陶長公主的垮臺便有了很實在的理由，可皇帝繞了這麼多彎子，說明他是不想自己的名聲受絲毫損害，這不是皇族的醜聞，這是永陶長公主的醜聞，如此而已。

而對於太子的安排也說明這點，皇帝想必很頭痛於怎樣廢儲，他不願意扇自己的耳光，太子最近這兩年表現得如此純良安分，皇帝能找到什麼藉口？

南詔行中，肯定會發生許多事情，而范閒派王十三郎這個變數過去，便是要將那些事情消化一部分。

范閒沒有愚蠢到重新將太子保起來，他只是想替皇帝製造一些小麻煩，讓皇帝不要那麼早就注意到自己，注意到招商錢莊，對自己身後那兩位老人家動心思。

他思念五竹，他清楚，在慶國這個世界上，有許多他關心的人，為了這些人，他必須停留在此。如果僅僅只是范閒自己，他真的什麼也不怕也不擔心，縱使和皇帝老子決裂，他也可以很囂張、很裝逼地對著皇城豎中指。

在二皇子和很多聰明人的眼中，范閒身邊的一切其實都是些紙面上的力量，根本不堪一擊。他自己也清楚，這個世界的子民，對於皇權都有一種天生的膜拜，不要說監察院，就連他的啟年小組，遠在京都坐鎮院中的言冰雲，或許都會因為一道旨意，而站在自己的對立面。

然而就算他身邊的一切，全部被皇帝一道旨意奪走，他也不會害怕，不會被二皇子言中。

因為他有一顆停頓了很久的現代人的心臟，對於皇權這種東西，他向來沒有絲毫敬畏；因為他有與七葉互相參討，整理出一分內庫工藝流程的能力；因為他自己本身就是一位擅於殺人的九品高手。

他還有箱子，有一夜情的皇帝姘頭，有五竹。

范閒沉默地坐在西湖邊的青丘上，瞇眼看著遠方的紅紅暮雲，心裡想著，如果有一天自己被逼著對那座皇城豎中指，那該是一個怎樣壯觀的場景啊！

慶國乃當世第一強國，永陶長公主李雲睿在過去這十數年裡，隱藏在慶國皇帝的身後，做了許多的事情，暗中陰了另外兩方大勢力無數好處，比如藉口北齊與東夷城刺客謀殺范建私生子一事，再啟戰釁，奪了北齊大片疆土；比如反手將言冰雲賣與北齊，換得肖恩北歸，卻擾得北齊朝廷一陣大亂，帝后兩黨衝突再起。

但很奇妙的是，永陶長公主與北齊衛太后、東夷城四顧劍之間，一直還保持著一種良好的關係，甚至關於內庫方面，還有很多合作。

也不知道那些異國的人們究竟是怎樣想的。

但不管怎樣想，永陶長公主的忽然被幽禁，給天下許多地方都帶來了劇烈的震撼，讓許多人開始想些有的沒的事情，比如范閒開始將自己的戰略重心轉到了那位皇帝身上。

而在北齊與東夷城兩地，那些高高在上的人們，自然也會給出自己的判斷。東夷城裡的那位大宗師，將他最得意的關門弟子派到范閒身邊，卻不知道這位關門弟子又被范閒派去當保鏢了。當然，他現在也並沒有關心這個，他只關心永陶長公主被幽禁的事情。

春意濃，春意濃，地處海畔的東夷城卻滿是鹹溼的味道，海上的暖流風勢常年這般輕柔地吹拂著，所以城中的人們對這股春意並沒有太多的感恩。

東夷城的正中間，是城主的府邸，占地極為寬廣，城主負責統領城中的一應具體商務。這座以商業繁盛的大城，所謂政務，其實也便是商務，治安之類的問題極少出現，因為沒有什麼江洋大盜敢在全天下九品高手最多的地方出手。

除了當年還年輕的王啟年。

所有人都知道，真正指引著東夷城前行方向，決定東夷城存亡的地方，並不在城主府，而是在城外那連綿一片的草廬之中。

草廬繞成了一個凹字形，而很怪異的是，開口並沒有對著大路，相反的，卻是靠著後方大山處。如果有人想進這片草廬，便需要繞到山後，沿山路而下。

相傳，這是四顧劍考校來訪者的最簡單方法。

在凹字型草廬的正中間，是一個大坑，坑中堆滿了曾經前來挑戰四顧劍、請教四顧劍的高手們留下的劍支，如亂林一般，向天刺著。

初出廬的大宗師，不是那麼好當的。

好在這種挑戰的風潮在那個大坑漸滿之後，終於結束了，沒有人會傻到再去挑戰四顧劍，至於那些真有那麼傻的……已經死在了草廬裡。

這便是天下習武者崇拜景仰、念念不忘、心嚮往之的聖地……劍廬。

也有人稱其為劍塚。

很美，很有境界的名字。

然而四顧劍卻只會用一個名字形容自己居所旁的聖地——劍坑。

「這就是一個坑。」草廬之中傳出一道嘲諷的聲音，聲音的主人似乎很年輕。「慶國皇帝那個王八蛋，還有李雲睿那個瘋婆子，真當我是個白痴？」

而在草廬外，赫赫有名的一代劍術大家雲之瀾老老實實地跪在石階下，聆聽著這個有些年輕的聲音。

第二十三章　新一代的小怪物

草廬裡的聲音充滿了諷刺與一種近乎狂妄的自大味道，將慶國那對高高在上的兄妹狠狠地批判一番，說道：「幽禁？白痴才會相信，他們兩兄妹一個當神一個當鬼，搞了這麼十幾年，怎麼就忽然翻臉？翻便翻吧，總要尋個理由才是……如今慶國朝廷扔出來的那些理由，算理由嗎？」

雲之瀾的膝蓋有些痛，他知道師尊這時候自顧自說得高興，明顯忘了自己還跪著。他揉了揉膝蓋，自己爬起來，臉上全是苦笑，心想師尊大多數時候的人生顯得很「荒謬」，但是在大方向上總是有一種令人折服的耐性，在有些細處，也有些神來之筆——比如小師弟。

可是此時師尊的話語明顯又荒謬了起來，難道說他認為慶國京都發生的這件大事，純粹是慶國皇帝和永陶長公主吃多了沒事幹，不惜折損皇室顏面，演戲給天下人看？

雲之瀾無論如何不會相信這一點，說了幾句話表示了自己的意見。

劍廬裡那位大宗師沉默了下來，似乎覺得自己這個判斷確實有些問題，不過在他心中，慶國人，尤其是慶國的皇室，毫無疑問是天底下最齷齪、最無恥、最骯髒、最下流、最腹黑的一群生物，要讓他相信慶國皇室真的出現這麼大的裂縫，不是件容易的事情。

他下意識認為，慶國是不是又準備讓自己背什麼黑鍋了。

這個認知讓他很憤怒、很黯然，於是有些聽不進去雲之瀾的話。

雲之瀾身為東夷四顧劍一脈首徒，除了受永陶長公主之邀赴兩次慶國無功之外，其餘時間都代表著師尊的意旨，配合著東夷城城主，維繫著這座城池以及周邊小國的安寧，對於政務一屬，比那位世稱白痴的大宗師要精明許多。自從慶國京都發生那件事情後，他便敏銳地察覺到，似乎有一個可乘之機，出現在東夷城的面前。

如果能夠掌握住這個機會，東夷城最大的威脅，便可以消除，再也不用像棵騎牆的大樹一樣，在慶國的權貴之間周旋犧牲。

尤其是永陶長公主沒有死，這個事實讓雲之瀾堅定了自己的判斷，極其誠懇地向師尊複述一遍。

草廬裡再次沉默下來，四顧劍沒有再說話，只是一味地沉默，許久之後那個聲音緩緩說道：「眼下不能插手，誰知道是不是一個坑呢？」

雲之瀾表示明白，心裡卻在苦笑。

他並不明白，廬中那位偉大的劍者，那位白痴的宗師，並不僅僅是被慶國的腹黑搞怕了，更關鍵的是，如果東夷城要利用慶國的內部爭鬥，需要一個極好的時機，而慶國身為天下第一強國，這種時機不可能由外界的人們營造，只能等待慶國內部的人們發出邀請。

不論是四顧劍還是苦荷，都是慶國之外的兩株參天大樹，這兩株樹不能輕易表明自己的態度，不能輕易地隨著山間的風勢舞動，因為他們一旦往一個方向去，再想回來，就不是件容易的事情。

「繼續看看，慶國人究竟在玩什麼花樣。」

草廬裡的聲音再次響起，向雲之瀾發出指令，只是沒有告訴自己的徒弟，一直以來，慶國的某些人都可以透過某些管道向自己傳遞某些重要的資訊，而他，現在便是在衡量這些資訊。

「是，師尊。」雲之瀾準備去城主府商議，忽然想到一樁事情，回身皺眉說道：「慶國長公主已經失勢，范閒那裡應該安全，為了防止有人發現小師弟的身分，要不要把他召回來？」

東夷城四顧劍的關門弟子，那位手持青幡的王羲——王十三郎，一向是個極為神祕的人物。這兩年裡，包括雲之瀾在內的許多人，只知道師尊極為疼愛這個小師弟，卻一直沒有機會入廬看過這位小師弟長什麼模樣，還是到了江南明家招商之爭時，雲之瀾才第一次知道，原來師尊把小師弟派到范閒的身邊。

雲之瀾有些不解，更多的是隱隱的不舒服，畢竟在慶國朝廷內部，一直以來那個姓范的年輕人，才是東夷城最大的敵人，這幾年間，不知道壞了東夷城多少事，殺了東夷城多少人。

就連雲之瀾自己，都險些死在監察院的暗殺下。東夷城的高手刺客們，更是和監察院的六處劍手在江南打了半年的游擊，所以知道師尊改變了對范閒的態度，雲之瀾雖然接受，但心裡有些小牴觸。

「我知道你在想什麼。」草廬裡的那個聲音譏諷說道：「你還是覺得我幫范閒不對……其實你錯了，不是范閒需要我們幫，而是我們需要范閒接受我們的幫助。李雲睿那邊已經完了，至少在內庫這一邊是完了。我們需要范閒，而事實上，這幾個月裡明家已經完蛋，可是並沒有影響到我們東夷城，這說明什麼？這說明范閒已經接受了我們的幫助。」

雲之瀾微微低頭說道：「可是如此一來，我們至少有三成的管道處於范閒的控制之下，這個慶國的年輕權貴向來翻臉如翻書，一朝他若動了狠心，不好應付。」

「他為什麼要動心？」四顧劍的分析走著睿智的道路，全不見渾。「以往雙方只是小打小鬧，又沒有涉及根骨。之所以其時要衝突，是因為中間有個李雲睿，如今李雲睿既然被幽，我與范閒之間已經沒有利益衝突，他為什麼要冒著全面翻臉的危險……動心？」

雲之瀾心頭一驚，聽明白師尊那句「我與范閒之間」，這豈不是說，師尊已經至少在表面上承認，范閒那個年輕人有和他平坐而論的資格？

「以前我們可以和李雲睿交易，現在就可以和范閒交易。」草廬裡的聲音又響了起來。「因為慶國朝野上下，從骨子裡不怎麼害怕慶國皇帝的人，就是這兩個……記住，慶國不是范閒的，他沒理由為了慶國的利益而損失自己的利益。」

雲之瀾想了想，還是沒有想通透。可如果范閒在場，一定會對草廬伸出大拇指，讚一聲「白痴兄情商那是相當的高啊」……

「事發之前，我就讓你師弟去投靠范閒，這便是所謂態度。」草廬裡的聲音頓了頓：「態度要用到位，所以讓你師弟自己做事吧……」

雲之瀾微微皺眉，心想那位神祕又可憐的小師弟，就這樣被師尊拋出去替范閒做苦功，難道就僅僅是為了表示自己東夷城的態度？

「當然，我讓他去慶國，自然還有別的原因。」

雲之瀾精神一振，不知道接下來會聽到什麼祕辛，結果入耳的話語讓他怔了起來，想了半天之後發現，事情確實是這個樣子，沒有什麼事情，比這件事情更重要。

「當年北齊皇室叛亂，為什麼北齊那個女人能抱著她的兒子穩坐龍椅，從而將一片哀鴻的北齊收攏成如今的模樣？」

「因為苦荷站在她那邊。」

「為什麼東夷城及諸國夾在當世兩大強國之間，左右搖擺，委曲求全，輸貢納銀，但總能一直勉強支撐下去？南慶君民野心如此之大，卻一直沒有嘗試著用他們強大的武力將東夷吞入腹中？」

雲之瀾根本不用思考，帶著一絲崇敬說道：「因為東夷城有您，有您手中的劍。」

「不錯，大宗師這種名頭雖然沒什麼意思，但用來嚇人當殺器還是不錯的。」草廬裡的聲音忽然顯得有些落寞：「你想過沒有……如果苦荷死了，我死了，這天下會是什麼模樣？」

雲之瀾後背發寒。這種場面，當然是天下所有人都設想過的事情，只是從來沒有人敢宣諸於口，因為他們知道，以慶國的強大軍力與根植慶國子民心頭的拓邊熱血，一旦兩位不屬於慶國的大宗師逝去，整個天下肯定會再次陷入戰亂之中，且不說北齊，至少東夷城是極難保住了。他誠懇而堅定地說道：「師尊，您不會死。」

「笑話！這世上哪有不死的人？」

草廬裡的聲音愈發地落寞起來：「就算不死……可人終究是會老的，苦荷年紀這麼大了，我年紀也不小了，難道你以為一位油盡燈枯的老人，擅抖的手連劍都拿不動時……他還是位大宗師嗎？」

「可是……這與小師弟入慶有什麼關係？」雲之瀾沉默片刻後，將心中的疑問說了出來。

「人世間本沒有什麼大宗師。」草廬裡的那位大宗師冷冷說道：「只是三十幾年前開始，就多了我們這幾個怪物出來，以前沒有，以後……不知道還會不會有，但至少在眼下看來，整個天下的年輕一代高手之中，唯一有機會接近這個境界的人，不過寥寥數人而已。」

雲之瀾心頭微動，注視著草廬關著的門。

門內的聲音笑了：「很可惜，你的年紀大了，很難有這個可能。我東夷城這劍坑裡爬出來不少人，甚至爬出了全天下最多的九品高手，可是如果要說誰有機會成為新一代的怪物……或許只有你小師弟一人。」

雲之瀾微張著嘴，他在蘇州城招商錢莊裡曾經和王十三郎正面對過一剎那，當時知曉這位小師弟年輕輕輕便已然晉升九品，十分震驚，但是總覺得小師弟的境界遠不及自己圓融，怎麼在師尊嘴裡，他卻是……最有可能晉升大宗師的人選？

「這是心性的問題。」四顧劍的聲音此時終於變得像是一位大宗師般自信與淡然。「欲極於某事，則須不在意某事。你不行，苦荷門下那個叫狼桃的耍刀客也不行……其實這些年來，想必苦荷和我一樣，都被先前說過的那個問題困擾著，我們一旦老去死去，身後這片國土會怎麼辦，所以我們必須搶在我們死之前，將這個問題解決掉。」

「我選擇了你的小師弟。苦荷，他選擇了海棠。」

「很湊巧，都是彼此的關門弟子。」

「而更湊巧的是，苦荷他把海棠送到了范閒的身邊……」四顧劍的聲音帶著一絲嘲諷。「就算不是他送的，至少他一定很高興海棠與范閒之間發生了些什麼，既然他能送，我當然也能送，只不過海棠是個丫頭，這就占了大便宜了。」

雲之瀾目瞪口呆，完全不知大宗師種子培養計畫，怎麼又扯到了范閒，不明白為什麼苦荷和師尊這兩位大宗師要一個接一個地將自己的關門弟子送到范閒的身邊。

「天下真的只有四個老怪物嗎？」四顧劍輕聲反問道：「對，或許只有四個老怪物，那個怪物好像從不見老……你應該知道他，那個瞎子……」

雲之瀾的心寒冷了起來，知道師尊說的是很多年以前，曾經在東夷城裡暗中行過的某位神祕人物。

「可你並不知道，范閒是那個瞎子的徒弟。」草廬內的人笑了起來。「這不是件很有趣的事情嗎？老怪物的關門弟子，都應該湊在一起才對，打打架、談談心，會讓他們三人進益不少，這便是所謂磨礪……當然，想必苦荷和我想的一樣，讓弟子去范閒身邊，也是想沾一點兒好運氣。」

「運氣？」雲之瀾盯著草廬緊閉著的門。

「要成為老怪物需要什麼樣的條件？聰明慧心、心性勤奮……但最重要的……還是運氣。」四顧劍嘆息著。「世人修武者不計其數，最終卻只成就了這寥寥數人，是天道不公，還是什麼？其實只是我們的運氣比旁人要好一些。」

他最後說道：「三十年前的事實已經證明了，要成為大宗師，要擁有這樣的運氣，那便一定得和瞎子碰一碰……可是誰也找不到瞎子在哪裡，既然如此，那便只好去碰一碰瞎子的關門弟子。」

雲之瀾被這神神道道的話弄得一頭霧水，半晌之後問出了自己最關心的問題：「小師弟、海棠、范閒……師尊，您認為這三個人誰最有可能……成功？」

在這三個年輕一代的絕頂高手之中，除了王十三郎依然沒沒無名，海棠朵朵與范閒這對男女，毫無疑問站在他們年齡層的巔峰之上，如此年齡，便已經入了九品之境，各自又有極好的師門條件，而且在不同的時間內，世人總以為他們是天脈者。
所以人們在談論，誰會是下一個大宗師時，第一時間，就會想到范閒和海棠朵朵。
「海棠。」四顧劍的判斷是這樣簡單。「因為她很好，所以她很快。」
「那小師弟？」
「也有可能，那孩子心性之明澈，不在海棠之下。」
「范閒呢？」
草廬內沉默片刻後說道：「范閒最不可能。」
「為什麼？」雖然非常厭憎范閒，可雲之瀾還是下意識提出了反對意見：「雖說他如今的境界還在九品中徘徊，十分不穩定，不如海棠朵朵，可是以他的進步速度，實在可稱非人。尤其是心性一環，據徒兒觀察，世間年輕人似他這般堅毅之人十分少見。至於勤奮一途，他雖出身權貴，卻是自幼修行不斷，十分吃苦。」
「什麼條件都具備了，可范閒少了最關鍵的一環。」四顧劍蓋棺論定。「他沒心，這個年輕人對這世間根本無心，既然無心，自然談不上心性，想進入天道之境，除非他捨了手中的所有……他捨得嗎？」
范閒是俗人，他自然是捨不得的。
「瞎子他雖是個很了不起的人、很能替對手帶去運氣的人，但他自己的運氣並不怎麼樣，而且他……不可能是個好老師。」
四顧劍最後說道：「我很想念瞎子，可是很遺憾，他消失十幾年後，出來卻是找了苦荷那個大光頭，嗯，很遺憾。」
雲之瀾聽到廬中有劍震盪出鞘的聲音。

大宗師中，葉流雲是從來不收徒的瀟灑人，四顧劍卻廣收門徒，如果連記名的也算進去，至少有五十人以上，所以徒弟們的水準良莠不齊，雖然有雲之瀾這樣的九品高手，王十三郎那樣的神祕年輕人，可是還有許多不成材的東西。至於北齊國師苦荷，他收徒不多，但個個都是絕頂高手，比如北齊皇帝的武道老師，九品上的一代強者狼桃；比如那個穿花布衣裳，被世人傳為天脈者的海棠朵朵。

瞎子五竹當然也有徒弟，只是他的開山大弟子與關門弟子都是同一個人，范閒。

四顧劍說的並不錯，大宗師們也是人，他們也要考慮身後的問題，所以這些怪物們對於自己的關門弟子都投注了極大的精力。當然，他們只是暗中投注，卻不想讓這種壓力干擾到弟子們的修行。

海棠朵朵、范閒、王十三郎，到目前為止，還沒有同時出現在一個地方，如果有那麼一天，一定是個很有趣的景象。

只是四顧劍搞錯了一點，或者說，他下意識沒有去記住一點——北齊國師苦荷在去年再次開山收徒，借吉雲祥瑞之勢，收了兩位女徒，一位入宮當了皇妃，一位卻在山中收拾藥圃。從這個意義上說，海棠朵朵不再是天一道的關門弟子，范若若……才是。

第二十四章　山中的范府小姐及書信

北齊的春天來得稍晚一些，然而終究是要來的。由北齊國都上京城往外走不多遠，繞過那座荒涼如黃玉的燕山，再往北走數個時辰，便來到了一座青幽山境之中。這座山並不如何高大，山上的高樹低叢卻密密麻麻，顯得格外原始安靜，一層層或淡或深的綠色夾雜著，十分美麗。

與劍廬在天下劍者心中的地位相仿，這座青山在北齊子民或者行於天下的苦修者眼中，也是一處不容侵犯、高高在上的聖地。因為這座無名的青山，便是北齊天一道的道門所在，國師苦荷的坐修之所。

從崎嶇的山路往清幽的山谷裡走，隱約可見萬松集聚之地。

萬株松，松針形狀、樹之圓闊各不同，有的松針輕柔，像是髮絲般垂飄著；有些松針如怒，堅硬刺天；有的松針像是一個個細圓的筒子，格外有趣。此時是清晨，朝露遍布山中植株上，大多數露水稍潤松針之後，便滑落於地，只有那些擁有密集松針的松樹才會在自己的枝葉裡貯下一窪窪的晶瑩露水，反耀著晨光，如寶石般清亮。

順著這些露水微光往山裡望去，便可以看到天一道的建築群，這些建築稟承了北魏、北齊一脈的傳統美學風格，以青黑二色為主，黑色主肅殺，青色親近自然，渾然立於天地間，威勢藏於清美內。

天一道的道門雖然不像是東夷城劍廬那般廣納門徒，但是苦荷在此清修，自然惹得無數朝聖者前來膜拜，十里留下一亭。即便苦荷收徒再少，但如狼桃之類的成年徒弟總是要收徒的，幾十年下來，道門中人數漸多，到如今已經有了逾百人長年在青山之中修行學習。

在這些弟子們的心中，當然希望能在山中清修多年，出去匡時濟世，正如他們心中那位仙子一樣。

當年北齊聖女海棠朵朵在這座山中、這些松下，清修了不知多少年。海棠朵朵出山之前，便是在那些青黑建築的周邊一個田園中種菜，種出的菜除了自己平日所需外，都送到了學堂裡。直至今日，還有很多弟子以曾經吃過海棠朵朵親手種的菜為榮。

在這一年中，海棠朵朵大部分時間在遙遠的慶國江南，和那個與之齊名的范閒待在一起，這個事實，讓北齊人心生不忿，尤其是青山之中這些天一道的學生們。除了嫉妒與憤怒這些負面情緒之外，最讓這些學生們不高興的是，再難看到田園裡那個穿花衣的姑娘了，以往的年月裡，只要看見那個姑娘的身影，眾人的心就會定下來。

而在海棠朵朵離開沒有多久，又有一位姑娘家住進了那處田園，同時將田園裡的青菜變成了一些藥材。

這位姑娘的身分很不一般，她是苦荷新收的關門弟子，代替了海棠朵朵的位置，她住進了海棠朵朵的園子，收好了海棠朵朵的菜籽……她她她，她是范閒的妹妹。

山中清修的弟子們無比震驚，他們不理解祖師爺為什麼會遠赴南慶再收女徒，更不理解為什麼偏偏要收范閒的妹妹當徒弟。范閒是誰？那可是南慶首屈一指的年輕權臣。

然而事情已經發生了，山中弟子們沒有辦法改變什麼，只好學會接受，用了很長的時間，才習慣了范家小姐的存在。

南慶、北齊乃宿敵，雖說這兩年一直處於前所未有的友好關係之中，可是深植於人們內心深處的情緒卻是很難消除，所以范若若在青山中最初的日子過得並不怎麼平靜，無論走到哪裡，迎接她的都是敵視的目光和背後的議論私語。

好在這位姑娘家根本不在意這些，加之性情冷淡，哪裡會注意到別人的態度。如此數月過去，天一道的弟子們才發現，原來這位小小師姑竟比自己這些人的態度還要冷淡，不免覺得有些無趣。

其實范若若對自己在北齊的學習生涯很滿意，她臉上的笑容比在京都時已經多太多了，只是北齊人並不了解這點，畢竟他們不知道這位范家小姐當年在南慶京都早有冰山才女的外號。

范若若的快樂來自於輕鬆的環境與緊張的生活，苦荷只是教了她一些入門的天一道心法，贈了幾卷經書，便不怎麼管她，她其餘的時間都跟隨二師兄學習醫術，這也正是她遠赴北齊的目的之一，平日裡就用自己習得的醫術診治一下山下的窮苦百姓，日子過得很充實。

這位二師兄姓木名蓬。苦荷替自己這些徒兒們取的名字都很有趣，狼桃、海棠、木蓬、白參，都是些植物的名字，人如其名，狼桃就如字面上的感覺一樣，渾身上下充斥著殺氣與稜角，海棠朵朵則是溫柔堅強地立於風雨中，木蓬乃是中藥，可想而知，范若若這位年過四十的二師兄最擅長什麼。

范若若拾起葉片，將院旁松葉上的露水接下來，微微偏頭將水倒入滴水瓶中，有些好奇，為什麼藥方裡要用露水呢？

她抱著瓶子出了院門，沿著石階向山上行去，準備進行日常的學習。一路可見一些年輕的天一道弟子，這些弟子們見著抱瓶的她，紛紛側立在旁，行禮問安。

一方面是因為她不論如何都是這些人的小小師姑，二來幾個月下來，天一道弟子們知道這位范府小姐性情雖然冷淡，但心地著實善良，毫不虛偽，比南邊那個面相溫柔、內心惡毒的范閒要好太多。尤其是這位范府小姐數月不斷，不辭辛苦地下山為百姓看病，更是讓這些後輩弟子們深敬其德。

范若若微微點頭回禮，臉上沒有什麼表情。

當她爬上長長的石階，站在山頂上，停住了腳步，望著山下鬱鬱蔥蔥的青林，忽然伸了個懶腰，啊的大叫一聲，臉蛋上浮著兩團運動後的紅暈，有些興奮。

她自幼先天營養不足，雖然被兄長調理了一段時間，可是也沒有根本性的好轉，在京都的時節，臉色總是以蒼白為主。今日看她的臉上浮現出健康的紅暈，可以想見在北齊住了一年多，她的身體也好多了。

體質由心，主要還是心情輕鬆的關係。

「不用參加無趣的詩會，不用去各王公府上陪那些婦人們說閒話，不用像那些姊妹一樣躲在屏風後看男子，不用天天做女紅……」

范若若怔怔地望著石階下的山，臉上浮現出一絲快樂的笑容。「這樣的生活才是我想要的，謝謝你，哥哥。」

山中除了教導天一道的心法修行外，也講經書正義，基本上用的是莊墨韓當年親自修訂的教程。范若若結束了一個時辰的修行，來到了二師兄木蓬的居室中，恭敬地行禮，然後擇醫術上的幾個疑難問題道出，請木蓬指點。

木蓬略說了數句，忽然看見姑娘家眼中的安喜神態，微笑說道：「小范大人又來信了？」

范若若笑著點了點頭，說道：「雖然還沒來，不過數著日子，應該到了。」

木蓬抓了抓有些蓬亂的頭髮，笑著說道：「如此快樂，想必你們兄妹感情極好，既然如此，何不就在南慶待著？小師妹，北齊雖好，畢竟是異國。」

雖然木蓬的地位肯定及不上監察院裡那個老毒物，但不論是行醫還是用毒的大人物，似乎頭髮都有些亂，日常生活有些混，打扮這種事情自然是注意不到的。

范若若微笑應道：「在哪裡無所謂，哥哥說過，人活一世，總是需要為自己想要的目標做出些犧牲。」

木蓬詫異問道：「噢？那師妹妳的目標是？」

「救人。」范若若平靜應道。

「就這麼簡單？」

「是的。」

「嗯……」木蓬沉吟片刻後說道：「醫者父母心，可是當初妳來北齊之前，只是在南朝太醫院中旁聽一段時間，為何會有如此大願心？」

「師兄，不是願心的原因，而是自己想要什麼。」范若若未加思索，平和說道：「哥哥曾經說過一句話，人的一生應當怎樣度過？首要便是要讓自己心境安樂……治病救人能讓我快樂，所以我這樣選擇。」

人的一生應當怎樣度過？木蓬微微皺眉，嘆息一聲，沒有再說話，心裡卻在想著，那位能夠讓海棠師妹方寸亂矣的范家小子，究竟是個怎樣的人呢？

天色未近暮，范若若抱著空著的滴水瓶走下石階，回到了自己的小院中，細心地打理著園中的藥材。然後她走回寂靜的屋中，開始準備紙筆。屋中的陳設沒有絲毫變化，因為她清楚，這裡畢竟是海棠朵朵的舊居，對於北齊人來說，有著不一樣的意義。

一封信安靜地擱在桌上，范若若的眼中閃過一抹喜悅之色，急忙將信打開，細細觀看那紙上熟悉的細細字跡，在看信的過程中，她的神情卻在不停變幻著，時而緊張、時而喜悅，時而……淡淡悲傷。

信是范閒寄過來的，他用了很多氣力將妹妹送到北齊天一道門下，兄妹二人相隔甚遠，互通訊息相當不便，各自於各自所在思念。所以在范若若的狀況安定下來後，范閒便馬上重新開始了每月一封家書。

童年時，范若若很小就從澹州回了京都。自從范若若會認字、會寫字之後，范閒便開始與她通信，憑藉著慶國發達的郵路，兄妹二人的書信在京都與澹州之間風雨無阻地來往，每月一封，從未間斷，直至慶曆四年范閒入了京都。

不知道寫了多少年的信。

這些信裡不知蘊藏著兄妹二人多少的情意。

在信中說紅樓、講宅事，互述兩地風景人物，家長里短瑣碎，林林總總，不一而足。而正是透過這些信，范閒成了妹妹在精神方面的老師之一。范若若自幼被這些信中內容薰陶著，心境態度與這世上絕大多數的女子……不，是與這世上絕大多數的人都不太一樣。

她依然孝順父母、疼愛兄弟，與閨閣中的姊妹相處極好，但是她的心中卻有許多不一樣的地方，一個相對獨立的人格和對自由的嚮往，是那樣的與這個世界格格不入，偏生她卻又不能脫離這個世界生活。

正因為這種矛盾，讓她在京都時，成為一位自持有禮、冷漠拒人的冰山姑娘。只有後來在范閒面前，她才敢吐露真心。所以遠赴異國，清苦生活，這種在貴族小姐眼中異常恐怖的人生，卻讓她甘之若飴，十分快樂。

這一切的發端，就是信，就是范閒與她之間的信。

范若若看著信紙發呆，許久之後淡淡嘆了一口氣，眼眶裡有些溼潤。京都那些朝堂上的爭鬥離她還很遙遠，她也相信父親和兄長的能力，所以她並不在意信上寫的那些凶險。只是這一次范閒在信中提到了李弘成。

李弘成……

范若若擦拭掉眼角的淚珠，腦中浮現出那個溫和的世子模樣，他要去西邊與胡人打仗了，會受傷嗎？會回來嗎？

靖王府與范府乃是世交，范若若也是自幼與李弘成一道長大，她知道對方雖然心有大志，但從本性上來說是個極難得的好人，拋卻那些花舫上的風流事不說，對自己也是痴心一片。此次李弘成自請出京，一方面是要脫離京都皇子間的傾軋，可她清楚，這何嘗不是自己傷了他後，他的一種自我放逐。

可是范若若就是無法接受李弘成，是的，她那顆被范閒薰染過的玲瓏心，現在比范閒自身還要……無法接受這個世界上關於男女的態度。

這是不是一件很荒謬、很有趣的事情？

當然，就算沒有那些花舫上的風流帳，就算李弘成是個十全十美的人，范若若依然不能接受自己的一生與那個男子在一起生活。

正如范閒當年在信中講的某個故事一樣。

那些都是很好很好的，可是……我就是不喜歡。

「他又寫了什麼故事逗妳哭？」屋門口傳來一道懶洋洋、清揚揚的聲音。「妳那個哥哥，在某些方面確實很可惡。」

范若若一驚，抬頭看見海棠朵朵穿著一身薄花布衣站在門口，趕緊站起來，說道：「原來是師姊送信來的，我還以為是王大人派的人。」

海棠朵朵雙手揣在衣服裡，拖著步子走進來，說道：「王啟年不回來了，范閒沒說？現在上京城裡是鄧子越，妳應該見過。」

范若若點了點頭。

海棠朵朵微笑說道：「我真的很好奇這封信的內容，居然讓一向平靜的妳哭了。」

范若若的手指捏著信紙，低頭說道：「師姊莫要取笑我，哥哥……還是如以前那樣囉嗦。」

海棠朵朵嘆了口氣說道：「這個我是深有體會的。」

范若若微微偏頭，疑惑問道：「師姊不是在上京城，怎麼回山了？」

海棠朵朵回山，當然不可能是專門替范閒送信給妹妹。她望著范若若微笑說道：「師父收到二師兄的來信，認為妳已經可以出山，讓我來陪妳去上京城。」

「去上京城？」范若若為難說道：「可是還有好多東西沒學。」

「只是有人想見妳，所以請我帶妳去一趟。」海棠朵朵說道：「妳喜歡山中生活，到時候再回來便是。」

「師姊不也很喜歡山中的生活？」范若若笑著說道：「這屋子我可沒敢動，留著的，到時候咱們一起住。」

聽著這話，海棠朵朵卻陷入了沉默之中。良久之後，她嘆了口氣，無奈說道：「便是想歸來，又哪裡是一年、兩年的事情。」

范若若清楚，海棠朵朵一直與兄長暗中在做什麼事情，本來有兄長在中間做橋，她與海棠朵朵的關係一直不錯，而且說話也比較隨便，可是每每想到遠在慶國的嫂子林婉兒……范若若總是刻意地與海棠朵朵保持著距離，這或許便是女兒家的小心思。

她忽然想到先前那話，好奇問道：「上京城裡……誰想見我？」

「陛下。」海棠朵朵的脣角浮起一絲笑容，心想自己那位陛下的心思和范閒一樣難猜。

離天一道道門所在青山並不遙遠的上京城內，那座黑青交雜、世間獨一無二美麗的清美皇宮之中，天下北方的主人，北齊皇帝正癱坐在矮榻之上，那雙大腳套著布襪，透著熱氣，身子卻歪在一位宮裝麗人的懷裡。

這位年紀並不大的皇帝咳聲嘆氣問著身後的麗人：「理理，朕一直沒想明白……妳說去年夏天，我們究竟做了什麼呢？」

第二十五章　如果你來投奔我

「去年夏天，好像什麼都沒做啊。」

司理理揉著頭，有些頭疼。自從范閒在寫給海棠朵朵的信中提到這句話後，北齊皇帝和他身旁的這兩位女子便陷入了無盡的思索中，他們怎樣算也沒有算清楚，去年夏天自己這些人究竟對范閒做過什麼事情。

那封信只有一句話，赤裸裸地寫著，像是警告，更像是一種威脅，北方方面有些不明白，究竟是什麼事情讓范閒怒成這樣。

他們當然沒有想到，這一切的原因只是因為范閒將年頭算差了，他本意是想警告北方的娘子軍們，關於那座破廟的事情，他已經知道了。

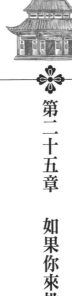

北齊皇帝的眉頭皺了起來，冷冷說道：「去年朕透過王啟年的手送了他一把好劍，就算他看穿此事，不感激朕也罷了，為何還來信恐嚇小師姑？」

「大魏天子劍？」司理理掩脣嫣然而笑，麗光四射。「還是大魏添子劍？」

字音相同，北齊皇帝用了一些時間才聽明白這句玩笑話，但他沒有笑，反而面色有些陰沉。

司理理心頭微動，知道北齊皇帝不喜歡自己太過放肆，於是安靜住了嘴，跪坐在一旁。

北齊皇帝緩緩坐起身來，雙手順著額角向後抿去，繫好了烏黑的長髮，兩筆英眉挺直，平靜說道：「先不說這些了，范思轍今天晚上大宴賓客，朕讓衛華代朕出席，妳覺得如何？」

「陛下英明。」司理理思忖半晌後認真說道：「把范家老二綁在上京城，范閒在南邊肯定也會老實些，就算他有些別的想法，也總要考慮一下自己的弟弟、妹妹。」

「說起妹妹，那位若若師姑今天也應該到了。」北齊皇帝笑著揮揮手，說不出的瀟灑自如。「至於妳的說法，則是假話。不是我們把范家的子女綁在上京城，就可以要脅范閒，而是范閒將自己的弟弟、妹妹送至本邦，要我們當保姆。」

他冷哼一聲，繼續說道：「范閒何等的人物，既然敢送，當然不怕我們將這兩個人拿來當人質。這傢伙，那時辰在宮裡表現得何其溫柔曠達，不與他打交道不知道他的陰狠……」

司理理抿嘴笑道：「可是陛下還是應了下來，我說的綁也不是拿人質的問題……范若若與范思轍二人在北齊過得好，范閒心情也好，將來……說不定哪天就會投了過來？」

「哪有這麼簡單？」北齊皇帝自嘲笑道：「他在南慶風生水起，如今李雲睿又已失勢，再也無人敢動他絲毫，他怎麼可能棄了手中無上權柄來投朕……至於他的這些安排，只能說明此人像他那個皇帝老子一樣敏感多疑，狡兔三窟，他只是把朕的國度當成了他家族的一條後路。」

他嘆息著。「偏生在江南、在南朝內庫，朕需要他的地方太多，明知道他在利用朕，也只能應了下來。」

在一年多的時間內，北齊皇帝與范閒各自選出了代言人，開始透過當年崔家的路線，經由夏明記和范思轍，開始源源不斷地往北方走私，雙方都在其中撈了大筆好處。雖然為了防止慶國皇帝動疑，事情做得極為隱密，就算查出來了，也不會牽涉到這些高層的人物，可是……雙方已然綁在一起，所以范閒才會安心地讓弟妹留在北齊。

先前那句話不錯，北齊皇帝現如今，就是范閒找的一個好保姆。

更何況范閒如今已經猜到了破廟裡的那件事情，用起北齊皇帝來，更是毫不客氣。

「范閒為什麼要留後路？」司理理疑惑問道：「難道他一直以為，慶國不是他的久居之地？」

「這就是朕最感興趣的一點了。」北齊皇帝笑了起來。「范閒他究竟是一個什麼樣的人呢？在南朝往上爬的過程中，卻開始在尋找後路，難道他認為終有一天，他會和他家皇帝翻臉？實在是……有些說不清、道不明。」

他頓了頓，繼續說道：「還記得他送妳回京那次嗎？」

司理理一怔，旋即想到那一路北上時的溫柔相處、馬車內的無限春光，面龐微熱，低下頭去，沒有回話。

北齊皇帝哈哈大笑了起來，只是那笑聲中帶著些微酸意，他用手指抬起司理理的下頷，溫柔說道：「理理，朕……不喜歡妳在朕的身邊，心裡還想著別的男人。」

司理理低著頭一言不發，紅唇含笑。

北齊皇帝冷哼一聲，發現這妮子越來越不怕自己了，將手收了回來，說道：「妳不是曾經說過，在北歸路上，范閒曾經替妳解毒……既然如此，他也是救了妳和朕的兩條性命。所以朕不明白，他為了一己私利與朕合作，那是後事，在此事之前，他似乎就不想朕死掉……加上先前所言後路一事。」

他的眉頭皺得極緊，百思不得其解。

「范閒……他到底有沒有當自己是個……慶國人？」

司理理緩緩抬起頭來，微笑望著一臉憂思的北齊皇帝，沒有說出范閒還在上京城的時候，就已經猜到了北齊皇帝不可能因為自己體內的毒而傷身。雖說她現在已經貴為皇妃，深受北齊皇帝寵愛，加上幾人間又有些說不清、道不明的關係，深在重宮……根本不在意來自南慶監察院的威脅，也不用接受范閒的遠端操控，但不知道為什麼，一想到南方那個年輕人可惡的溫柔笑容，司理理的心便溫柔起來，為他隱藏了許多。

也許是為了看面前這個一向眼光深遠的皇帝將來勃然大怒的模樣？

「南慶乃我朝大敵。」北齊皇帝皺著眉頭說道：「朕對於慶國子民那些像野獸一樣的心思摸得清清楚楚，就算范閒因為當年葉家之事，對於慶國皇室有不盡怨恨……可是他畢竟是個慶國人，為何要給朕……不，是本朝如此多的好處？難道他就不怕我大齊一朝振臂，會讓他們南慶難看？」

司理理聽著這話，也停止了戲謔的思考，陷入了沉默之中。她本是南慶皇族之後，與當世南慶皇室有不共戴天之仇，所以才會轉投北齊；可是范閒畢竟是南慶皇帝的私生子，南慶皇帝對他雖說有諸多監視限制，但短短三年時間，就讓他成為南朝首屈一指的權臣……范閒還有什麼不滿意的？他為什麼會與北齊暗中進行如此多的交易？

自然不可能是因為自己……司理理自嘲想著，也不可能是因為朵朵，更不可能是因為陛下。范閒此人，雖然是個好色之徒，但絕對不會因為女色而改變自己的想法。

她沉默許久之後，忽然心頭靈光一閃，說道：「除非……他從來沒有真正把自己當成慶國的人。」

說完此話，她搖了搖頭，連自己都不信這話。北齊皇帝的眼裡閃過一道異光後，旋即浮起淡淡失望。

如果范閒真不當自己是慶國人，那麼將來說不定哪天他真的會投來北齊……范閒如果來投，自然要帶著無數的好處，比如內庫的機密，比如監察院的內部情治，還有他的身分！一位慶朝皇子，一位莊墨韓指認的接班人，反慶投齊……這會在天下造成什麼樣的震驚？這會替北齊帶來多大的好處與危險？

如果范閒真的來投，一向極有雄心的北齊皇帝一定會不顧任何危險接納他……只是他清楚，這種猜測是不可能的。誰都知道，范閒是地地道道的慶國人，慶國皇帝也不會蠢到逼自己最出息的兒子活不下去，走到最後那一步。

其實只是這個世界上的人無法理解范閒這個現代人的思維。

范閒自從山洞裡說出那句話後，就已經接受了自己是這個時代一人的角色，但他卻沒有太多的家國觀念，因為自幼的生長環境和周遭友朋所造成。他當然對慶國的感情更深，但是在他看來，這天下的紛爭，其實只是內部的一種糾葛而已，就像是長房打二房。

像是春秋、像是戰國，跳來跳去也沒有什麼道德上的羞恥感，叛國這種概念，從來沒有存在於他的腦海之中。

這便是外來人口的獨特心理。

沿著上京皇宮清幽的石徑往上方行去，開路的太監、宮女小心翼翼地扶持在旁，生怕穿著龍袍的那位年輕男子一不小心摔著了，而後面捧著拂塵、淨水瓶的太監們更是踮著腳，低著頭，一點聲音都不敢發出來。

北齊皇帝的臉色不大好看，他自幼最討厭這些奴才圍在自己的身邊，讓自己永世難得放鬆一下。只是宮廷裡的規矩向來如此，他再如何發怒，也不能改變這一點，除非將這些奴才全殺了……可是全殺了又能怎麼辦？

走到第三層宮殿之旁，一株青樹緩緩垂下它的枝椏，輕柔地搭在黑色的簷角上，相襯而美。北齊皇帝怔怔地看著這一幕，心想自己天天在這宮裡行走漫遊，為什麼卻很少注意到這些景象？

難道是因為天天看得太多，所以習慣性地忘卻？

他忽而想起海棠朵朵曾經轉述過的話，那個南慶的男子在這宮裡學海棠朵朵走路……那個男子似乎走得很快活，眼珠子轉得很快、很貪婪，似乎想將這宮裡的一切美景都收入眼底……難道那個男子天生就喜歡這些極美的東西，所以才能寫出那些極美極乾淨的文字？

北齊皇帝低下頭，負著手陷入了沉思之中。

片刻之後他抬起頭來，臉上掛著一層自信的笑容，腳下卻是轉了方向，向著右手方一條山道上行去，那處山道的盡頭，隱約可以聽見流瀑之聲。

他身邊的太監、宮女們唬了一跳，心想陛下不是要去山巔植桂嗎？怎麼又轉向了那邊？只是沒有人敢出聲攔阻，只好沉默地跟上去。

山道數轉，來到崖畔一處平臺，臺上有一座涼亭。

北齊皇帝指了指那涼亭，身旁的太監、宮女們頓時衝過去，安置繡墩，點了清香，打掃塵埃。

北齊皇帝走入亭中，看著亭下溪水、對崖春花，心頭微動，輕聲唸道：「拍欄杆，林花吹鬢山風寒，浩歌驚得浮雲散。」

身旁諸人連拍馬屁：「陛下……」

北齊皇帝自嘲一笑，想著當年范閒在這個亭子裡，對自己只說了三個字：好辭句。

「拍朕馬屁，拍得如此漫不經心……范閒，你還是唯一的那個。」北齊皇帝笑了起來，站於欄邊，看著自己天下的大好風光。

「都撤了，都退出去。」他忽然吩咐道。

亭內的太監、宮女面面相覷，心想山石寒冷，如果讓陛下受了涼，在太后那裡怎麼交代？但他們清楚，如今的北齊已然是陛下的江山，這位陛下年紀雖輕，心志卻是格外堅毅，在沈重死後，陛下力主放了上杉虎於南邊對抗南慶，又主持了朝中幾次大的變動，連大臣們都不敢再以看小孩子的眼光去看他。

亭內馬上恢復了往常的清淨。

北齊皇帝站在欄邊深深嗅了一口氣，想到當初范閒的建議，心想這小子說得倒也對。片刻後，他又想到另一樁事情，眉頭緩緩皺了起來，輕聲自言自語道：「范閒，你究竟是怎樣想的呢？」

「先天下之憂而憂，後天下之樂而樂？」

「這天下……究竟是南慶的天下，還是……整個天下？」

北齊皇帝的眉頭漸漸舒展，隱約察覺到事態的真相，唇角難得地向上翹起，現出一絲有些怪異的笑容，輕聲說道：「若你來投朕，朕便封你個親王如何？總比你現在這個小公爺要強些。」

第二十六章　歸一

山亭中的北齊皇帝忽然消散了面上的笑容，回復到獨處時常持的沉默之中。他自幼在皇宮之中長大，父皇初喪時，便面臨了人生最困難的一次考驗，雖然在苦荷國師的強力支持下，衛太后抱著他度過了此次苦厄，可是如此的發端，註定了他的帝王生涯會非常不順。

是的，不順有許多的原因，但最重要的那條，自然是隱藏在他心中、在母后心中、在苦荷國師心中那個永遠不能宣諸於口的祕密。

為了這個祕密，北齊皇帝付出了太多犧牲，做出了太多有些扭曲性格的改變，他不能和太多的人有親近的關係，不能和自己的姊姊們太過親熱，不能放肆地想做什麼就做什麼，十幾年來，他身邊的人從來沒有變過，洗澡都像是如臨大敵般地嚴密封鎖，後宮裡那幾名側妃依然幽怨著……

為了分散南慶注意力，為了讓朝中的大臣們警醒些，他與母后演了那麼多年母子不合的戲碼，真的很辛苦。

他並不想承擔這些，但既然已經承擔起來了，身為戰家的後代，稟承祖父當年蕩盡天下的雄心與意志，他便要做好自己的角色。

必須承認，這些年他做得很不錯，沒有人能挑出北齊皇帝太多毛病。他縱容甚至是暗中誘使上杉虎雨夜突殺沈重，抄沒沈家，將整個錦衣衛牢牢地操控在皇室的手中；他軟禁上杉虎一年削其銳氣，再放虎出柙，於南方壓制咄咄逼人的慶國軍隊，於國境之中打壓豪強，於國境之外和范閒勾結。

一樁一樁手段連出……這兩年北齊朝政在他的打理下，愈發顯得井井有條，尤其是江南之事，更是證明了這位小皇帝的深謀遠慮與機心。

就算江南內庫的主事者不是范閒，想必他也有能力暗中謀取些好處。但是北齊皇帝心裡清楚，好處的層級也分很多種，再如何想像，他當年也沒有想過，可以透過范閒，為自己的朝廷謀取這麼多的利益。

他輕輕地拍了拍欄杆，看著山澗裡的清清流水，嘆息一聲，輕聲自言自語道：「可是你憑什麼來？憑什麼把那些好處都給朕？」他的脣角泛起一絲冷漠而嘲諷的笑容。「慶國皇帝的私生子……和他父親能有多少區別？」

在學習成為一位皇帝的歲月裡，北齊皇帝唯一能夠在現世中找到的對象，當然就是南慶那位強大的君主，他知道那位比自己長一輩的同行，是怎樣一個雄心與野心共存、卻又擅於隱忍的厲害角色。

「你終究是會老的，而且已經老了……」北齊皇帝微微皺眉，目光稍轉，望向遙遠的南方，想到最近傳來的南慶京都皇室之爭，輕聲說道：「就算你當年是一頭雄獅，打得大魏分崩離析，打得我大齊苟延殘喘，可你畢竟老了，整個人都透著一股腐朽的味道，朕真的很希望，你能繼續這般陰險腐爛下去，替朕將他逼過來。」

這幾句話似乎是在嘆息著歷史的每一個細節，似乎是在增加自己的信心，因為所有人都清楚，慶國那位皇帝再如何敏感多疑混蛋，可是歷史只相信歷史本身，而過往的歷史已經證明了，那位慶國皇帝，才是這三十年來天下唯一的勝利者。

北齊皇帝的眼睛瞇了起來，脣角微翹，自言自語喃喃道：「朕，希望這次你能活下來，讓朕光明正大地在天下這個舞臺上擊敗你。」

他有些看不明白范閒，其實范閒何嘗能夠看清他。

身為帝王，不論他身體內那顆心是什麼顏色，他首要考慮的當然是自己的皇位與天下。如果范閒與他的關係能夠一直保持著和平與利益互補，北齊皇帝會不惜一切代價滿足范閒的要求，比如海棠朵朵，比如范若若的拜師。

可將來如果范閒威脅到北齊，北齊皇帝一定會異常冷漠無情地動用手頭的全部力量，將范閒消除掉。

和情感無關，和國屬無關，和男女無關。

這世上，只有三種人——男人、女人、皇帝。

亭下澗中的流水往山下流啊流，流到最下一層宮殿群側，在山腳下匯成一潭清水。清水的靠西方有一道白石砌成的小缺口，汩汩清水由此缺口而出，卻未曾惹得潭水有絲毫動靜。

此時在這一潭清水之後的樹林裡，有一大群太監、宮女低頭斂聲地等候著，沒有人知道皇帝此時在山腰間的涼亭裡發呆，他們只知道，整個北齊除了皇帝以外的最貴氣的兩個人，此時正在潭水之旁發呆。

一位身穿麻衣、頭戴笠帽、赤裸雙足，看上去像個苦修士的國師苦荷，此時正端坐清潭一側石上，手中握著一根釣竿。

而北齊衛太后，這位為了讓自己的兒子穩坐帝位，不知道付出了多少心神，忍受了多少擅權亂政之名的婦人，微笑著坐在苦荷的身旁，眉眼間盡是安樂恬靜。

當年戰家從天下亂局中起，強行以軍力繼承了北魏天寶，然而連年戰亂不斷，皇室中不知多少軍中猛將，都在南慶皇帝戾狠凶猛的攻勢中紛紛殞命，待那位戰姓皇帝一病歸天後，整座宮內最後只剩下她與北齊皇帝這對孤兒寡母。

其時南慶陳萍萍用間，北朝政局動盪，王公貴族們紛紛叫囂，宮內情勢朝不保夕，但在這樣的情況下，這位婦人依然讓自己的兒子穩穩地坐在龍椅之上。

最重要的，當然便是她此時身旁這位大國師的強硬表態。但同時也證明了，這位太后，絕對不像是表面上看到的那般平庸。

苦荷的雙眼恬靜地望著波紋不興的水面。

衛太后微微一笑，心裡卻想起了這一年多裡上京城的變化。當年宮廷有變，她讓長寧侯冒死出宮，求得沈重帶人來援。沈重和錦衣衛是立了大功的，但是皇帝一朝長大，卻是容不得沈重再繼續囂張下去，於是動了念頭。

衛太后心中是對沈重有愧疚的，可是兒子的心意已定，她知道無法勸說，便默認了這件事情的發生——戰家的人，似乎永遠都是那樣執著，不可能被別人影響改變，比如她的兒子，比如她身邊的這位。

可是她依然想繼續努力一下，因為昨天夜裡北齊皇帝與她長談一夜，總覺得這件事情不像想像中那般美好，請她來勸說苦荷——所以才有了今日的潭邊問候。

「我沒有見過李雲睿，只是和她通過不少的密信。」北齊衛太后和緩說道，在苦荷的面前，她自然不會自稱哀家。面容雖然依然端莊，但說話的口氣，卻像她只是個不怎麼懂事的小姑娘。

苦荷笑了笑，說道：「三國之間相隔遙遠，莊墨韓當初應邀南下之時，也未曾見過那位南朝長公主的面。」

衛太后嘆息說道：「所以莊大家留下了終生之憾。」

苦荷搖搖頭。「但我是見過那位長公主的，所以我清楚，這個女子不簡單。此次南朝京都之變，發生得如此之快，一點兒動靜也沒有，實在是很出乎我的意料。」

「豆豆的意思是……」衛太后沉忖片刻後說道：「兩國交鋒，終究還是國力之拚，還是莫要行險較好。」

「他為什麼不親自來和我這個師祖說？」苦荷微笑道：「孩子畢竟還年輕，大概不明白這些年慶國皇帝表現得一塌糊塗，為什麼我們這些老傢伙還如此警惕。」

他繼續說道：「因為我清楚，妳也清楚，慶國那個皇帝實在不是普通人物。在第二代之中，沒有出現一位大宗師，卻出現了一位用兵如神的帝王……」他的眉頭皺了起來。

「他隱忍得越久，我越覺得不安。」

衛太后嘆了口氣，說道：「即便如此，也沒有什麼太好的方法。」

老人笑了笑，取下了笠帽，露出那顆大光頭，開懷說道：「記得葉流雲也喜歡戴著帽子滿天下跑……連這樣一個人都能為李雲睿所用，我相信，這位長公主會想到法子的。」

話題至此，衛太后清楚再也無法勸說苦荷回心轉意，恭敬說道：「叔爺，再多看看吧，南朝的事情，任他們自己鬧去，對我們總有好處。」

「時間不多了。」苦荷手中的釣竿沒有一絲顫抖，緩緩說道：「如果我們這些老傢伙在世的時候不能解決這個問題，將來誰能解決？」

這話與那位草廬裡的大宗師說得何其一致。

衛太后的手微微一顫，笑著說道：「海棠這丫頭呢？再說……南邊還有個范閒。」

苦荷笑了起來，說道：「范閒，這個年輕人就要看他的造化了，如果他足夠聰明和強大，這次的事情，想必他會謀得最大的好處，也算是我朝送給他的一份禮物。以這年輕人的心性，既然承了豆豆這麼大的情，將來總會念我北齊一絲好。」

歸根結柢，這些北齊的當權者清楚，以國力而論，在短時間內，積弊已久的北齊依然無法趕上或者超越南慶，在大勢之中，十餘年內，依然是南慶主攻，北齊主守，所以才會有承情念好一說。

「我本以為是南朝的太子或者二皇子機會更大一些。」衛太后皺眉說道。

苦荷搖了搖頭。「范閒這樣好殺怕死的人，怎麼可能給他們上位的機會，如果真有這種可能性，妳以為他就真的捨不得下手殺人……這整個天下，能夠在范閒的殺心下而能不死的人，統共也沒有幾個。」

衛太后微怔，沒有想到國師對范閒的實力評估竟然強大到這種地步。

「不要忘了，他的身後還有個瞎子，葉流雲卻不可能當南朝那些皇子的保鏢。」

苦荷笑了笑，提起手中的釣竿，竿上細線繫著魚鉤，並沒有像有些人那般無聊地用繩子垂釣，以謀狗屎境界。

魚鉤出水，滴起幾滴清珠，再次墜入水中，這潭皇宮之中的清水，似乎被這幾滴清珠擾得興奮了起來，嘩的一聲水波大興，蕩得水底青青水草無助搖擺。

無數尾或金或青的魚兒躍出水面，歡喜騰躍，拍打水面有聲，似乎是在向手持釣竿的苦修士表示感激。

水聲漸漸歸靜，從清潭的缺口處向外流去，淌成一道白玉，再潤半道山丘，沿石砌的御水道，流出宮牆之外，匯入玉泉河中。宮中澗水只是玉泉河的支流，然而事實上，玉泉河之所以得名，卻是因為皇宮裡那座青山上的澗水之名——玉泉者，玉泉也。

玉泉河水往上京城內流去，離宮牆並不遙遠處，經過了一座園子。

這正是海棠朵朵那座園子，於上京繁華地中覓清淨，實在是異常難得的好地方。以往范閒曾經譏諷過她徒好其名，卻沒想過這等田園暗地裡貴氣十足，哪有半分鄉野之意。

此時園中行出兩位姑娘，登了上園外的馬車，向著城內行進。

沒有用多長時間，馬車便來到上京城最熱鬧的一帶，車速自然也緩了下來，路過一間古董店時，車夫似乎聽到車廂內女子的召喚而停了下來。

海棠朵朵放下扯起車簾的右手，轉頭對范若若說道：「是妳弟弟，要不要下去打個招呼？」

范若若笑了笑，說道：「今天既然是他請客，我們就不要提前見了，先在上京城裡逛逛吧。」

海棠朵朵點了點頭，馬車再次開動起來，沒有驚動古董店裡的人。

古董店內，一位體形微胖的少年正在低頭看著裡面的商品，此人不是旁人，正是被范閒一腳踹到上京城，在海棠朵朵的手下吃了無數苦頭，終於熬出頭來，接收了崔家行北路線的范家二少爺，范思轍。

不知道是易容的緣故，還是離鄉背井的生活讓這少年有些早熟，此時他的眉眼間全是一片平靜，全無當年的囂張橫戾之色，讓人瞧著比他的真實年齡要成熟許多。

他今天晚上在抱月樓上京分號大宴賓客，提前知道了姊姊和海棠朵朵這兩個自己最怕的人要來，所以提前出來在古董店裡採辦禮物，務必要讓這二位心情愉悅才是。只是他看了許久，甚至讓店老闆將藏貨都拿來看了，依然沒有找到滿意的東西，讓他的心情有些不愉快。

他的身後還是跟著那些腰佩彎刀的北齊高手保鑣，雖然范氏兄弟心知肚明，這肯定是北齊皇室的監視人群，但范思轍和范閒一樣膽大，依舊這樣隨便用著，並沒有換了人手。

店內還有別的人在看貨，從那些人的服色上可以看出非富即貴。這家古董店極有名氣，貨物也是極貴，所以敢進來挑東西的人，都是北齊的大人物，不是巨賈便是權貴。

這些人並不認識范思轍，但看他帶了四名高手護衛，暗自猜想這個年輕人肯定哪家不愛出風頭的公子。

此時店老闆極其鄭重地端了一個紅布遮住的木盤走進來，湊到范思轍身邊說道：「公子，要成對的，也就這個了。」

范思轍挑起紅布一角，看見盤上擺著的是一對玉獅子，雕工極好，獅子虎頭虎腦，分外可愛。他不由得笑了起來，心想送這對給姊姊還有海棠朵朵，確實應景，也有些給自己出氣的意思。

「就這個了。」他揮揮手。

偏生不巧，旁邊那些看貨的權貴也瞧上了這對玉獅子，便央求范思轍能不能抬手讓讓，一位富家公子哥甚至願意給個紅包表示誠意。在上京或者京都、東夷城這種大地方，一般沒有太多仗勢奪貨的橋段發生，畢竟場間諸人都是非富即貴，誰也不知道會得罪誰。

在上京城內，范思轍一向低調，南慶的海捕文書上還有他的名字，所以除了錦衣衛與慶國皇室及相關官員外，沒有幾個人知道他的真實身分。如果換成往日，像這位富家公子哥這般溫柔請求，范思轍說不定就會允了，只是今日他確實有些喜愛這對玉獅子，所以猶豫著沒有開口。

這一猶豫，那些權貴們的心情就變得相當不愉快，心想自己這些人已經給足了面子，如果不是侯爺受邀參加一個極重要的聚會，將採辦禮物的事情交給小公子，自己這些人確實需要這對名貴的玉獅子做禮物，何至於要和這個陌生人說道。

便在此時，那些人分開，一個約莫十二、三歲的權貴子弟走出來，指著范思轍的鼻子罵道：「在上京城，還沒有誰敢和我爭東西！」

范思轍的眉頭皺了皺，如果換作以前，只怕他早就一拳頭招呼過去，只是年歲漸長，心性要穩定許多，問道：「閣下是？」

有一人好心提醒道：「這是長安侯家的小公子。」

長安侯、長寧侯，乃是北齊衛太后的親兄弟，這身分確實足夠尊貴，但范思轍微微一怔後，卻可惡地笑了起來。

「你爹今兒晚上要送禮是吧？」范思轍再如何成長，當年畢竟是個無法無天的傢伙，咬著牙，狠狠地盯著那個少年的眼睛，說道：「小屁東西！」

此言一出，對面的人都圍上來，氣勢洶洶，似乎是準備動手。

范思轍冷笑一聲，領著四名彎刀護衛走出古董店。

店外馬車上，一名彎刀護衛眼中閃過一道異色，問范思轍：「老闆，您認識那位公子？」

范思轍啐了一口，罵道：「一個小兔崽子，當年大哥把他的手扳斷了，居然一點兒長進都沒有……再敢來惹老子，當心老子把他另一隻手給扳了！」

古董店內，眾人也是面面相覷，心想先前那傢伙膽子真大，居然敢當面罵長安侯家的公子為小屁東西！

閒話少敘，那位小公子採得禮物，強忍怒氣，興高采烈地回了府，跟隨著自己的父親，來到了上京城新開不到四月的抱月樓分號，準備參加這一次極為重要的聚會。

然而當他進了樓子，坐到父親的身旁，看著首位上正在和堂哥談笑風生的胖子時，他頓時傻了眼。

他的表哥叫衛華，乃是整個衛氏家族裡最出色的年輕人，如今深受皇帝賞識，擔任著錦衣衛鎮撫司指揮使的重要職司，在整個北齊，都擁有著極為可怕的權柄。

然而這樣一位厲害人物，此時卻和那個少年胖子談笑無忌，就像是多年友朋一樣，眉眼間似乎還有隱隱的警惕。

長安侯家的小公子怔怔看著這一幕，心想先前罵自己小屁東西的胖子兄……到底是什麼人？

范思轍和衛華說話的空檔，用眼角餘光瞥了一眼席下，發現長安侯居然帶著他那個不成材的兒子來了，心想老東西這麼大年紀了，怎麼還生得出這麼小個兒子，別不是戴了帽子吧……他一面腹誹著，一面朝著長安侯笑了笑，打了個招呼。

今天這次宴會是他發起的，沒有請外人，全部是北齊皇室國戚的成員，目的也很簡單。南朝那邊消息清楚，永陶長公主李雲睿已經垮臺了，慶國內部似乎再也沒有可以威脅到自己兄長的人，那自己一定要把握住這個機會，把整個生意的盤面再擴大一些。

而和北齊做生意，其實就是和北齊皇帝家的人做生意。所以請來了衛家的所有人，同時又請海棠朵朵和姊姊來幫自己壓一下檯面。

范思轍怕什麼？所有南邊的低價貨都在他的手上，內庫的出品源源不斷地由夏明記交到他的手中，衛家的人想發財，就得依賴他。

他笑咪咪地望著面色有些變化的長安侯家小公子，眨了眨眼，意思很清楚：老子那對玉獅子呢？

第二十七章　愈沉默愈快樂

宴會進行得相當順利，至少從表面上講是這個樣子，尤其是當范思轍皮笑肉不笑地從長安侯手上接過那對玉獅子後。

只是身為東道主的范思轍總習慣性地往抱月樓大廳外瞄。今天抱月樓被他包了下來，沒有其餘的客人，坐在他身旁的衛華微微皺眉，心想還有誰要來呢？為什麼事先自己都沒有收到風聲？

看范思轍的表情，可想而知馬上要到來的賓客身分不低，不然他不會有壓抑不住的期盼和緊張；可如果來客身分不低，為什麼不等客到，便已開席了？

衛華下意識搖搖頭，唇角浮起一絲自嘲與苦澀的笑容，他心裡明白，對於范家的這兩兄弟，都不能以常理判斷。他如今是北齊錦衣衛鎮撫司指揮使，接替的是當年沈重的職務，北齊大部分的特務機構都在他的掌控下，北齊皇帝對他的信任不可謂不厚，他的權力不可謂不大，可是一旦對上南邊來的范氏兄弟，衛華依然有些隱隱的緊張。

范閒管的是監察院，和衛華乃是名正言順的「同行」，只是衛華清楚，自己不如范閒在這一行裡鑽研得久，北朝的錦衣衛也沒有南朝的監察院那般大的權力，所以真要兩個人隔著國境線拚起來，自己根本不夠對方捏的。

至於范思轍，衛華看著身旁招待客人們的微胖少年，微微皺眉。對於這個人物，他承認自己之前確實有些看走眼，本以為只是范閒藉助手中權柄，送自己弟弟到北齊來逃難，不曾想一年多的時間過去，范思轍隱在幕後，竟是把崔家的線路把持得牢牢實實，暗地裡的事業做得也是風生水起。

完全不是一個少年郎所應該擁有的商業敏感度和能力。

衛華拍了拍額頭，微笑著與范思轍對飲一杯，說了幾句笑話。范思轍今天請客的目的很清楚，南邊的私貨到北路來總要有人接手，總不可能讓一個南慶人在北齊明著賣。往年都是由衛氏家族，特別是長寧侯接手，如今范思轍的膽子越來越大，竟然有些覺得長寧侯一家吐貨速度太慢，這才把長安侯也綁了進來。

衛華並不反感這個安排，不是因為長安侯是自己的親叔叔，而是他清楚，衛家只是皇帝擺在臺前的傀儡，大頭的利潤透過這門生意源源不斷地充入了皇帝的內庫房與國庫。

而且范思轍再能折騰，他畢竟是在北齊的國土上，衛華有足夠的能力監控他，一旦事有不諧，錦衣衛可以輕鬆地將范思轍底下的商行打撈乾淨。

只是事情不到最後一步，衛華是斷然不敢做這種事情的，連請旨都不敢。因為北齊需要范閒從南慶內庫裡吐出來的貨，衛華害怕范閒的陰狠手段，衛華害怕范閒的不講道理。

抱月樓門簾微動，兩名姑娘連袂而入，衛華端著酒杯的手一抖，險些灑了出來。那兩位姑娘他都認識，這也正是衛華一直對范閒深深害怕的原因之一。

海棠朵朵與范若若。

衛華站起身來迎接，回身佯怪了范思轍數句，請二位身分尊貴的天一道嫡傳弟子坐到上席。

場面一時間有些尷尬。

因為北齊人人皆知，衛太后的意思是讓海棠朵朵嫁給衛華，但是海棠朵朵卻和范閒有些說不清、道不明的關係。

衛華苦笑一聲，對海棠朵朵說道：「范二少請客，妳就這般來了，倒也是真不給我面子。」

海棠朵朵笑了笑，接過范思轍遞過來的玉獅子把玩著，說道：「你這人就是喜歡說嘴。」

衛華哈哈一笑，不再說什麼。從很久以前，他就清楚，這個女人不是自己能碰的，當初衛太后有那個意思後，他第一時間就進宮婉拒，只是沒有起到什麼作用，衛太后對於自家後輩的疼愛總是那般的不講道理。

衛太后不講道理，范閒不講道理，衛華可沒有那個膽量——這事太得罪范閒了。再說，娶個九品上的絕世高手回家，夫綱何以振？再說海棠朵朵雖然蕙質蘭心，可長得實在很一般……

然而去年衛華的妹妹隨狼桃遠赴江南，路過梧州時，與范閒起了爭執，衛華知道范閒的小氣性子，一定在記仇，迫不得已修書說了多少好話，才讓范閒消了氣。

思緒飄蕩在這幾年的歲月裡，衛華忍不住失態地長吁短嘆了起來。

范閒啊范閒，這小子也太不給自己面子了，什麼事都把自己壓了一頭，本是同行者，相煎何太急？自己這個錦衣衛鎮撫司指揮使，怎麼就沒有監察院提司過得順心呢？

自從海棠朵朵與范若若進入抱月樓後，廳內的宴席便變得安靜了許多。衛氏家族那些老辣的長輩擺足了長輩模樣，與二位姑娘各自攀談著，心裡卻在想：本是想在此次的談判中，替陛下多吃些好處，這二位一到……尤其是海棠姑娘，她的胳膊肘子究竟是往哪邊生的呢？於是他們對於范思轍的進攻便緩了下來。

范思轍面容平靜，微笑說著話，於閒談中，便將來年的利潤分成和交接細則說了個清清楚楚。今日讓海棠朵朵與姊姊來此，便是為了替自己加個籌碼，至少要亂一亂北齊人的心。

名義上是他與衛家的談判，實際上是范閒與北齊皇帝的勾當，席間眾人雖不是所有人都心知肚明，但主導衛家的長寧侯父子卻是清楚的。

酒過三巡，議事畢，雙方盡歡而散，只是衛華的臉色並不怎麼歡愉，很明顯，在新一輪的分贓協議中，依然被范思轍奪了大頭。

夜色漸深，海棠朵朵拿著那隻溫潤的玉獅子，用一種似笑非笑的眼神望了范思轍兩眼，便自離去，將這抱月樓留給他們姊弟二人。

「我不喜歡海棠。」在抱月樓上京分號的一間房間內，范思轍皺著眉頭說道。

「你現在變得越來越老氣沉沉了。」范若若習慣性地用手拍拍弟弟的腦袋，微笑說道：「師姊有什麼不好？你不是還記恨拿你當驢使的事情吧？」

范思轍搖搖頭，說道：「那是哥哥的意思，是讓我吃苦，我明白。」

范若若有些驚訝地看著弟弟，偏著腦袋，說道：「真的越來越老氣了，真不像個孩子。」

范思轍自嘲一笑，說道：「在這個地方，一個信得過的人都沒有，想不小心些也沒辦法……對了，姊，妳說老氣……」他的精神忽然振奮了起來，問道：「是不是說，我越來越像哥？」

范思轍興奮地問著，因為在他的心目中，長兄范閒乃是人生偶像，如果能和兄長的形象靠得越近，他自然越是得意。

范若若掩脣而笑，說道：「是越來越像父親才是。父親當年那麼打你，看來果然有些效用。」

她頓了頓又說道：「你先前說不喜歡海棠師姊，到底是為什麼？」

范思轍靜靜看著姊姊的眼睛，半晌沒有說話。

范若若也平靜地看著他。

「姊姊，妳應該明白的。」范思轍認真說道：「我們已經有嫂子了。」

范若若的眉頭也皺了起來，嘆息道：「是啊。」

范思轍皺著眉頭，想了一會兒輕聲說道：「其實哥哥都不知道，這一年多裡，嫂子寫過不少信給我。」

范若若微微一驚，問道：「嫂子在信裡說什麼？」

「能說什麼？還不是家裡如何，父親如何，母親如何。」范思轍嘆息道：「我這個小叔子一個人在異國，嫂子肯定不放心。說實話吧，我這一年裡但凡有些什麼摸不清頭腦的事情，都不願意去信麻煩哥哥，全是嫂子幫我出了主意。」

范若若漸漸消化掉心頭的震驚，她也是第一次得知此事，品咂半晌，品出了許多種味道，黯然道：「嫂嫂……是個很可憐的人，你也知道，長公主現下被陛下幽禁在別院裡，哥哥又在江南。」

「哥哥只知道把我踹到北邊來。」范思轍語帶不滿。「雖然知道他是在錘鍊我，可是他有沒有想過，我才多大點兒？這麼大個攤子，我怎麼弄得過來？只知丟手，哪裡像嫂嫂想得那般周全。」

范若若皺眉斥道：「哥哥在南邊何其不容易，如果不是他站得穩，你在北邊又如何能夠站得穩？他又哪裡是丟手了？慶餘堂的掌櫃們都在暗中幫襯你，監察院在北齊的網路也都在為你服務，為了栽培你，他可是下了大心血……至於說到錘鍊，你又不是不清楚哥哥是個怎樣的人，他自幼一人在澹州長大，不知怎樣艱辛才有了今日的地位，他信奉的就是這個道理，他就是這樣對待自己，我們是他的弟弟、妹妹，他當然也會選擇這種方式。」

一連串的訓斥出口，范思轍彷彿又回到了幾年前的京都，其時天不怕、地不怕的他，就怕姊姊手中的鐵尺，一下子就軟了下去，語塞半晌後喃喃說道：「反正……我不喜歡海棠。」

范若若嘆息道：「海棠師姊暗中幫了哥哥多少忙，你又不是不知道。」

「只是利益的交換罷了，北齊人除了死掉的莊墨韓，又有幾個是真正外物不繫於心的聖人？」范思轍冷笑道：「如今別看妳拜入苦荷門下，我是首屈一指的大老闆，可如果哥哥對北齊再無用處，我們只怕馬上就會被人踩到腳下，到那時，我可不指望海棠會替我們出頭。」

范若若認真說道：「我的看法與你相反。」

范思轍搖了搖頭，半晌後幽幽說道：「什麼事情……總有個先來後到吧？」

范若若沉思良久，緩緩地點點頭。她的心裡對那位可敬可親、習慣沉默與傷害的嫂嫂也是無比憐惜，承認了弟弟的這個看法。只是忽然間，她的心中湧起一絲荒謬的念頭，如果說先來後到……自己才應該是最早到哥哥身邊的那個人吧？只是命運捉弄……她的脣角浮起一絲苦澀，旋即將這股不應有的情緒壓下去，與弟弟一道為嫂子林婉兒的命運擔憂。

「哥哥肯定不是那種薄情寡幸之人，只是如今嫂子處在長公主與哥哥中間，真是不知如何自處。」

「別想那麼多了。」范思轍聳聳肩。「現在的關鍵問題是，哥哥在南邊的狀況。」

「我看你今晚大宴賓客，以為你已經得意忘了形。」

「長公主垮臺，我自然要利用這個機會多掙些錢。」范思轍說道：「只是朝中如今是大哥這一派獨大，總覺得會有些問題。」

「想得或許太遠了些，獨大倒是稱不上，不過是站在風口上。」范若若微笑說道：「不論是家事還是國事，似乎都不是我們這些『身在異鄉為異客』的人能夠操心的。」

范思轍一怔，心想以姊姊往常的態度，應該十分焦慮兄長安危才是，怎麼卻表現得如此淡然，但他不敢批評姊姊，下意識問道：「誰的詩？」

「哥哥。」

「他不是不作詩了？」

「是在外人面前不作了。」

「嗯……我們真不管？」

「我們能操什麼心呢？」范若若的面色平靜之中帶著一份對兄長的信心。「他辛苦萬分將我們送到北齊來，就是不想讓我們摻和到這些事情當中，如果我們真的想為他好，那就一定要在這裡好好地生活，不要讓他操心。」

「如何是好好地生活？」

「做老闆快樂嗎？」

「還成，雖然有時候比較麻煩。」

「我明天就要去醫館了，我也覺得這種生活很快樂……哥哥說過，人活在世上，就是要找自己喜歡的事情做。」

「我們既然已經尋找到了，就要好好地繼續下去。我們活得越安全、越快樂。」范若若下了結論：「哥哥就會越心定，我們對家族也就越有貢獻。」

第二十八章　清茶、烈酒、草紙、大勢

由江南路通往江北路，有三條方便的途徑，但不論怎麼走，總是要越過那條浩浩蕩蕩的大江。如今的天下，沒有范閒熟知的那些水泥橋梁，便只有靠兩岸間源源不斷的渡船來支撐水畔繁忙的交通。

內庫三大坊在閩北，轉運司衙門在蘇州，而范閒卻在杭州，看似內庫的控制處於一種鬆散之中，但只有有機會接觸到這一部分的官員、商人，才清楚，監察院與內庫衙門聯起手後，對於遍布江南的貨倉、專門通路控制得是何其嚴格。

尤其是往北的那條線路，刻意往西邊繞了個彎，從沙州那處渡江往北，再越過江北路的荒山、滄州路的草甸，再繞經北海，源源不斷地送入北齊國境之內，再為慶國帶回豐厚的銀兩，以採購旁的所需。

行北路的貨物，大部分在夏明記的控制之下，夏棲飛在范閒的幫助下標了幾個大標，又暗中整合了江南一帶的小商行和幫派，已經漸漸成勢。

而他之所以選擇在沙州渡江，從官員們的眼中看來，自然是因為江南水師駐在沙州，但只有范閒和他清楚，選擇沙州是因為江南水寨最雄厚的實力在此，這些內庫貨物雖然可以讓朝廷派員督送，可是……裡面夾的那些東西，卻不放心全部讓朝廷看著。

夏棲飛坐在沙州城門外的茶鋪裡，一面喝著茶，一面看著平緩的大江上來往運輸貨物的船隻，微微瞇眼。北邊的二少爺忽然加大了要貨的胃口，但還不至於讓他接不下來，畢竟現在內庫的門，對於他們這些范閒的親信來說是完全敞開的，只是要在這麼短的時間內，把所有的貨運到那邊，同時還不能讓朝廷起疑，這就需要很細緻的安排了。

好在朝廷慣例，監察內庫運作，由監察院一手負責。時至今日，當年朝堂之上大臣們的擔憂終於成為了事實，范閒自己監察自己，這怎麼能不出問題？

夏棲飛將茶杯放下，緩緩品味著嘴中的苦澀滋味，心裡卻沒有絲毫苦澀。回顧這一年的時間，他有時候覺得自己似乎是在做夢，自從攀上范閒的大腿後，像毒蛇一樣咬噬著內心十餘年的家仇一朝得雪，明家重新回到自己的手中，身分也從見不得光的江南水寨寨主，變成了監察院的官員、名震江南的富商。

這人世間的事，確實有些奇妙。

只是他也清楚，如今的明家早已不是當年的明家，雖然朝廷沒有直接插手其中，可如果范閒真發了話，自己也只有全盤照做。

想到此處，他把自己滿足的目光從江上舟中那些貨箱處收回來，微微皺眉，想不明白某些事情——向北齊、東夷走私內庫貨物，毫無疑問是當世最賺錢的買賣，可是以小范大人的身分，他何至於要如此貪婪？小范大人當年解釋過，永陶長公主之所以貪銀子，是因為她要在朝中謀求權勢，為皇子們鋪墊根基，在軍中收買人心。

可是小范大人本身便是皇子，歸了范氏後又不可能接位，他要這麼多銀子做什麼呢？更何況陛下當年就是不喜歡永陶長公主暗中將自己的內庫搬得差不多空了，難道陛下現在就能容許小范大人這樣做？

自永陶長公主李雲睿失勢以來，這個不大不小的衝擊波淡淡地在天下貴人們的心中掃拂一遍，便沒有再激起任何波濤。當然，這只是表面上的平靜，暗地裡人們究竟在想些什麼，沒有人清楚。

只是如今人們都知道南朝那位權臣范閒，是如何深得慶國皇帝的寵信，手中的權力究竟有多大，不免群生警惕，群生期盼——不論怎麼說，范閒在天下人的心中，依舊還是一個讀書人，尤其是這些年來在舞臺上的表現，讓人們清楚，他和一般的慶國權貴子弟有些許不同，沒有那麼熱血、那麼好戰。

北齊和東夷，自然希望范閒能夠長長久久。北齊皇帝就算再想把范閒拉到身邊當親王，可他也清楚，范閒還是留在南慶對自己好處最大。他希望范閒的權力越大越好，聖寵越深越好，最好能夠強大到可以影響慶國皇帝的決定。

然而這只是奢望和理想主義，沒有哪位帝王會愚蠢到將和平的希望寄託在異國一位臣子身上，國與國之間的和平，終究還是體現在實力上，國家的實力，自然就是軍力！

自開春以來，燕京之北、滄州之東那片開闊的曠野之中，北齊一代雄將上杉虎被解除了軟禁，空降南線，於極短的時間內樹立起自己在軍中的絕對權威，開始日日操演，保持著對南朝軍隊強大的震懾力，壓制著南慶人的野心。

與上杉虎正面相衝的是慶國一位大將，戍北大都督燕小乙。這樣兩位牛人對撞在一起，怎麼可能沒有些火花與血腥味漸漸升騰？雖說邊境線上無戰事，可是一些小的摩擦，一些刻意營造出來的緊張氣氛，漸漸瀰漫。

夏棲飛主持的夏明記往北方運送內庫的貨物，之所以在滄州南方便要往北海方面繞，其實便是因為滄州那邊的局勢一直有些緊張。

然而這一切在這個月裡完全改變了，不知為何，上杉虎忽然收兵回北五十餘里，調兵遣將，擺出了不防守、不突進的懶洋洋態勢，似乎毫不在意燕小乙正領著十萬精兵在燕京與滄州中間一帶，像牛一般瞪著眼睛，時刻想上來咬一口。

緊張忽然變成了休閒，兩國列兵擺陣忽然變成了郊遊，瞬息間的變化，讓南慶的軍方感到了無來由的惱火與愕然。

北齊人究竟在想什麼？

燕小乙清楚北齊人在想什麼，他取起杯子喝了一口北海再北的草原上產的烈酒，酒水微微打溼他的鬍鬚，眼中的寒芒漸漸盛了起來。

自從京都的消息傳到滄州後，燕小乙便清楚自己面臨著一個危機，在自己的親信夜間壓低聲音出主意的時候，他依然保持著平靜，不發一語。

當上杉虎領著北齊的軍隊緩緩撤後，擺出一副赤裸娘們斜倚榻上的姿態時，燕小乙既不吃驚，也不疑惑，只是一味冷笑。

北齊人自然也知道了永陶長公主失勢的消息，知道皇帝必然要拿下自己，所以在此時此刻，上杉虎刻意示弱，將賦予燕小乙身上的所有壓力撤下，就是為了讓他能夠保存全部的力量與精神。

保存這些做什麼？自然是要對付自家的皇上。

燕小乙緩緩放下酒杯，脣角浮起一絲冷笑。如果此時北齊皇帝忽然要對上杉虎下手，他也會這般做。敵國內部有問題，身為己方，當然要袖手旁觀，並且給敵人盡可能多的空間與實力，如此這般才能讓對方自己折騰起來，自相殘殺之後，坐收漁人之利，不可謂不快哉。

可燕小乙似乎沒有做什麼準備，他似乎只是在等待著那一天，等著幾個老皮深皺的太監騎馬而來，疲累而下，聲嘶力竭，滿臉惶恐，卻又強作鎮定地對自己宣布皇帝的旨意。

「燕小乙……著……」

永陶長公主倒下了，他身為永陶長公主的親信心腹，在軍中最大的助力……皇帝自然不會允許他依然掌管著征北軍的十萬精兵。燕小乙很清楚這一點。

他已經做好了準備，所以沒有將自己親信們滿臉的憤怒看入眼中。然而出乎他的意料，皇帝的旨意卻是遲遲未到，憂慮浮上他的臉龐，心想那位皇帝究竟想替自己安排什麼樣的罪名，居然遲緩了這麼久？

烈酒燒心，燒得燕小乙的心好痛。難道陛下真的對自己如此信任？可是陛下清楚，當年自己只不過是山中的一位獵戶，如果不是永陶長公主，自己只怕會一生沒沒無聞。

更何況范閒與自己有殺子之仇，雖然燕小乙一直沒有捉到證據，但他相信，在慶國內部，敢殺自己兒子的，除了皇帝，就只有兩個瘋子，除了永陶長公主以外，當然就是瘋狂的范閒。

陛下總不可能殺了自己的私生子為自己的兒子報仇。

這便是燕小乙與皇帝之間不可轉圜的最大矛盾——而燕小乙的凶戾性格，註定了他不會束手就擒，從此老死京都。

但他也不會率兵投往在北方看戲的北齊君臣，因為那是一種屈辱。

燕小乙再次端起盛著烈酒的酒杯，一飲而盡，長嘆一聲，真真不知如何是好，然後他收到了一封信，而寫這封信的人，是他從來沒有想到過的一位人物。

看著這封信，他捏著信紙的手開始抖了起來，那雙一向穩定如山的手，那雙控弦如神的手，那雙在影子與范閒兩大九品高手夾攻時依然如鋼如鐵的手，竟抖了起來。

慶國尚是春末，而遙遠南方的國境線上，已經是酷熱一片，四周茂密的樹林都被高空的太陽晒得有氣無力，軟搭在山石之上，而那些山石之上的藤蔓卻早被石上的高溫洪烤得快枯了。

熱還不可怕，可怕的是密林裡的溼度。南方不知怎麼有這麼多的暴雨，雖然雨勢持續的時間並不長，可是雨水落地，還未來得及滲入泥土之中，便被高溫烘烤成水蒸氣，包裹著樹林、動物與行走在道路上的人們，讓所有的生靈都艱於呼吸。

一行浩浩蕩蕩的隊伍，正懶洋洋地行走在官道上，負責天國顏面的禮部鴻臚寺官員都扯開了衣襟，毫不在乎體統。軍紀一向森嚴，盔亮甲明的數百禁軍也歪戴衣帽；就連圍著正中間數輛馬車的宮廷虎衛，眼神都開始泛著一股疲憊與無賴的感覺。

正中間的馬車，坐著慶國的太子。

此時距離他出京已有一個多月的時間，南詔國的見禮十分順利，在那位死去的國主靈前扶棺假哭數場，又溫柔地與那個小孩子國主說了幾句閒話，見證了登基的儀式後，太子一行人便啟程北歸。

之所以選擇在這樣的大太陽下行路，是因為日光烈時，林中不易起霧，而南詔與慶國交界處的密林中，最可怕的就是那些毒霧了。

太子李承乾敲了敲馬車的窗櫺，示意整個隊伍停了下來，然後在太監的攙扶下走下馬車，對禮部的主事官員輕聲說了幾句。

一位虎衛恭謹說道：「殿下，趁著日頭走，免得被毒霧所侵。」

太子微笑說道：「歇歇吧，所有人都累了。」

「怕趕不到前面的驛站。」那名虎衛為難說道。

「昨日不是說了，那驛站之前還有一家小的？」太子和藹說道：「今晚就在那裡住也是好的。」

那名先前被問話的禮部官員勸阻道：「殿下何等身分，怎麼能隨便住在荒郊野外？天承縣的驛站實在太破，昨夜擬定的大驛已經做好了準備，迎接殿下。」

太子堅持不允，只說身邊的隨從們已經累得不行了。禮部官員忍不住微懼問道：「可是誤了歸期……」

「本宮一力承擔便是，總不能讓這些將士們累出病來。」太子皺著眉頭說道。

便有命令下去，讓一行數百人就地休息，今夜便在天承縣過夜應該能趕得及。那些禁軍、虎衛們聽著這話，頓時鬆了一口氣，對太子謝過恩，便在道路兩側布置防衛，分隊休息。

眾人知道是太子心疼己等辛苦，紛紛投以感激的目光，只是不敢讓太子看到這絲目光。這一個多月裡，由京都南下至南詔，再北歸，道路遙遠艱險，但太子全不如人們以往想像的那般嬌貴，竟是一聲不吭，而且對己等這些下屬們多有勸慰鼓勵，說不出的和藹可親。

一路行來，所有人都對這位太子有了一個全新的認識，覺得太子實在是憐惜子民，不僅對於皇帝的旨意毫無怨意，竟還處處不忘己等。

太子領旨往南詔觀禮，這樣一個吃苦又沒好處的差使，落在天下人的眼中，都會覺得皇帝就算不是放逐太子，也是在對太子進行警告，或者是一種變相的責罰。然而如今的這些將士、官員們都有些納悶，這樣一位優秀的太子，皇帝究竟還有什麼不滿意的呢？

林間拉起一道青幔，供太子休息，其實眾人都清楚，主要是為了太子出恭方便。雖說一路上太子與眾人甘苦與共，但總不可能讓堂堂一位太子與大家一起蹲在道路旁光屁股拉屎。

太子對拉青幔的禁軍們無奈地笑了笑，掀開青幔一角走進去，然而……他卻沒有解開褲子，只是冷靜而略略緊張地等待著。

沒有等多久，一隻手捏著一顆藥丸送進了青幔之中。

明顯這樣的事情發生了不只一次，太子直接接過藥丸，嚼碎吞了下去，又用舌尖細細地舔了舔牙齒間的縫隙，確認不會留下藥渣，讓那些名為服侍、暗為監視的太監發現。

「為什麼不能把這藥提供給那些軍士？」太子沉默片刻後，對著青幔外的那道淡淡影子說道，語氣裡有些難過。「這一路上已經死了七個人了。」

南詔毒瘴太多，雖說太醫院備了極好的藥物，可依然有幾位禁軍和太監誤吸毒霧，不治死去。

青幔外的影子停頓片刻後說道：「殿下，我發現我越來越喜歡你了。」說完這句話，王十三郎搖了搖頭，悄無聲息地消失。

太子蹲下來，微微皺眉。他知道王十三郎是范閒派來的，但他不知道范閒這樣小心翼翼地保護自己究竟是為什麼。不過范閒帶的話很清楚，自己也不需要領他什麼情，只是他有些不喜歡一個高手遠遠綴著自己的感覺，也曾經試探過，讓那個人將藥物全給自己。

只是他日日就寢都有太監服侍，如果讓人發現太子身上帶著來路不明的藥物，確實是個大麻煩。

只是身邊沒藥，便不能救人，一想到那些沿途死去的人們，太子忍不住嘆息一聲。

這段日子他表現得非常好，好到不能再好，因為他清楚，父皇是個什麼樣的人，父皇在尋找一個理由、一個藉口廢了自己，如果找不到一個能夠不損皇帝顏面的藉口，父皇不會急著動手。

父皇太愛面子了。太子微笑想著，站起身來，將用過的紙扔在地上，心想面子這種東西和揩屁股的紙有什麼區別？

不過確實很需要，至少因為這樣，太子還可以再堅持一段時間。他的臉上浮現起一絲倔強的神情。

父皇，兒子不會給您太多藉口的，要廢我，就別想還保留著顏面。

他拉開青幔走出去，看著天上刺目的陽光，忽然想到南詔國主棺木旁的那個小孩子，微微失神，心想都是做太子的，當爹的死得早，其實還真是一件幸福的事情。

他旋即想到今夜要住在天承縣，覺得這個縣的名字實在吉利，忍不住笑了起來。

第二十九章　荒唐言

經過了數月的跋涉，慶國太子李承乾一行人，終於從遙遠的南詔國回到了京都。京都外的官道沒有鋪黃土、灑清水，青黑的石板路平順地貼服在地面，迎接著這位儲君的歸來，道路兩旁的茂密楊柳隨著酷熱的風微微點頭，對太子示意。

城門外迎接太子歸來的是朝中文武百官，還有那三位留在京中的皇子。一應見禮畢，太子極溫和地扶起二位兄長和那位幼弟，執手相看，有語不凝噎，溫柔說著別後情狀。

大皇子關切地看著太子，確認了這趟艱難的旅程沒有讓這個弟弟受太大的折磨，方才放下心來。他和其他人一樣，都在猜忖著父皇為何將這個差使交給太子做，但他的身分、地位和別人不同，加上自身心性淡然，並不願做太深層次的思考，反正怎麼搞來搞去，和他也沒有關係，只要太子沒事就好。

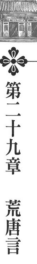

而那位在王府裡沉默了近半年的二皇子，則用他招牌般的微笑迎接著太子歸來，只是笑容裡夾雜了一些別的東西，一絲一絲地沁進太子的心裡。太子向他微微一笑，點了點頭，沒有說什麼。

太子牽著三皇子的手，看著身旁這個小男孩恬靜乖巧的臉，忍不住在心中嘆了一口氣。時勢發展到今日，這個最小的弟弟卻已經隱隱然成為自己最大的對手，實在是讓人很想不明白。

他忽然又想到，南詔國那位新任的國主，似乎與老三一般大，他的心忽然顫了一下，牽著三皇子的手下意識鬆了鬆，只是食指還沒有完全翹起，他便反應過來，又溫和而認真地牽住那隻小手。

太子清楚，自己的三弟可比南詔那個鼻涕國主要聰明許多，更何他的老師是范閒。只是三皇子望向太子的眼神顯得那樣鎮定，遠超出小孩子應有的鎮定，而且一絲別的情緒也沒有。

幾位龍子站在城門洞外，各有心思。太子微微低頭，看著陽光下那幾道有些寂寞的影子，有些難過地想到，父子相殘看來是不可避免，難道手足也必須互相砍來砍去？

太子入宮，行禮，回書，叩皇，歸宮。

一應流程就如同禮部與二寺規定的那般正常流暢，沒有出一絲問題，至少沒有人會發現皇帝和太子的神情有絲毫異常。只是人們注意到，皇帝似乎有些倦，沒有留太子在太極宮內多說說話，完全不像是看到近半年未見的兒子回家時應有的神情，便讓太子回了東宮。

在姚公公的帶領下，太子來到東宮的門外，他抬頭看著被修葺一新的東宮，忍不住吃驚地嘆了一口氣。那日，這座美侖美奐的宮殿被自己一把火燒了，這才幾個月，居然又修復如初……看來父皇真的不想把事情鬧得太過聳人聽聞。

他忽然怔了怔，回頭對姚公公問道：「本宮……待會兒想去向太后叩安，不知道可不可以？」

姚公一愣，他負責送太子回東宮，自然是稟承皇帝之意暗中監視，務必要保證太子回宮，便只能在宮中，這等於是一種變相的軟禁。只是太子忽然發問，用的又是這種理由，姚公公根本說不出什麼。

他苦笑一聲，緩緩佝下身去，微尖聲回道：「殿下嚇著奴才了，您是主子，要去拜見太后，怎麼來問奴才？」

太子苦澀地笑了笑，沒有說什麼，推開東宮那扇大門，只是入門之時，下意識往廣信宮的位置瞄了一眼。他知道姑母已經被幽禁在皇家別院之中，由監察院的人負責看守，那座他很熟悉嚮往的廣信宮……已經空無一人，可他還是忍不住貪婪地往那邊看了幾眼。

姚公公在一旁小心而不引人注意地注視著太子的神情。

太子卻根本當姚公公不存在一樣，怔怔望著那處——他心裡想著，人活在世上，總是有這麼多的魔障，卻不知道是誰著了魔，是誰發了瘋？他想到姑母說的那句話，心臟開始咚咚地跳了起來。是的，人都是瘋狂的，天下是瘋狂的，皇室中人都有瘋狂的因子，自己想要擁有這個天下，就必須瘋狂到底。

因瘋狂而自持，他再次轉過身來，對姚公公溫和地笑了笑，然後關上東宮的大門。

依常理論，關門這種動作自然有宮女、太監來做，只是如今的東宮太監、宮女遠遠不及禮制上額定的人數。數月前，整個皇宮裡有數百名太監、宮女無故失蹤，沒有人知道他們去了哪裡，但太子知道他們去了地下……現在的東宮雖然補充了許多太監、宮女，可是這些新手明顯有些緊張。

皇宮裡死了這麼多人，自然隱藏不了多久，只是沒有哪位朝臣敢不長眼地詢問，一來這不是他們該管的事情，二來臣子們也是怕死的。

一路行進，便有宮女、太監叩地請安，卻沒有人敢上前侍候著。

太子自嘲地一笑，進了正殿，然後……皺起眉頭，抽了抽鼻子，因為他聞到一股很濃重的酒味，一股濃得令人作嘔的酒味飄浮在這座慶國最尊貴的宮殿之中。

殿內的光線有些昏暗，只點了幾盞高腳燈，太子怔了怔，習慣了一下能見度，這才看見那張榻上躺著一個熟悉的婦人。屏風一側，內庫出產的大葉扇正一下一下地搖著，扇動著微風，驅散著殿內令人窒息的氣味。

那婦人穿著華貴的宮裝，只是裝扮十分糟糕，頭髮有些蓬鬆，手裡提著一只酒壺，正在往嘴裡灌著酒，眉眼間盡是憔悴與絕望。

拉著大葉扇的是一個看不清模樣的小太監。

太子厭惡地皺了皺眉頭，但旋即嘆了口氣，眼中浮出一絲溫柔與憐惜，走向前去。他知道母后為什麼變成如今這個模樣，也厭憎於對方平日裡的故作神祕，一旦事發後卻是慌亂不堪，但她畢竟是自己的母后。

「母后，孩兒回來了。」

半醉的皇后一驚，揉著眼睛看了半晌，才看清面前的年輕人是自己的兒子，半晌後忽然哇的一聲哭出來，踉蹌地坐起來，撲到太子面前，一把將他抱住，號哭道：「回來了就好，回來了就好。」

太子抱著母親的身體，和聲笑著說道：「一去數月，讓母親擔心了。」

皇后的眼中閃過一絲喜悅，口齒不清說道：「活著就好，就好……我以為……再也見不到你……了。」

自從皇帝將太子發往南詔後，皇后的心思便一直沉浸在絕望之中。她和皇帝做了二十幾年夫妻，當然知道龍椅上的那個男人是何等的絕情恐怖，她本以為太子此番南去，再回來便難，此時見著活生生的兒子，不由得喜出望外，在絕望之中覓到一絲飄忽的希望。

太子自嘲地笑了笑，抱著皇后，拍了拍她的後背，安慰了幾句。皇后直到今日還不知道皇帝為何會忽然放棄太子，太子也沒有告訴她實情，皇室中人雖然瘋狂，但在孝道這個方面做得都還算不錯。

所以太子也不打算告訴皇后，自己這一路上遇到了多少險厄、多少困難，如果不是有人暗中幫忙，自己就算能活著回來，只怕也是會就此纏綿病榻，再難復起。

過了不久，半醉的皇后在太子的懷裡漸漸沉睡，太子將她抱到榻上，拉上一條極薄的繡巾，揮手止住了那個拉大葉扇的太監動作，自己取了一把圓宮扇，開始細心地替皇后扇風。

不知道扇了多久，確認母親睡熟後，太子才扔下圓宮扇，坐在榻旁發呆，將自己的頭深深地埋入雙膝之間，許久未曾抬起頭來。

太子抬起頭，臉色微微發白，眼光飄到一旁，看著這座空曠寂寞的宮殿內唯一的太監，問道：「娘娘這些日子時常飲酒？」

「是。」那名小太監從陰影處走出來，極為恭謹地跪下行了一禮。

看著那太監抬起來的面龐，太子吃了一驚，旋即皺起眉頭，微嘲說道：「東宮百餘人，如今就你一個人還活著了。」

那太監不是旁人，正是當初的東宮太監首領，洪竹。洪竹面上浮現一絲愧疚之色，低下頭去，沒有說什麼。事情至此，整個東宮的下人全部被皇帝下旨滅口，就他一個人活著，已經說明了所有的真相。

雖然洪竹從來沒有向皇帝告過密，但他向范閒告過密，而這一切事情似乎都是因此而起，所以洪竹臉上的愧疚之色並不是作假。他在東宮的日子，皇后與太子對他都算不錯，尤其是皇后對他格外溫和，這些日子，他奉皇帝的嚴令暗中服侍、監視皇后，看著這位國母如何由失望而趨絕望，日夜用酒精麻醉自己，心中難免生起幾絲不忍來。

太子靜靜地望著他，忽然難過地笑了起來，自言自語道：「當初還以為你是得罪了范閒，父皇才趕你過來，原來……本宮忘了，你終究是御書房出來的人……那你和澹泊公之間的仇是真的嗎？」

「是真的。」洪竹低頭回道：「只是奴才是慶國子民，自然以陛下之令為先。」

太子不知為何，忽然勃然大怒，隨手抓起身邊一個東西砸過去，破口大罵道：「你個閹貨，也敢自稱子民！」

扔出去的東西是他先前替皇后扇風的圓宮扇，輕飄飄地渾不著力，沒有砸著洪竹，在洪竹的身邊飄了下去，落在那件太監衣裳的下襟上。

太子怕驚醒皇后，十分困難地平伏了喘息，用怨恨的目光看著洪竹。「看來父皇真的很喜歡你……知道了這麼大的事情，居然還把你這條狗命留了下來。」

洪竹叩了兩個頭，有些疑惑問道：「殿下，什麼事情？」

太子醒過神來，沉默半晌後忽然說道：「如今的東宮早已不是當初，你還留在這裡做什麼？如果你想離開，我去跟父皇說。」

洪竹的面色有些猶豫，半晌後咬牙說道：「奴才……想留在東宮。」

「留在東宮監視？」太子壓低聲音譏誚說道：「整座宮裡都是眼線，還在乎多你這一個？」

事態發展到今天，太子知道皇帝終究是要廢了自己的，既然如此，何必還在這隱密的自家宮內惺惺作態？

「奴才想服侍皇后。」

太子沉默了一陣子後，忽然嘆口氣，臉上浮現一絲憐憫的神情，望著洪竹說道：「秀兒也死了？」

跪在地上的洪竹身子顫抖了一下，許久之後，有些悲傷地點了點頭。

「這幾個月裡，宮裡有什麼動靜？」太子靜靜地望著洪竹，問出一個按理講永遠沒有答案的問題。

洪竹沉默許久，然後說道：「陛下去了幾次含光殿，每次出來的時候都不怎麼高興。」

太子面帶微笑，心情稍微輕鬆了一些，讚賞地看著洪竹說道：「謝謝。」

洪竹低下頭，道：「奴才不敢。」

太子坐在榻邊開始思考，父皇明顯沒有將這件事情的真相告訴皇祖母，父皇雖然縱橫天下，無一敢阻，可是父皇這種皇帝，卻依然被一絲心神上的羈絆所困擾著。

比如像是草紙一樣的面子，比如那個孝字。

慶國講究以孝治天下，父皇替自己套上了一個籠子。

太子微微握緊拳頭，知道自己還有些時間。父皇要廢自己還需要時間來安排言論，監察院的八處就算是想營造出那種風聲，也不是那麼簡單的。

「秀兒死了，不知道洪竹是什麼樣的感覺。」范閒輕聲說道：「如果是個一般的太監，或許不會考慮太多，但是我清楚，洪竹從來就不是一個簡單的太監，他讀過書、開過竅，所以他講恩怨、重情義……說來說去，秀兒之所以被殺死，是我的問題，是他的問題，是我們兩個人一手造成了皇宮當中的數百人死亡。」

他皺起了眉頭。「對於陛下的狠辣，似乎我們的想像力還是顯得缺乏了一些。好吧，就算洪竹不恨我，但他肯定恨他自己，這樣會不會有什麼麻煩？」

他又一次說了聲「好吧」，然後很難過地說道：「可那幾百人的死亡總是我造成的……是的，我是一個很淡薄無情的人，可是終究不是五竹叔那樣的怪物，心裡還是覺得怪怪的。以前我就和朵朵說過，殺幾十人、幾百人，我可能眼睛都不會眨一下，可我不能當皇帝，是因為我還做不到幾萬人死在我面前，我可以保持平靜。」

「皇帝要廢太子，是我暗中影響的……當然，就算我不影響，這件事情終究也會爆發。」范閒搖了搖頭。「可是現在我又要讓皇帝不要這麼快廢掉太子，為什麼？這豈不是很無聊和荒唐？我究竟是在怕什麼呢？」

「烈火烹油之後，便是冷鍋剩飯……」他自嘲地笑了起來。「如果太子、老二、長公主都完蛋了，我就是那剩飯剩菜，就算陛下真的疼愛我，願意帶著我去打下一個大大的天下……可是你也知道，我是個和平主義者，嗯，很虛偽的和平主義者，我不喜歡打仗，我這兩年做了這麼多事情，不就是為了保持現在的狀態嗎？」

「所以我必須拖一下，至少在我準備好之前，不能讓皇帝進入備戰的軌道，到時候讓老大去領軍，讓我當監軍，殺入北齊、東夷，刀下盡是亡魂……這種鐵血日子想起來就覺得難過。」

「這是潛伏著的主要矛盾，妳是知道的。」

范閒說完這句話後，收好了面前的那張紙，將它重新放回箱子中，然後開始嘆氣，惱火於自己的好奇心，每次總是忍不住將母親的信拿出來再看一遍，可每看一遍都麻煩得要死。

他此時在蘇州的華園，門口那個大大的箱子依然敞開著，內裡的雪花銀閃耀著美麗的光芒。

如同范建一樣，他也學會對著一張紙說話。只是父親是對著畫像，他沒有那個能力，只好對著信說話。

有很多話不能對人講，唯一能講的幾個人都不在身邊，所以范閒憋得很辛苦。以往有段時間，自己甚至把王啟年當成了最好的聽眾，可是為了讓王啟年不被自己的話嚇得心肌梗塞，他終於還是終止了對王啟年的精神折磨。

五竹叔不在，若若不在，婉兒不在，朵朵不在，縱有千言萬語，又去向誰傾訴？大逆不道，不容這個世間的心思，能從哪裡獲得支持？

范閒逐漸感受到那種寂寞感，那句「老娘很孤單」裡蘊藏著的意思。

而他對於自己的第二次生命也產生了前所未有的自我猜疑。

第三十章　荒唐事

其實，每一個人在某些特定的時候，都會往回去看自己的一生，追溯一番過往，展望一下將來，這便是所謂的昨天、今天和明天了。只不過放在一般情況下，這種工作往往是人們已經對生活感到厭倦，或者他已經達到了自己某一個既定的目標之後，才開始的。最常見的例子，自然是一個老頭在渭水旁邊一邊釣魚，一邊喟嘆人生如腳下之流水，東去而不回。

范閑不是苦荷，他沒有釣魚的愛好，他的年紀也還小，只是他的生命卻比這個世界上的其他人都要多了一次重複。仔細算來，他應該是個三十幾歲，快要知天命的中年男人才是，只是卻被迫待在一副美麗的香皮囊裡——「被迫」這個詞有些矯情，暫且不論——但他也會進行一下反思。

不是抱著俏佳人感嘆當年沒有為人類美好正義的事業努力，而是在一種混沌之中尋找清明，試圖再次尋回自己的堅定和明確目標，因為現在的他，有些迷糊了。

重生之後，他一直是個有堅定目標的人，在懸崖上，曾經對五竹說出了以三個目標為基礎，發過三大願心。時至今日，三大願基本上已經實現，只是不好色如范閑者鮮矣，他身旁的女人始終多不起來。

三大願的根基自然是活下去，為了這個目標他一直在努力、在強硬、在冷血。而且三大願的隱藏技能或者說是附贈屬性，自然就是他對范建說過的人生理想——權臣。

如今在慶國、在天下，范閒真真當得上權臣二字了，行走各地，無人不敬、無人不畏，然而真真一朝如此，將知天命的年輕人終究還是迷糊了起來，這真是自己要的生活？

他一個人行走在華園通往江南總督府的路上，低著頭，像是一個哲學家一樣地惺惺作態，身後卻跟著幾名虎衛，街道兩側還有許多監察院的密探暗中保護。

「小范大人。」

「小公爺。」

「欽差大人。」

「提司大人。」

一連串飽含著熱情、奉承、微懼味道的稱呼從身旁響起，范閒一驚，愕然抬頭，發現自己已經走入了江南總督府。江南路的官員們正分列兩側，用「脈脈含情」的目光看著自己，說不出的熾熱與溫柔，整座官衙似乎隨著他的到來，倏地多了無數頭吃了不良草料的駿馬，屁聲雷動。

范閒下意識撓了撓頭，沒有在意這個動作稍失官威，自嘲地笑了起來，把先前那些環繞在腦中的形而上東西全數驅除。是的，人生確實需要目標，但自己現在就開始質疑人生或許太早了些。牛頓直到老了才變成真正的神棍，愛因斯坦的後半輩子都在和大一統理論咬牙切齒，但這二位牛人畢竟算是洗盡鉛華後的返璞，自己又算是什麼東西？

自己終究是個俗人，必須承認，他終究還是享受些虛榮、權力、金錢、名聲所帶來的好處。

范閒一面與官員們和藹可親地打著招呼，一面往總督府的書房裡走去，心想自己和葉輕眉不一樣，還是不要往身上灑理想主義的光輝了。

在這個世界裡，不，是在所有的世界裡，理想主義者都是孤獨寂寞的，都是容易橫死的，而范閒不可能接受這兩條。

還是老老實實做個權臣好了，他在心裡如是想。

然而當他走進薛清的書房，低著頭與薛清聊了許久之後，內心又開始自嘲起來——權臣這種東西是想做就能做的嗎？那得看陛下允不允許你做，一個昏庸無能的皇帝，可能會被一個權臣架空；可像是皇帝老子這種人物，怎麼會給自己這種機會？自己活了三十幾歲，怎麼還這麼天真可愛？

他伸了個懶腰，瞇著眼看著太師椅裡閉目養神的薛清，在心裡暗罵兩句，開口說道：「查帳這種事情讓戶部做就行了，這內庫一向是監察院管著的……怎麼卻又忽然讓都察院來湊一手？幾個月前那些御史不都下了獄，都察院裡哪裡來這麼多人手查帳？就算人手夠，但那些只知道死啃經書的傢伙，看著帳上的數字只怕就要昏厥了過去。薛大人，這事您得上摺子……江南好端端的，又來了些人，實在有些想不過味。」

薛清笑了笑，在心裡也暗罵兩句，想著：戶部是你老子開的，監察院是你管的，內庫是你坐在屁股底下的，這還查個屁？京都方面對這件事情早就有意見，此時門下中書新出了主意，還不就是怕你小子把內庫裡的東西全偷出去賣了。

不過范閒在江南一年半，與薛清配合得極好，二人間極有默契，薛清也不知從他身上撈了多少油水，這話可不能說明白，想了想後，說道：「來人查也不是不行，不過你和都察院有積怨，讓他們來查，誰知道他們會不會公報私仇。」

這番話永遠只能是這些高官們私下說的。

「就不能再攔攔？舒蕪那老頭和胡大學士是不是閒得沒事幹了？」反正書房裡沒什麼外人，范閒惱火說著，但他心裡明白，名義上是門下中書發的函，實際上是皇帝的意思。內庫、監察院這兩處讓自己一手捏著，終究不是個妥當的法子，想在京都監察院裡摻一把賀宗緯牌沙子，卻被陳萍萍壓得不敢喘氣，這便往江南來摻了。

范閒警惕的是，皇帝是不是沒有相信自己關於招商錢莊的解釋，還是對自己與北齊人之間的關係起了警惕？至於走私一事，他並不怎麼在乎。永陶長公主都走了十來年，自己才掙一年的油水，反手就給國庫送了那麼多雪花銀，皇帝斷不至於如此小氣。

看著范閒有些不豫的臉色，薛清哈哈笑了兩聲，安慰道：「還不是做給朝中人看，你擔心什麼？就算派個欽差領頭的三司來查，你這隻手一翻，誰還能查到什麼？不要忘了，你也是位欽差大臣。」

薛清將手一翻，趁勢握住了桌上那杯茶，喝了一口。

范閒盯著他那隻穩定的手，心裡閃過一個念頭，走私的事情，薛清知道一些，卻不知道其中內情，所以才會顯得如此鎮定；如果讓他知曉自己是在暗中損壞慶國的利益，只怕這老小子會驚得把這杯茶摔到地上。

他正準備再澆點兒油、加把火，不料卻看到薛清把茶杯放下後，換了一副極為認真的臉色。

官場交往，尤其是像薛清這種土皇帝和范閒這種皇子身分的人，基本上把一些重要的事情都放在嘻嘻哈哈裡說了，免得讓彼此覺得隔膜太多，有趨於冷淡的不良勢頭，所以像此時薛清如此認真的臉色，范閒還是頭一遭看到，不由得皺起眉頭。

薛清沉默很久之後，緩緩開口說道：「京都的事情，小范大人你自然比我清楚，不知道你是個什麼樣的看法？」

看法？屁的看法，這種大事情，老子一點兒看法也沒有。范閒閉著嘴，一聲不吭，只是含笑望著薛清頜下的鬍子，像是極為欣賞。反正這個天底下，除了那幾位大宗師加上皇帝老子外，他誰都不怕，自然敢擺出這副泥塑樣。

薛輕咳了兩聲，看著范閒的模樣，知道自己這話問得太沒有水準，而對方的無賴比自己更有水準，自嘲地笑了笑，斟酌片刻後，直接說道：「明說了吧，陛下……要廢儲了。」

范閒一怔，似乎像是沒有聽清楚這句話，片刻後回過神來，猛地站起，盯著薛清的眼睛，許久沒有說話。

他的心中確實震驚，震驚的不是廢儲這件事，也不是震驚於薛清與自己商量，而是震驚於薛清既然敢當著自己的面說，那肯定不是他猜出來，而是宮裡那位皇帝已經向他自己的死忠人馬透了風聲，同時開始透過對方往四處吹風。

難道輿論就要開始了？

薛清的手指頭輕輕叩響著桌面，望著他微笑說道：「小范大人為什麼如此吃驚？這件事情難道不在你的意料之中？」他忽然嘆口氣，眉間閃過一絲可惜之色，緩緩說道：「其實也不怕你知曉，我已經上了摺子勸說陛下放棄這個念頭，只是沒有效果。」

「您讓我也上摺子？」范閒看著他。

薛清微嘲說道：「您和太子爺是什麼關係，誰都清楚，老夫不至於如此愚蠢。」

停頓了片刻，他輕聲說道：「陛下心意已定，我們這些做臣子的只好依章辦事……」

說到此處，薛清又停了一下，似乎心中也很疑惑，明明太子這兩年漸漸成長，頗有篤誠之風，各方面都進益不少，為什麼皇帝卻要忽然廢儲？他隱約猜到肯定是皇族內部出了問題，但當著范閒這個皇族私生子的面，他斷不會將疑惑宣諸於口。

范閒想了會兒後問道：「這件事情有多少人知道？」

「江南一地，肯定就你我兩人知道。」薛清說道：「不過我相信七路總督都已經接到了陛下的密旨，就看大家什麼時候上旨了。」

范閒心中冷笑一聲，皇帝也真夠狠的，甚至狠得有些糊塗了。太子近年間表現優良，此次遠赴南詔不只沒有出什麼差錯，反而贏得朝中上下交口稱讚，想必皇帝想廢儲，要找藉口太難……竟然用起了地方包圍中央的戰術。

只是七路總督雖然說話極有分量，但畢竟是臣子，誰敢領著頭去做這件事情？就算是皇帝的密旨所令，可是七個總督也不是蠢貨，想必不會相信自己若摻和到皇位之爭中，將來還有什麼好下場。

薛清似乎看出他心中的想法，緩緩說道：「本督，想必是第一個上書進諫陛下廢儲的官員。」

范閒一怔，靜靜望著薛清的雙眼。他知道此人是皇帝的死忠派，但沒有想到對方竟然死忠到了如此程度。

「理由呢？」他皺著眉頭，提醒對方。

薛清微微一笑，看著范閒。「這便是我今日請大人來的原因……陛下的意思很清楚，八處應該動起來了。」

范閒坐回椅子上，微微偏頭出神。要廢儲，自然是要用監察院八處打頭，當年太子畢竟有不少不怎麼好看的把柄落在內廷與監察院的手中，再加上江南明家官司關於嫡長子天然繼承權的戰鬥，這件事情不論從哪個方面看，皇帝要廢太子，自己應該就是那個馬前卒。

他的面色很平靜，看不出內心的激盪，半晌後說道：「地方是地方，京都是京都，如果僅僅是這些動作……朝中的反噬會極大，門下中書那幾位大學士可不會眼睜睜看著太子無過被廢。」

他說的是事實，文臣們一心為慶國，求的便是平穩，對於皇帝這個看似荒唐的舉措，當然會大力反對，只怕朝堂之上不知又要響起多少杖聲。

「尤其是監察院不能出面。」范閒低著頭說道：「我不方便出面。監察院是特務機構，我和太子向來不和，有些話從我的嘴裡說出來……只會起反效果。」

「你的話有道理，我會向陛下稟報。」薛清想了想後說道：「有件事情陛下讓我通知你，再過些時日，陛下會去祭天。」

范閒今日再覺驚訝，皺眉許久，才緩緩品出味道。慶國雖然鬼神之道無法盛行，不像北齊的天一道那般深入人心，但對於虛無飄渺的神廟依然無比敬仰，如果皇帝老子真能搞出什麼天啟來……

對太子的輿論攻勢在前，七路總督上書在後，再覓些臣子出來指責太子失德，不堪繼國，最後皇帝左右為難，親赴大廟祭天，承天之命，廢儲。

嗯，好荒誕的戲碼，好無聊的把戲。

范閒搖了搖頭，問道：「什麼時候？」

「一個月後。」

第三十一章　君之賤（上）

太子與范閒從血緣上來說是兄弟，二者之間並沒有不可化解的仇恨，那些終究是長輩們的事情。太子也曾經向范閒表示過和解的意願，只是范閒不可能相信而已，最關鍵的是，范閒清楚，太子沒有足夠的力量和強大的心神來打倒自己。

所以范閒這半年來的所有行動，最大的目標其實是永陶長公主，沒有想到皇帝最後只是將其幽禁，卻要趕在前頭將太子廢掉，這個事實讓范閒琢磨許久，總覺得在順序上有些問題，以皇帝這麼多年來在天下角鬥場中的浸淫，應該不會犯這種錯誤才是。

不管順序有沒有錯誤，廢儲之事在慶國的朝野上下，終究是轟轟烈烈地展開了。轟轟烈烈這個詞也許用得並不準確，所謂風起於萍末，歷史上任何一件大事，在開頭的時候，或許都只是官場上一些不明顯的風聲。

在數月之前，東宮失火，太子往南詔，這已經就是風聲。

而當監察院的八處扔出一些陳年故事，太理寺忽然動了興趣，對當年征北軍冬襖的事情重新調查，戶部開始配合研究那些銀子究竟去了哪裡……風聲便漸漸地大了起來。

去年春和景明之時，太子與二皇子兩派為了打擊范閒，便曾經調查過戶部，最後找到的最大漏洞，便是征北軍冬襖的問題；但太子當時沒有想到，這件事情查到最後竟然是查到自己的頭上。幸虧皇帝後來收了手，太子才避免了顏面無光的下場。

可如今朝廷將這件舊事重提，朝堂上下的臣子們都嗅出了不一樣的味道，太子方面早就已經沒有太多的忠心角色，皇帝是準備讓太子扔誰出來贖罪呢？

哪怕到了這個時候，依然沒有大臣想到皇帝會直接讓太子承擔這個罪責，所以當大理寺與監察院將辛其物索拿入獄後，都以為這件事情暫時就這樣了。

沒有想到辛其物入獄不過三天，便又被放了出來，這位東宮的心腹、太子的近臣，因為與范閒關係好的緣故，在監察院裡並沒有受什麼折磨，也沒有將太子供出來。

饒是如此，監察院與大理寺依然咬住太子，將密奏呈入御書房中，又在一次的御書房會議裡，呈現在門下中書、六部尚書那些慶國權力中心人物的眼前。

舒蕪與胡大學士替太子求情，甚至做保，才讓皇帝消了偽裝出來的怒氣。但是散朝之後，這兩位大學士再一次聚在一起飲酒時，卻忍不住長吁短嘆起來。

皇帝是真的決心廢儲了，可他們二位身為門下中書大學士，必須要保太子，這和派別無關，只是他們身為純臣必須要表現出來的態度。太子一天是儲君，他們就要將其當半個帝王看待，皇帝也不會苛責於此。

最關鍵的是，以胡、舒二人為代表的朝中大臣們，都認為太子當年或許荒唐糊塗，但這兩年著實進益不少，為了避免朝中因皇權爭奪而產生大的震盪，為了提前防範遠在江南的范閒摻和到這些事情當中，他們真的很希望皇帝能夠將心定下來，將慶國將來遙遠的前途定下來。

不論從哪個角度看，如今的太子，都是慶國最好的選擇，既避免了慶國的內耗，又防止了監察院……那年輕人的獨大。

慶國皇帝不是昏君，知道君臣之間的制衡帶給慶國的好處，也料到了廢儲之事一定會引起極大的反對聲浪，所以他暫時選擇沉默，似乎在第一次風波後，他廢儲的念頭被打消了。

然而胡、舒大學士以及所有的大臣們都清楚地知道，自家這位皇帝是個不輕易下決斷的人，可一旦他做出了選擇，那不論會面對怎樣的困難，他都會堅持到底。

果不其然，沒過幾天，江南路總督薛清的明摺送到了宮中，於大朝會之上唸出，字字句句，隱指東宮，其間暗藏之意，眾人皆知。

舒蕪勃然大怒，雖知此勢逆而不能回，依舊出列破口大罵薛清有不臣之心，滿口胡謅不臣之語。

皇帝憐舒蕪年老體弱，令其回府休養三月，未予絲毫責罰。

另六路總督明摺又至，語氣或重或輕、或明或暗，但都隱諱地表達了自己的態度。此時的情況已經漸漸明朗，皇帝有心廢儲，七路總督迫於聖威上書相應，只有朝中那些尚書、正卿一流的大臣們被夾在中間，他們便是想反對，也覺得上有天遮、下有刺起，渾身上下好不難受。

然而舒蕪雖然被請回府，門下中書卻依然發揮著慶國皇帝允許他們發揮的正流作用，朝中的大臣們，膽子大的在朝會上斟酌詞語，表示著反對的意見；膽子小的保持著沉默……沒有一位大臣在皇帝的暗示下，奮勇上書，請皇帝易儲。

是的，就算是再喜歡拍馬屁的人，也很難做出這種事情，滿朝文武、滿京都的百姓都在看著這些官員。太子並沒有犯什麼大錯，卻要被廢，實在是說不過去，日後更無法在史書上解釋。

這次朝會散後，幾名文臣的代表來到了舒府，小心翼翼地徵求著舒蕪的意見，反正皇帝清楚這些事情，他們也不怕有人奏自己結黨。

舒蕪穿著一身布袍子，沉默許久後，笑著說道：「天下萬事萬物，總要講究一個道理，尤其是儲君之事，上涉天意，下涉萬民，若理不通，則斷不能奉……范閒曾經說過，先天下之憂而憂，後天下之樂而樂，此乃國事，並不是天子家事，舒蕪身為臣子，上要替陛下解憂，旁要替慶國除慮。聖心無須揣摩，問己心便是。」

「陛下心意已定，怎奈何？」

舒蕪捉著頷下的鬍鬚，像平日裡那般嘻嘻哈哈說道：「先生曾經說過，君有亂命，臣不能受。」

他口中的先生，自然就是那位已經辭世兩年多的莊墨韓。文臣分頭回家，各自沉默不語。

其實皇帝如果想暗示臣子們上書，還有很多方法，可以輕而易舉地找到那些朝中的代言人；但很奇妙的是，自從風波起，除了戶部尚書范建外，皇帝便從來沒有宣召過哪位大臣單獨入宮。所以臣子們也在疑惑，是不是皇帝的心意還沒有定下來——他們不是七路總督那種皇帝的家奴角色，更不敢胡亂上書。

朝廷陷入了一種尷尬的沉默對峙之中，而身在東宮、處於事件正中心的太子，卻依舊溫和恬靜，似乎沒有將這件事情放在心上。他的派系裡根本沒有什麼得力的人，今次卻贏得了這麼多文臣的支持，這可以說是一種意外之喜，卻也是一種……意外之驚。

所以太子在暗自感激之餘，愈發沉默。

而在這次廢儲風波之中，有兩個置身事外的年輕人，最吸引群臣的目光。這兩位年輕權貴，模樣、氣質都有些相近，而且與太子的關係都很複雜，偏生時至今日，他們的表現相當出乎人們的意料。

第一個自然是范閒，如今在人們的眼中，他是道道地地的三皇子派，而且他本身又是皇帝的私生子，身分太過敏感。可是七路總督上書前後，他在江南保持著死一般的沉默，日常的進宮帖子，根本沒有一個字眼提到此事，只是在內庫與周邊的日常事務上繞圈子。而監察院雖然從戶部查到了東宮，但力度明顯也沒有群臣們想像的那般強烈，所有人都看得清楚，監察院在京都的行動，和范閒沒有什麼關係。

以至於人們忽然想到一樁事情，皇帝將范閒扔到江南，是不是也有將他與監察院割裂開來的想法？而一向表面溫柔、內心堅毅的范閒，為什麼不肯抓住這個機會痛打落水狗？

第二個便是二皇子。在范閒入京之前，這位二皇子一直深受皇帝寵愛，在皇帝諸子中第一個封爵，在朝中廣納了一大堆文臣相伴左右，後來眾人又知永陶長公主明裡保的是太子，暗裡保的是他……這位二皇子不簡單，隱隱與太子分庭抗禮，所謂奪儲，其實最先前指的就是他。

可是這半年裡京都大事不斷，卻似乎與這位二皇子都沒有什麼關聯，永陶長公主被幽禁後，二皇子一點兒事沒有，反而是太子被皇帝放逐了一道。

如今太子被廢之勢危急，按理講，二皇子應該是受益最大之人，他理所應當有所行動才是。就算他是為了避嫌，為了討皇帝歡心，謹持孝悌二字，一直保持沉默便罷了，可是他居然……親自上書替太子辯解征北軍冬襖一案，更暗中發動了派系中的官員，站在皇帝心思的對立面。

當然，他在朝中的勢力基本上已經被范閒的兩次戰役打得稀里嘩啦了，可經營這麼多年，總是還有些說話的嘴；最關鍵的是，他娶了葉靈兒之後，便等若成了葉家的半個主子，他替太子說話，確實有些作用。

太子的兩個兄弟，兩個最大的敵人，在太子最危險的時候，用不同的方式表示了支援，這真是一個很奇妙、美妙、玄妙的局面。

想必慶國皇帝這時候的心情一定很複雜。

而在廢儲之事尚未進入高潮時，天下間最凶險的三處邊境之一上，卻已經發生了一次高潮，驚得本已人心惶惶的慶國朝臣反而變得亢奮起來。

最凶險的三處邊境是北齊與北蠻之間的邊境、南慶與西胡之間的邊境，以及……南慶與北齊之間的邊境。

極北之地連續三年暴雪，凍得北蠻牛死馬斃，只好全族繞天脈遷移，經歷萬里苦征，終於從北齊的北方繞到了南慶的西方，只是為此付出了全族人口十去七八的悲慘代價。

這是歷史上的一件大事，對於當世來說，更是產生了極深遠的影響。首先是北齊人再也不用擔心背後那些野蠻高大的荒原蠻人，他們終於可以騰出手來應付一下南邊的慶人——那隻手，自然就是一代名將上杉虎。

而西胡在用了兩年時間消化掉北蠻來投部落之後，實力陡然劇增。因為北蠻活下來的人雖然少，但可以熬住萬里奔波、無食無藥之苦的族人，都是千里挑一的精銳年輕男女了。

慶國腹背受敵，壓力劇增。

這才有了定州葉家的急援西線，而靖王世子李弘成，此時正在西方和那些胡人們捉迷藏。

北方的燕小乙也提前回營，用強大的軍力，壓制著上杉虎的謀略與北齊人的壞主意。而這次邊境線的高潮，正是爆發在北線，戍北大都督燕小乙與一代名將上杉虎之間。

當上杉虎領軍後撤，留下空間、時間給燕小乙去思考去準備時，燕小乙卻根本沒有去思考自己在慶國的後路，去準備迎接慶國皇帝的逮捕，直接揮兵北上，挾兩萬精銳，沿滄州、燕京中縫一線，突擊北營！

兵不厭詐，兵勢疾如飆風，燕小乙完美地貫徹了這一宗旨，根本沒有向樞密院請示，也來不及等候慶國皇帝的旨意，便親率大軍，殺將過去。

而此時，那位在沙場上向來算無遺策的上杉虎，明顯沒有料到燕小乙自身難保之際，居然還有心思出兵來伐。

其時北齊軍隊正緩撤五十餘里，紮營未穩，驟遇夜襲，損傷慘重。而南慶軍隊，總共只付了五千條人命。

是為滄州大捷。

在人們的印象中，這似乎是上杉虎第一次吃敗仗。

當消息傳回京都後，不論是被命令休養的舒蕪，還是在街上賣酒水的百姓，都激動了起來，深埋在慶國人血液中的好戰與拓邊熱情，被這一次「無恥」的大捷調動到了頂點。

一直飄蕩在京都上空的那片烏雲，似乎也不再那麼刺眼，人們都在想，有了這麼大好的消息，皇帝總不至於還要堅持自己的荒謬，與人們的情緒做出相反的事情，這實在不是什麼太好的選擇。

隨著戰報的來臨，馬上來臨的便是北齊皇帝的國書，在書中北齊皇帝大怒痛罵，言道兩國交好，爾等卻如何如何，十分無恥。

收到國書之後，慶國皇帝只是笑了笑，便將這件事情交給鴻臚寺與禮部去處理。如今的天下，國境的劃分總是那麼模糊，誰進了誰的國土，是一件很難說清楚的事情，如果真的是誤會，過些日子再道歉好了，反正殺了的人也不可能再活過來。

皇帝微笑對身旁的洪四庠說道：「燕小乙不錯，知道用正確的方式來向朕闡明他存在的意義。」

是的，沒有存在意義的人，那就不應該再存在下去。

比如太子。

所以大理寺繼續審問冬襖一案，監察院繼續挖掘太子做過的所有錯事，最無恥的是八處，似乎準備要將太子小時候調戲宮女的事情都寫成回憶錄。

廢儲之事並沒有因為燕小乙獲得的大勝而中斷，只是稍微休息了一會兒，又在群臣失望的注視下，緩慢而不容置疑地推行起來。

這一切與范閒都沒有關係。

他這個時候在一艘民船上，看著手裡的院報發呆，心想皇帝老子果然比自己還要不要臉一些，看來再過些時日，薛清曾經提到的祭天便要開始了，不知道到時候京都裡那座安靜的慶廟會是什麼模樣。

找到太子有可廢之理，然後祭天求諭——皇帝乃天子，太子自然是天的孫子，如果老天爺認為這個孫子不乖，那老天爺的兒子也只好照辦。

這要是寫出來，在史書上會漂亮許多。

真真無恥之極。

范閒搖了搖頭，將院報放下。自從薛清開始上書，他便逃離了蘇州，未回杭州，未至梧州，只是喬裝打扮，化成民眾上了民船，下意識想離這個政治漩渦越遠越好。

他也知道二皇子上書保太子的事情，心想二皇子的心也真夠狠的。

他又想到滄州大捷一事，眼裡閃過一絲疑惑，對於兵事這種東西，他向來一竅不通，只是總覺得像上杉虎那種恐怖的角色，怎麼會在燕小乙手上吃這麼大的虧？最關鍵的是，輕啟戰事，此乃大罪，臣子、百姓們可以像是看戲一樣的高興，皇帝怎麼也會像白痴一樣地高興？

第三十二章　君之賤（下）

是的，范閒不是跑路，行近跑路，總之是行走在遠離江南、遠離京都、遠離慶國政治風暴中心的道路上。因為他清楚，不論京都的局勢怎樣發展，那位皇帝老子心意已定，誰也不能阻止廢儲一事的發生。

既然如此，他再做任何動作都顯得有些多餘，而且他很擔心皇帝祭天的時候，會不會把自己揪回京都，立在面前當人形盾牌——太子被廢，朝堂上肯定會有許多亂流，范閒算來算去，皇帝肯定會讓自己去與那些亂流進行一下對沖，重新穩定朝廷的平衡。

這段日子裡，他的情緒一直有些低落，如同前文說過那般，關於人生的問題，總是在他的腦海裡浮來沉去，他沒有那個精氣神理會這些事情——他心裡清楚，這種時候，自己逃得越遠，就越聰明。

而且每每想到慶國皇帝要在那座清美寂寞的慶廟中，做出這樣一個決定，范閒的心裡都有些怪異和不舒服——那座廟是他與林婉兒初遇的地方，是他與妻子定情的地方，如今卻變成了權力爭奪的場所，實在是有些討厭。

所以他選擇了遠離。

當燕小乙率領數萬精兵直撲北營進行夜襲的時候，范閒也在一個微悶的夜裡坐上了船，從杭州直奔出海口，準備繞著慶國東方起起伏伏的海岸線，進行一次和諧之旅。

這一次出行搶在了皇帝的旨意到來之前，也沒有通知薛清，進行得十分隱密——范閒不想再摻和到這件事情裡，所以跑得很堅決，如果慶國皇帝發現召喚他的旨意送不到人手上，或許會生氣，但也無法怪罪他。

他是行江南路欽差，本身就不需要坐衙，唯一需要坐衙的職司全在內庫那一塊，而他此次喬裝出行，用的就是視察內庫行東路的名義，只不過目的地是澹州。

回澹州有兩個目的，一方面是去看看祖母。澹州宅子裡的管家來信說，祖母最近身體不大好，這讓他很是擔心。二來是要就今後慶國和天下複雜的局勢，徵詢一下祖母的意見。他自幼在澹州祖母的身旁長大，受其教誨，每當勢態變得有些混亂和不受控制時，他總是下意識想請祖母指點迷津。

或許祖母並不能幫他什麼，但至少可以讓他的心安定下來。

大船出了海口，迎著東面初升的朝陽奮力前行著。范閒只來得及欣賞一下天地間壯闊的景色，便再次回到艙中，坐在那一大箱子白銀的旁邊，偏著頭開始數數。

數的是院報中夾著的滄州大捷報告，范閒數來數去，也沒覺得這次大捷有什麼問題，只是這次戰爭或者說局部戰鬥發生的時間有些古怪，他的眉頭不禁皺了起來。這些天他已經在著手安排，一旦慶國局勢定下來後，自己應該怎樣處理，監察院要不要讓出去，皇帝會怎樣安排自己，可是細細品忖著，總覺得自己似乎想得太早了些。

狡兔死，走狗就算不入鍋，也沒太多肉吃，但現在的問題在於，狡兔非但未死，而且一直表現得過於老實。

準確來說，永陶長公主李雲睿一日未死，范閒就不認為這件事情會畫上一個圓滿的句號。

又過數日，京都那邊廢儲的事項應該進行到後段了，但范閒此時孤懸海上，並不知道事情的進程，因為不想接聖旨，他甚至讓船隻與監察院的情報系統暫時脫離了聯絡，就像是一架黑色的、有反雷達功能的飛機，在大海上孤獨地飄蕩。

這日，船到了江北路的某座小城。他所乘坐的民船是用監察院那艘兵船改裝而成，一般人瞧不出來問題，所以他本以為這一路回澹州，應該會毫不引人注目才是。

不料那座小城裡的官員竟恭恭敬敬地送來了厚禮，也未要求見面，便自行撤去。范閒覺得有些迷糊，心想這個小官是怎麼猜到自己在船上？

王啟年笑著說道：「大人氣勢太足。」

這馬屁拍得太差勁，於是范閒表示了不滿意，將目光投往到另一位姓王的仁兄身上。

王十三郎看了他一眼，聳了聳肩，說道：「誰知道呢？我看你似乎挺高興收禮的。」

范閒被他說穿了愛慕虛榮的那一面，有些不樂。王十三郎開懷一笑，走到船邊，手握青幡，有如一個小型風帆，看上去顯得十分滑稽。

官場之中最要緊的便是互通風聲，那座小城裡的官員知道監察院提司在船上，於是整個沿海一帶的州郡大人們，都知道了這個消息。

從那天起，船隻沿著海岸線往北走，一路經停某地，便會有當地官員前來送禮，卻似乎都猜到范閒不想見人，所以都沒有要求見面。

走走停停十餘天，竟是有十四撥人上船送禮請安。

范閒坐在船頭，看著船隻邊擦身而過的那塊「大青玉」——正是那座被天劍斬成兩半的大東山，兀自出神，自己的行蹤怎麼全被人察覺了？

不過無所謂，反正離京都越來越遠，離皇帝越來越遠，范閒的心情也越發輕鬆起來，反而有些微微沉醉於沿途的風光中，以及沿途官員像孫子一樣侍候的風光中。

在另一個世界的另一個世界裡，曾經有位令狐醉鬼乘船於黃河之上，糊裡糊塗收了無數大禮，受了無數言語上的好處、肢體上的痛處，但想必那位大師兄的虛榮心一定得到極大的滿足。尤其是在那干不要臉的師弟、師妹面前。

今日范閒乘船泛於東海上，也是糊裡糊塗收了無數大禮，雖無人敢擾，但虛榮心也得到了一定滿足；尤其是在京都風雨正盛之時，他卻能乘桴浮於海，大道此風快哉，這種感覺，真的很令人愉悅。

哪怕這種愉悅只是暫時的。

船過了孤立海邊、如半玉劍直刺天穹的大東山後，再轉兩個彎，看不到山巔那座廟宇時，便接近了澹州港。

這條海路已經是范閒第二次走了，對於那座奇崛壯闊的大東山，也沒有第一次時的衝擊感，卻依然覺得心頭微微顫動一下。

大船停泊在澹州港，沒有官員前來迎接，范閒鬆了一口氣，帶著高達等幾名虎衛和六處劍手，在澹州百姓們熾熱的目光與無休止的請安聲中，來到了澹州老宅的門口。

范閒微笑想著，一年前不是才回來過？這些百姓怎麼還是如此熱情、如此激動？他伸手叩響了老宅那扇熟悉的木門。

然而當手指頭剛剛落在門上時，他的眉頭就皺了起來，明顯感覺到宅第四周有無數雙警惕的目光投注在自己身上，只是這些目光的主人明顯很懂得隱藏，以至於他在短時間內，都沒有發現對方究竟身處何處。

或明或暗的無數道氣息，充滿了一種令人窒息的壓迫感，范閒微微低頭，膝蓋微彎，左手扣住了袖弩的扳機，右手自然下垂，隨時準備握住靴中的那把細長黑色匕首。

跟在他身邊的王啟年面色不變，平端北魏天子劍，劍身半露，寒光微現，劍柄便在范閒最方便伸手抽出的地方。

王十三郎視線低垂，緊緊握著那方青幡。

以高達為首的幾名虎衛也感應到異常，眉頭微皺，雙手已經握住了長刀的刀柄。

只有監察院六處的劍手們反應要稍慢一些，但他們一直散亂地跟在范閒身前身後，驟遇敵情，很自然地將身體往街邊的商鋪靠去，藉著建築的陰影，隨時準備潛入黑暗之中，和那些潛伏著的敵人進行最直接的衝突。

范閒是個很怕死的人，所以他帶的人手雖然不多，但都是天底下最厲害的角色。以前有影子、有海棠朵朵做先鋒將，如今有王十三郎當猛士，再配以自己、虎衛、劍手，如此強大的防禦力量，就算一位大宗師來了，范閒自信也可以支撐幾個回合。

換句話說，他本來就時刻準備迎接某位大宗師的刺殺。然而今天在澹州老宅之外，范閒身邊有如此強大的力量，卻感覺到四周隱藏之人帶給自己的壓迫感，偏生這種壓迫感還不是從一人身上發出，這證明了來人並不是一位大宗師，這個世界上，還有誰能集合這麼多的高手？范閒皺著眉頭，忽而苦笑起來。

澹州范府老宅的木門被緩緩拉開，隨著咯吱一聲，場間緊張對峙的氣氛馬上消失不見。

門內出現了一張十分熟悉的面容，但這張面容絕對不應該出現在澹州！

「任大人。」范閒看著宅內的太常寺正卿任少安苦笑說道：「為什麼是你在我的家裡等著我？」

任少安笑了笑，卻沒有與他打招呼，比劃了一個請的手勢。范閒微微一頓，回頭看了王十三郎一眼，王十三郎笑了笑，和監察院六處的劍手留在宅外。

范閒帶著王啟年與高達等人向老宅裡走去，一路行進，並未發現有何異常，卻可以感覺到這座往年無比清幽的院落，今日卻是充滿了緊張感，那些樹後、牆外，不知隱藏多少高手。

走到後院門口，任少安停下腳步，一位太監含笑地將范閒一人接了進去。

范閒臉上的笑容愈發苦了，看著姚公公半天說不出話來。

走到後院那座小樓，一樓裡有幾位官員正安靜地等候於此。見著范閒進來，紛紛起身行禮，范閒一一回禮，認出了禮部尚書和欽天監監正幾人。

姚公公只送他到了一樓，范閒拎著前襟，腳步沉重地向二樓行去，范老夫人便住在二樓。掀開二樓外的那道珠簾，范閒穩定地走進去，看著榻上微有病容的范老夫人，臉上閃過一絲心疼，看著榻旁正拉著范老夫人的手說話的那個中年男子，心中閃過一絲心悸。

他走到榻前，規規矩矩地跪下去，給二人磕了個頭，這才苦笑說道：「陛下，您怎麼……來了？」

此時范閒的心中全是震驚與無奈，此次離杭州、赴澹州，沿途風光看風光，本以為自己像是令狐大師兄般瀟灑無比，揮揮衣袖，把廢儲的事情拋在腦後……不曾想，原來師父岳不群在這兒等著自己。

「朕莫非來不得？」皇帝臉上帶著一絲頗堪捉摸的笑容看著范閒，緩緩說道：「你堂堂一路欽差，竟然辦差辦到澹州來了，朕記得只是讓你權行江南路，可沒讓你管東山路的事情。」

范閒苦著臉說道：「主要是查看內庫行東路，過了江北路後，想著離澹州不遠，便來看看奶奶，聽說奶奶身體不好，自己這個當孫兒的——」

話還沒有說完，皇帝已是微怒截道：「孝心不是用來當藉口的東西……逃啊，朕看你還能往哪兒逃！」

范閒瞠目結舌，心想陛下要廢太子，自己只不過是不想摻和，也不至於憤怒成這樣吧？只是他此時心中有無限多的疑惑與擔憂，也不至於傻到和皇帝打嘴仗，笑著說道：「臣是陛下手中的螻蟻，再逃也逃不出手掌心去。」

這記馬屁明顯沒有讓皇帝的心情有所改觀，只是皇帝似乎也不想追究此事，淡淡說道：「既然是來盡孝的，就趕緊上來看看，如果治不好，仔細你的皮！」

說完這句話，皇帝站起身來，在范老夫人耳邊輕聲說道：「姆媽，妳好好將養，晚上朕再來看妳。」

然後他走出二樓的房間，扔下了一頭霧水的范閒。

范閒揉了揉腿站起來，一屁股坐到范老夫人身邊，把手指頭搭在她的脈門上，半晌之後，卻是身子一軟，背上出了一道冷汗。

范老夫人微笑說道：「你這猴子，也不怕這樣嚇著我？我的身體沒事，你怕的只怕是另有其事才對。」

范閒內疚無語。他確實怕的是其他事，皇帝居然神不知、鬼不覺地來到了澹州，京都那邊豈不是一座空宮？正在廢太子的關鍵時刻，皇帝為什麼敢遠離京都！

這都什麼時候了？皇帝怎麼會愚蠢到微服出巡！

第三十三章　君臨東海

范閒坐在榻上，輕輕握著范老夫人的手，發現她手上的皺紋越來越深了，有一種要和骨肉分離的心悸感覺。診過脈之後，他發現范老夫人只是偶然患了風寒，身體並沒有什麼大礙，然而……畢竟年歲大了，油將盡，燈將枯，也不知還能熬幾年。

一想到這點，他的心情便低落了下去，再加上此時在樓下的那個皇帝所帶來的震驚，讓他陷入了沉默之中。

二樓裡安靜許久後，范老夫人嘆了口氣說道：「你究竟在擔心什麼呢？」

「我不知道以後的路要怎麼走。」范閒看著奶奶那張嚴肅的面容，微笑說道，他清楚奶奶嚴肅的面容之下，隱藏的是一顆溫柔的心。

「這幾年你走得很好。」范老夫人的聲音壓得有些低，雖然樓下肯定聽不到他們祖孫二人的對話。她和藹笑著，揉了揉范閒的腦袋，語氣和神情裡都透著一股自豪欣慰。

以范閒這三年間所取得的地位和名聲，一手教出這個孫子來的范老夫人，當然有足夠的理由得意。

「行百里路者半九十。」范閒自嘲地拍拍腦袋，說道：「就怕走到一半時腦袋忽然掉了下來。」

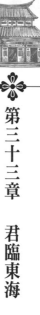

范老夫人靜靜地看著自己的孫子，半晌後和緩說道：「是不是陛下來到澹州，讓你產生了一些不吉利的想法？」

范閒低著頭想了許久，確認了自己先前油然而生的情緒是什麼，然後鄭重地點了點頭。

范老夫人看著他的雙眼，輕聲說道：「你也大了，但有些話我必須要提醒你。」

「奶奶請講。」

「我們范家從來不需要站隊……而你，更不需要站隊，因為我們從來都是站在陛下的身前。」范老夫人嚴肅而認真地說道：「只要保證這一點，那你永遠都不會行差踏錯。」

這句話裡隱含著無數的意思，卻都是建立在對皇帝最強大的信任基礎上，范閒有些疑惑地看了范老夫人一眼，卻不敢發聲相問。

「用三十年證明了的事情，不需要再去懷疑。」

范閒不如此想，他認為歷史證明的東西，往往到最後都會由將來推翻。他想了想後說道：「可是在如此情勢下，陛下離開京都，實在是太過冒險。」

「你待會兒準備進諫？」范老夫人似笑非笑看著自己的孫兒。

范閒思忖少許後點了點頭。「這時候趕回去應該還來得及。」其實這話也是個虛套，他清楚，皇帝既然在這個時候來到澹州，肯定心中有很重要的想法，不是自己幾句話就會趕回去的。只是身為一名臣子，尤其是要偽裝一名忠臣孝子，有些話他必須當面說出來。

范老夫人笑著說道：「那你去吧，不然陛下會等急了。」

范閒也笑了笑，卻沒有馬上離開，又細心地用天一道的真氣探入范老夫人體內，查看了一下她的身體狀況，留下了幾個藥方子，又陪著她說了會兒閒話，直到老人家開始犯午睏，才替范老夫人拉好薄巾，躡手躡腳地下了樓。

下到一樓，樓內的禮部尚書、欽天監監正、姚公公看著范閒的眼神都有些怪異。這些人沒有想到范閒的膽子竟然如此之大，在二樓停留了如此之久，將等著與他說話的皇帝晾了半天。

這個世界上，敢讓慶國皇帝等了這麼久的人，大概也只有范閒一人。這些大人物們心裡都在琢磨著，皇帝對於這個私生子的寵愛，果然是到了一種很誇張的地步。

范閒對這幾人行了一禮，微笑問道：「陛下呢？」

禮部尚書苦笑一聲，用眼神往外面瞥了瞥，替他指了道路。姚公公忍著笑將范閒領出門去，說道：「在園子裡看桂花。」

澹州最出名的便是花茶，范建和范閒都喜歡這一口，每年老宅都會往京都裡送，其中一部分還是貢入了宮中。老宅裡的園子雖然不大，但有一角也被范閒當年隔了起來，種了些桂花，以備混茶之用。

走到那角園子外，姚公公佝著身子退下，范閒心裡覺得有些奇怪，御書房的太監首領不在皇帝身邊服侍著，怎麼卻跑了？一面想著，他的腳步已經踏入了園中，看見樹下的皇帝。

還有皇帝身邊的那個老傢伙。

范閒暗吸一口冷氣，難怪姚公公不用在皇帝身邊，原來另有一位公公在側。他走上前去，向皇帝行了一禮，同時側過身子，盡量禮貌而不唐突地對那位太監說道：「洪公公安好。」

在皇帝的面前，對太監示好，這本來是絕對不應該發生的事情。但范閒清楚洪四庠不是一般人，皇帝也會給予他三分尊重，自己問聲好，應該不算什麼。

洪四庠微微一笑，看了范閒一眼，沒有說什麼，退到皇帝的身後。

皇帝將目光從園子裡的桂樹上挪下來，拍了拍手，回頭對范閒說道：「聽說這些樹是你搬進來種的？」

范閒應了聲。「是，老宅園子不大，先前裡面沒種什麼樹，看著有些乏味，尤其是春夏之時，外面高樹花叢，裡面卻太過冷清，所以移了幾株。」

「看來你這孩子還有幾絲情趣。」皇帝笑道：「當年朕住在這院子裡的時候，也是有樹的，只不過都被朕這些人練武給打折了。」

范閒暗自咂舌，他在這宅子裡住了十六年，卻一直不知道皇帝當年也曾經寄居於此，奶奶的嘴也真夠嚴實。

他忽然想到父親和靖王都曾經提過的往事，當年陛下曾經帶著陳萍萍和父親到澹州遊玩，其時陛下還只是個不出名的世子。而就是在澹州……他們碰見了母親和五竹叔，如此算來，當時陛下住在老宅的時候，也就是……嗯，歷史車輪開始轉動的那瞬間？

在園子裡散著步，和皇帝有一搭沒一搭地說著閒話，范閒的心情漸漸有些著急起來，不知道應該找個什麼機會開口，勸皇帝趕緊回京，臉上的表情開始顯得有些不自然。

「朕不是微服。」似乎猜到范閒在想什麼，皇帝微嘲說道：「朕離開京都三日之後，便已昭告天下，所以你不要操太多心。」

范閒睜大眼睛，吃驚問道：「陛下……所有人都知道您來了澹州？」

「錯，是所有人都知道朕要去祭天。」皇帝看了他一眼，將雙手負在身後，當先走出園子。

范閒有些疑惑地看了洪四庠一眼，趕緊跟上去，跟在皇帝身後追問道：「陛下，為什麼臣不知道這件事情？」

皇帝沒有停下腳步，冷笑說道：「欽差大人您在海上玩得愉快，又如何能收到朕派去杭州的旨意？」

范閒大窘，不敢接話。

皇帝頓了頓，有些惱怒說道：「你畢竟是堂堂一路欽差，怎能擅離職守？朕已經下了旨了，讓你與祭天隊伍會合，日後回杭州後，你把這些規程走上一走。」

范閒大窘之後微驚，原來陛下的旨意早已明告天下，讓自己這個欽差加入祭天的隊伍，難怪沿海那些官員會猜到船上的人。只是陛下先前說的話，明顯是在包庇自己……哎，看來京都那件事情過去幾個月後，陛下的心情似乎不是那麼壞了。

看著皇帝的腳步邁出了老宅的木門，四周隱在暗處的護衛和院子裡的官員都跟了出來，一時間場間無比熱鬧。范閒再也忍不住，趕上幾步，壓低聲音說道：「陛下……京都局勢未定，既是祭天，那臣便護送陛下回京吧。」

皇帝停下腳步，回頭好笑地看了他一眼，說道：「既是祭天，為何又要回京？」

范閒微怔回道：「祭天自然是在慶廟。」

「慶廟又不只一處。」皇帝淡淡說道：「大東山上也有座廟。」

范閒心頭大震，半晌說不出話來。皇帝居然千里迢迢來大東山祭天！難怪隨身的侍從裡，詞臣、學士極少，倒是禮部尚書、太常寺正卿、欽天監正這幾個傢伙跟著……祭天廢儲，確實需要這幾個人，只是為什麼這件事情不在京都裡辦，卻要跑到東海之濱來？難道皇帝就一點兒不擔心……

「朕知道你在擔心什麼。」皇帝的表情有些柔和，似乎覺得這個兒子時時刻刻為當爹的安全著想，其心可嘉，想了想後微笑說道：「既然你無法控制你的擔心，那好，朕此行的安全，全部交由你負責。」

范閒再驚，連連苦笑，心想怎麼替自己攬了這個苦差使，此時卻也無法再去拒絕，只好謝恩應下。

「待會兒來碼頭上見朕。」皇帝知道范閒接下來要做什麼，說了一句話後，便和洪四庠走出府門，上了馬車。姚公公帶著一干侍從、大臣也紛紛跟了出去。

范閒站在府門口，看著街道四周那些微微變化的光線，知道虎衛和隨駕的監察院劍手們已經跟上去，略微放下了心。他招了招手，王啟年從街對面跑過來，滿臉驚愕地對范閒說道：「大人，先前去的是……」

范閒點了點頭。

王啟年很艱難地吞了口唾沫，壓低聲音說道：「這位主子怎麼跑這兒來了？」

范閒臉色微沉，喃喃說道：「誰也不知道為什麼，但我只知道，如果他出了什麼事，我可就完了。」

如果皇帝在祭天的過程中遭了意外，身為監察院提司，如今又領了侍衛重任的范閒，自然會死得很難看，至少京都裡的那些人們，一定會把這個黑鍋扣到范閒的頭上，他們自己卻笑咪咪地坐上那把椅子。

范閒握著拳頭，苦笑自嘲說道：「我可不想當四顧劍……傳院令下去，院中駐東山路的人手全部發動起來，都給我警醒些，誰要是靠近大東山五十里之內，一級通報。」

王啟年應下。

范閒又道：「傳令給江北，讓荊戈帶著四百黑騎連夜馳援東山路，沿西北一線布防，與當地州軍配合，務必要保證沒有問題……若有異動，格殺勿論。」

王啟年抬頭看了他一眼。東山路的西北方直指燕京、滄州，正是燕小乙大營所在，只是兩地相隔甚遠，燕小乙若真有膽量造反弒君，也沒有法子將軍隊調動如此之遠，還不驚動朝廷。

「小心總是上策。」范閒低頭說道，心裡無比惱火，皇帝玩這麼一齣，不知要嚇壞多少人。

王啟年領命而去，此時一位穿著布衣的漢子走到范閒的身邊，躬身行禮道：「奉陛下旨意，請大人吩咐。」

范閒看了此人一眼，溫和說道：「副統領，陛下的貼身防衛還是你熟手些，有什麼不妥之事，我們倆再商量。」

慶國皇宮的安全由禁軍和大內侍衛負責，兩個系統在當年基本上是一套班子，幾年前的大內侍衛統領是燕小乙，副統領則是宮典，統領禁軍與侍衛。

而在慶曆四年，范閒夜探皇宮之後，皇宮的安全防衛布置進行了一次大改變，燕小乙調任戍北神策軍大都督，禁軍和侍衛也分割成兩片，如今的大皇子負責禁軍，而宮內的侍衛由洪四庠一手抓著。

此時與范閒說話的人，正是大皇子的副手，禁軍副統領。范閒與他說話自然要客氣一些，卻不及寒暄，直接問道：「禁軍來了多少人？」

「三千。」禁軍副統領恭敬回道：「都在澹州城外應命。」

范閒點了點頭，心想三千禁軍，再加上皇帝身邊那些如林高手，安全問題應該可以保障。

他回頭看了一眼老宅裡隱現一角的二層小樓，微微出神，想到第一次離開澹州的時候，奶奶曾經說過讓自己心狠一些，同時也想到奶奶曾經說過，自己的母親便是因為太過溫柔，才會死於非命。

范閒更在這剎那間想到了幼年時，奶奶抱著自己說過的那些話，那些隱隱的真相。忽然間，他的心動了一下——然而卻馬上壓制下來，嘆著氣搖了搖頭。

皇帝身邊的洪四庠深不可測，五竹不在身邊，影子和海棠朵朵也不在，自己加上王十三郎，力量並不足夠強大，而且自己遠在澹州，無法遙控京都裡的動向，最關鍵的是……范閒必須承認，直至今日，皇帝老子對自己還算不錯。

他自嘲地一笑，想將這份意淫從自己的腦海中揮出去。

禁軍副統領卻不知道他心裡在想著某些大逆不道的事情，以為范閒是擔心皇帝安全，少不得勸說幾句，拍著胸脯表示了一下信心。

澹州的碼頭上，圍觀的百姓早已經被驅逐得看不見蹤影，來往的漁船也早已各自歸港。整座城，似乎都因為碼頭上那位身穿淡黃輕袍的中年男子到來，而變得無比壓抑和敬畏。

只有天上的浮雲、海中的泡沫、飛翔於天水之間的海鷗似乎感受不到這種壓力，依然很自在地飄著、浮著、飛著。

鳥兒在海上覓食，發出尖銳的叫聲，驚醒了在碼頭上沉思的皇帝。

他向後招了招手，說道：「到朕身邊來。」

先前一直在木板碼頭下方看著皇帝身影的范閒，聽著這話，跳上木板，走到皇帝的身邊，略微靠後一個位置，向著前方，看著那片一望無際的大海。

「再往前一步。」皇帝負著雙手，沒有回頭。

范閒一怔，依旨再進一步，與皇帝並排站著。

海風吹來，吹得皇帝臉頰邊的髮絲向後掠倒，卻沒有什麼柔媚之意，反而生出幾分堅毅到令人心折的感覺。他的腳下，海浪正在拍打著木板下的礁石，化作一朵雪、兩朵雪……無數朵雪。

「把胸挺起來。」皇帝眼睛看著大海的盡頭，對身旁的范閒說道：「朕不喜歡你扮出一副窩囊樣子。」

范閒微微一笑，明白皇帝此時的心境，依言自然放鬆，與他並排站著，並不開口說話。

「朕上次來澹州的時候，連太子都不是。」皇帝緩緩說道：「當日陳萍萍就像洪四庠一樣站在身後，你父……范建就像你此時一樣，與朕並排站著，洗沐著澹州這處格外清明的海風。自從當上太子後，范建便再也不敢和朕並排站著了。」

范閒微微偏頭，看見皇帝的脣角閃過一絲自嘲。

皇帝微嘲說道：「等朕坐上那把椅子，南征北戰，不說站，便是敢直著身子和朕說話的人都沒有了。」

范閒恰到好處地嘆了一口氣。

「當日我們三人來澹州是為了散心，其時京都一片混亂，兩位親王為了奪嫡暗中大打出手，先皇其時只是位不起眼的誠王爺。」皇帝淡漠說道：「我們這些晚輩，更是沒有辦法插手其中，只好躲得離是非之地越遠越好。」

他偏頭看了范閒一眼，說道：「其實和你現在的想法差不多，只不過你如今卻比當年的朕要強大許多。」

范閒微笑說道：「關鍵是心……不夠強大，有些事情，總不知該如何面對。」

「想不到你對承乾還有幾分垂憐之情。」皇帝回過頭去，冷漠說道：「不過這樣很好……當年我們三人在這碼頭之上，看著這片大海，胸中卻沒有對誰的垂憐之情，我們想的只是如何自保，如何能夠活下去……朕時常在想，當日看海，或許也只是在期盼海上忽然出現一個神仙。」

范閒沉默著，知道皇帝接下來會說什麼。

「海上什麼都沒有，就像今天一般。」皇帝緩緩說著，脣角再次浮現出一絲笑意。「然而當我們回頭時，卻發現碼頭上多了一位女子，還有她那個很奇怪的僕人。」

范閒悠悠嚮往說道：「其實兒臣一直在想，當年您是如何結識母親的。」

皇帝的身子微微一震，被范閒這神來一聲的「兒臣」震動少許，才發現這小子竟是下意識說出來，脣邊不由得露出一絲很欣慰的笑意。

然而他沒有繼續這個話題，只是說道：「先前與你說過，從沒有人敢和朕並排站著……卻只有你母親敢……不論是做太子還是皇帝，你母親都敢與朕並排站著，看看大海，吹吹海風，根本不把朕當什麼特殊人看待……甚至，有時候會毫不客氣地鄙視朕。」

皇帝自嘲笑道：「她死後，這個世界上便再也沒有這種人了……朕不指望你能承襲她幾分，只覺著你不要太過窩囊，平白損了朕和你母親的威風。」

范閒苦笑想著：這是您在撫古思今，才允許我站會兒，至於威風……還是免了吧，小命要緊。

「陛下，還是回京吧。」范閒終於說出了自己想說的話，略帶憂慮之色說道：「離京太久，總是……」

見他欲言又止，皇帝冷冷說道：「把你想說的話都說出來。你不過是想說，怕有人趁朕不在京都，心懷不軌。」

皇帝看著大海，平靜到了冷漠的地步，輕聲說道：「朕此行臨海祭天，正大光明地廢儲，便是要瞧瞧，誰有那個勇氣和膽量；便是要看看，今日慶國之江山，究竟是誰的天下。」

第三十四章　浪花自懸崖上生

海邊鳥聲陣陣，碼頭下的水花輕柔拍打，遠處懸崖下的大浪頭拍石巨響，轟隆隆的聲音時響時息。范閒站在木板上，不為皇帝的熱血言論所惑，認真說道：「萬乘之尊，不臨不測之地，臣再請陛下回京。」

「京都有太后坐鎮，有陳萍萍和兩位大學士，誰能擅動！」皇帝望著大海，不耐煩地揮了揮手，說道：「要奪天下，便要奪那把椅子，首先便是要把坐在椅子上的朕殺了……殺不了朕，任他們鬧去，廢物造反，十年不成。」

范閒默然無語，心想這位皇帝真是個怪胎，無比強大的自信與無比強烈的多疑混合在一起，造就了此人自戀到極點的性格……皇帝想玩引蛇出洞，說不準哪天就死在自戀上，問題是自己可不想做陪葬品。

「安之，你要知道，要看清楚一個人的心是很難的。」

皇帝忽然感慨起來，不知道是在說自己的兒子，還是自己的妹妹。便在這一句難得的感慨出口之後，他的神色間忽然蒙上一層疲憊，眉眼皺紋間盡是說不出的累。

這疲憊不是他在朝堂龍椅之上刻意做出來給臣子們看的疲憊，而是真正的疲憊，一種從內心深處生起的厭乏之意。

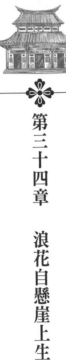

范閑在一旁平靜端詳著皇帝的面容神情，心頭不知掠過了多少念頭，這是他第一次在皇帝的臉上，看到如此真實而近人的表情。

然而這種真實的情感流露，就如同澹州海港斜上方雲朵一般，只是偶爾一綻，遮住了那些刺眼的陽光，馬上飄散，幻化於瓷藍天空之上。瞬間之後，在皇帝的臉上，再也找不到絲毫的痕跡。

剩下的，只是萬丈陽光般的自信與堅忍，偶露凡心，那人馬上又回復到一位君王的角色之中。

看著這一幕，范閑也不禁有些感慨，喟嘆道：「所謂畫人畫虎難畫骨，知人知面不知心，平日裡溫柔相應也罷了，誰知哪一日會不會拿著兩把直刀，戳進彼此的胸口。」

皇帝明顯不在乎范閑感慨的對象究竟是誰，只是在這種情緒的圍繞之中，回思過往。他望著大海出神微怔，幽幽說道：「世人或許都以為朕是個無心之人、無情之人，但其實他們都錯了。」

范閑在一旁靜靜地看著他，沒有接話。

皇帝緩緩說道：「朕給過他們太多次機會，希望他們能夠幡然悔悟，甚至直到此時，朕都還在給他們機會，若不是有情，朕何須奔波如此？」

范閑暗想，勾引以及逼迫他人犯錯，來考驗對方的心，細觀太子和二皇子這數年裡的苦熬，皇帝如此行事，究竟是有情還是有病？

「便如你母親……」皇帝的眼睛微微瞇了起來，似乎覺得飄出雲朵的太陽太過刺眼。

范閑的心微微收緊，細心聽著皇帝說的每字每句。

皇帝看了他一眼，又將臉轉過去，淡淡說道：「她於慶國有不世之功，於朕，更是……談得上恩情比天，然則一朝異變，她，以及她的葉家就此成為過往，身遭慘死……而朕，卻一直隱而不發，雖之後有稍許彌補，但較之她恩義，朕做的實在很少。」

范閒明白他說的是什麼意思。母親逝世之後，皇帝忍了兩年，才將京都裡牽涉此事的王公貴族一網打盡，但是……卻留下了幾個很重要的人物沒有殺，如果說這是復仇，這個復仇未免也太不徹底了一些。

皇帝幽幽說道：「朕沒有說過，他們兩人也沒有問過。但朕知道，他們的心裡都有些不甘，對朕都有怨懟之心……」他的唇角忽然浮起一絲自嘲。「可這件事情朕能如何做？就此不言不語，將葉家收歸國庫，將葉氏打成謀逆，是為無情。可要替葉家翻案，那太后將如何自處？還是說……朕非得把皇后廢了、殺了，才算是真的有情有義？」

很奇妙的是，皇帝就算說到此節，話語依然是那般的平靜，沒有一絲激動，讓旁聽的范閒好生佩服。他當然清楚，所謂有怨懟之心的「他們」，說的當然是父親范建以及院長陳萍萍。

「身為帝王，也不可能虛遊四海無所絆……」皇帝平靜說道：「若朕真的那般做了，一樣是個無情之人，而且整個朝廷會變成什麼模樣？朕想，如果她活著，也一定會贊成朕的做法。」

「她要一個強大而富庶的慶國，朕做到了。」皇帝的臉上浮現出一絲堅毅的神色。「環顧宇內，慶國乃當世第一強國，慶國的子民比史上任何一個年頭都要活得快活，朕想這一點，足慰她心。」

范閒沉默不語，在重生後的這些年裡，他時常問自己，慶國究竟是一個什麼樣的國度，皇帝究竟是一個什麼樣的人。雖然入京之後，對於這一切有了更深切的了解，也終於觸碰到皇帝那顆自信、自戀、自大、自虐的心……然而他不得不承認一點，就算前年大水、今年雪災，慶國官僚機構效率之高、民間之富、政治之清明，較諸前世曾經看過的史書而言，不知要強上多少倍。

換句話說，此時的慶國毫無疑問是治世，甚至是盛世，此時他身旁的皇帝，毫無疑問是明君，甚至是聖君——如果皇帝的標準只是讓百姓吃飽肚子的話。

「她說朝廷官員需要監督，好，朕還是太子的時候，就進諫父皇設了監察院。」

「她說閹人可憐又可恨，所以朕謹守開國以來的規矩，嚴禁宦官干政，同時卻又令內廷、太常寺核定宦官數目，盡量讓宮中少些畸於之人。」

范閒連連點頭，慶國皇宮內的太監數量比北齊要少多了，這毫無疑問是一件德政。

「她說一位明君應該能聽得進諫言，好，朕便允了都察院御史風聞議事的權力。」

皇帝越說越快，越出神，而范閒卻是忍不住咬著嘴裡的嫩肉，提醒自己不要因為想到朝堂上御史們被廷杖打成五花肉的屁股……而笑出來。

「她說要改革，要根治弊端，好，朕都依她，朕改元、改制，推行新政……」

范閒終於忍不住苦笑起來。

慶曆元年改元，而那時的改制其實已經是第三次新政，老軍部改成軍事院，又改成如今的樞密院；太學裡分出同文閣，後來改成教育院又改了回去，就連從古到今的六部都險些被這位皇帝換了名字。

慶國皇帝一生功績光彩奪目，然則就是前後三次新政，卻是他這一生中極難避開的荒唐事。直至今日，京都的百姓說起這些衙門來還是一頭霧水，每每要去某地，往往要報上好幾個名字。

如此混亂不堪的新政，如果不是皇權的強大威懾力，以及慶國官吏強悍的執行力，將朝堂扭回了最初的模樣，只剩下那些不和諧的名字……只怕慶國早就亂了。

皇帝看他神情，自嘲地笑了起來。「你也莫要掩飾，朕知道，這是朕一生中難得的幾次糊塗……只是那時候你母親已經不在了，朕也只知道個大概，犯些錯誤也是難免。」

范閒心頭微動，暗想母親死後，皇帝還依言而行，從這份心意上來講，不得不說，皇帝在這件事上，還算是個有情之人。

「在你母親去之前，朕聽了她許多，然而後來卻不能為她做些什麼……」皇帝閉著眼睛，幽幽說道：「所以她去之後，朕把當年她曾經和朕提過的事情都一一記在心上，想替她實現，也算是……對她的某種承諾或是愧疚。」

范閒嘆了口氣，說道：「母親如果還活著，一定對陛下恩情感佩莫名。」

「不，不是恩情。」皇帝睜開眼睛，平靜地說道：「只是情義。至於感佩，那更是不可能的事情，朕只是想做些事情，以祭她在天之靈，並不奢求其餘。」

皇帝忽然笑了起來，說道：「她當年曾經用很可惜的語氣說到報紙這個東西，說沒有八卦可看，沒有花邊新聞可讀……朕便讓內廷辦了份報紙，描些花邊在上面，此時想來，朕也是胡鬧得厲害。」

范閒瞠目結舌，內廷報紙號稱慶國最無用之物，是由大學士、大書法家潘齡親筆題寫，發往各路各州各縣，只由官衙及權貴保管，若在市面上，往往一張內廷報紙可以賣不少銀子。

當年他在澹州時，便曾經偷了老宅裡的報紙去換銀子花，對這報紙自然是無比熟悉，其時便曾經對這所謂「報紙」上的八卦內容十分不屑，對於報紙邊上繪著的花邊十分疑惑，而這一切的答案竟然是……

老媽當年想看八卦報紙，想聽花邊新聞！

范閒的臉色有些古怪地看著皇帝，強行壓下將要脫口而出的話語。他本想提醒皇帝，所謂花邊新聞，指的並不是在報紙的邊上描上幾道花邊。

皇帝沒有注意到他的神情，說得越來越高興。「你母親最好奇陳萍萍當年的故事，所以慶曆四年的時候，朕趁著那老狗回鄉省親，讓內廷報紙好生地寫了寫，若你母親能看到，想必也會開心才是。」

范閒哈哈大笑了起來，他也記得這個故事。慶曆四年春，自己由澹州赴京都，而當時京都最大的兩件事情，一是宰相林若甫私生女曝光，同時與范家聯姻；第二件便是內廷編修不懼監察院之威，大曝監察院院長陳萍萍少年時的青澀故事。

海邊的日頭漸漸升高，從面前移到了身後，將皇帝與范閒的影子打到了不時起伏的海面上，偏生海水也來湊趣，讓波浪清減少許，漸如平靜一般反襯，映得兩人模糊的影子越來越清楚。

范閒含笑低頭，心想皇帝終究也是凡人，正如自己念念不忘慶廟，他也念念不忘澹州。大概這一世中，也只有在澹州的碼頭上，皇帝才會說出這麼多的話來。

而正是這番非君臣間的對話，讓范閒對於這個皇帝多出了少許的好感，多出了更深刻的認識，同時也多出了更多的煩惱。

他嘆了口氣，將目光投向海上，暗道心中的煩惱終究是將來的事情，而眼前的煩惱已經足夠可怕了。

「你在擔憂什麼。」皇帝的心情比較輕鬆，隨意問道。

范閒斟酌半晌後說道：「膠州水師提督……是秦家子弟。」

皇帝正式出巡，不知道需要多大的儀仗，即便慶國皇帝向來以樸素著稱，可在防衛力量上，朝廷也下了很大的工夫。陸路上，州軍在外，禁軍在內，外加一千高手和洪四庠那個老怪物，可稱鋼鐵堡壘。

而在水路之上，膠州水師的幾艘戰艦也領旨而至，負責看防海上來的危險。范閒說這句話的時候，眼睛正微瞇盯著海面，盯著那些膠州水師派來護駕的船隻。

皇帝面色平靜，似乎沒有將范閒的提醒放在心上，說道：「朕終有一日會為山谷之事，替你討個公道，然秦老將軍乃國之砥石，勿相疑。你既已調了黑騎過來，百里內的突擊便不須擔心，何必終日不安作喪家犬狀。」

范閒這才想到皇帝另一個很久沒用的身分乃是領軍的名將，一笑領命，不再多言。

第三十五章　白雲自高山上起

第二日天矇矇亮，一行隊伍便離開了澹州港。既然是聖駕，陣勢自然非同一般，雖然各式儀仗未出，可是前後拖了近三里地的隊伍，密密麻麻的人群，拱衛著正中間那輛貴氣十足的大型馬車，看上去聲勢驚人。

澹州城的百姓們跪在地上，恭敬地向離開的皇帝磕頭，或許這是他們這一世第一次也是唯一一次見到皇帝的機會，身為慶國的子民，誰也不願意錯過。

范閒騎著馬，拖在隊伍的後方，面帶憂色地看著遠處行走在官道之上的隊伍。他馬上就要隨侍皇帝去大東山祭天，然而他的心中充滿了不安與惘然。

昨天夜裡，他與任少安私下碰了個頭，才知道原來皇帝之所以選擇大東山祭天，並不僅僅是因為皇帝開始想念自由的空氣、當年的相逢、澹州的海風，而是因為……原本最初打算在京都慶廟祭天，卻出現了很難處理的困難。

什麼困難？

京都慶廟裡沒有人有資格主持這麼大的祭天儀式！

這真是一個很荒謬的理由。慶國向來信仰刀兵，雖敬畏鬼神卻遠之，尤其是在當今皇帝的影響下，神廟一系的苦修士力量在慶國日漸衰弱，北齊苦荷為首的正宗天一道更是無法進入慶國的廟宇體系。

而唯一剩下的幾個德高望重的大祭祀卻在這幾年裡接連出了問題。首先是那位大祭祀自南荒傳道歸京後，不足一月，便因為年老體衰，感染風疾死亡。

而二祭祀三石大師，卻是慘死在京都郊外的樹林裡。

范閒隱約能夠猜到，慶廟大祭祀的死亡應該是皇帝暗中所為，只是這樣一來，如果要祭天，還真的只能去大東山了，那裡畢竟是號稱最像神廟的世間地，最玄妙的所在，天下香火最盛的地方。

可……僅僅就是因為這樣一個有些荒唐的原因嗎？

范閒一夾馬腹，皺著眉頭跟上了隊伍。聖駕的護衛工作有條不紊地進行著，並不需要他操太多心，尤其是看著那些夾在禁軍之中、多達百人以上的長刀虎衛，他更應該放心。

七名虎衛可敵海棠朵朵，一百名虎衛是什麼概念？

他應該放心，可他依然不放心。在很多人的概念中，范閒大約是個玩弄陰謀詭計的好手，但自家人知自家事，他明白自己的算計實在稱不上如何厲害，以往之所以能夠在南慶、北齊戰無不勝，那是因為他有言冰雲幫襯，有陳萍萍照拂，最關鍵的是……他最大的後臺是皇帝，以此為靠山，遇山開山，哪裡會真正害怕什麼。

可如果一個陰謀的對象針對的就是自己的靠山，范閒自忖自己並沒有足夠的智慧去應付這種大場面。

他把自己看得很清楚，所以格外小心敏感，想到那樁從昨天起一直盤桓心中的疑問，更是感到了絲絲警惕。

皇上出巡，這是何等的大事，就算自己當時在海上漂蕩，斷了與監察院之間的情報網路，可是……主持京都院務的言冰雲一定有辦法通知自己，啟年小組的內部線路一直保持著暢通，為什麼言冰雲沒有事先通知？

他召來王啟年，問了幾句，得到了院報一應如常的回報，忍不住撓了撓頭，沒有再說什麼。他自嘲一笑，覺得自己太多疑了，有些病態。

走的是陸路，也只花了幾天時間，便看見了那座孤懸海邊，擋住了萬年海風、遮住了東方日出，孤零零、狠倔無比地像是半片玉石般刺進天空裡的那座大山。

范閒騎著馬，跟在皇帝的車駕之旁，下意識用手搭了個涼篷，瞇著眼看著那座大山讚嘆了起來。這已經是他第三次看見海邊的大東山了，然而每次見到，總是忍不住會嘆息一聲，感嘆天地造化之奇妙。

如斯壯景，怎能不令人心胸開闊？感嘆之餘，范閒也有些可惜與惱火，在澹州一住十六年，卻根本不知道離故鄉並不遙遠的地方，便有這樣一處人間聖地，不然當年自己一定會拉著五竹叔經常來玩。

雖然朝廷封了大東山的玉石挖掘，但是並不嚴禁百姓入廟祈神，如果當年范閒時常來玩，想必也沒有人會阻止他。

不過如果他還是一個孩子，今天想進大東山，便沒有那麼容易了。

山腳下旗幟招展，數千人分行而列，將這大東山進山的道路全部封鎖起來。在三天之前，聖旨便已上了大東山，山上廟宇的祭祀修士們此時都在山門之前恭謹等候著聖駕，而那些上山進香火的百姓則早已被當地的州軍們驅逐下山。

這座孤零零的大山，此時數千人斂聲靜氣，一種壓抑的、森嚴的氣氛籠罩四野，這一切只是為了那一個人，那天下第一人。

姚公公踩上了木格，從大車內將一身正裝、明黃逼人的皇帝從車內扶出來，皇帝站在車前的平臺上。

沒有人指揮，山腳下數千人齊刷刷地跪下去，山呼萬歲。

皇帝面色平靜地揮揮手，示意眾人平身，被姚公公扶下車後，便很自然地脫離了他的手，雙手負於身後，向著被修葺一新、白玉映光的山門處走去。

洪四庠跟在皇帝的身後。

范閒又拖後了幾步，平靜地留意著場間的局勢。

走到山門之下，那幾位穿著袍子的祭祀恭敬地向皇帝再次行禮，然後極其諂媚地佝著身子，請皇帝移步登上，聆聽天旨。

范閒看著這幕，在心底暗自笑了起來，慶國的僧侶果然不如北齊那邊的有地位。

皇帝卻沒有馬上移步，看著華美的山門，溫和笑著說道：「第一道旨意是月前來的，朕來的確切時間是三日前定的，廟裡的反應倒是挺快，只是不要太擾民生，一座山門便如此華麗，當心東山路沒銀子。」

那幾位祭祀面色一窘，那位大東山廟的主祭顫著聲音解釋：「陛下，只是一座山門，峰上廟宇還是如二十幾年前那般，絲毫沒有變過。」

皇帝微微一笑說道：「如此便好。」

在一旁匆匆趕來侍駕的東山路總督何詠志擦了擦額頭的汗水，心想自己莫要拍馬屁拍到馬腿上，幸虧皇帝後面的話語算是溫柔。

皇帝看了這位總督一眼，皺眉說道：「朕給你信中不是說過，讓你不要來？」

何詠志乃天下七路總督之一，雖比薛清的地位稍弱，可也稱得上是一品大臣，但在皇帝面前，卻沒有絲毫大人物的風範，苦笑說道：「陛下難得出京，又是來東山路，臣及路州官員俱覺榮彩，怎能不前來侍候。」

很明顯，七路總督都是慶國皇帝最信得過的親信之臣，皇帝笑罵道：「滾回你的濼州去，總督統領一方官軍，做好分內事便罷，朕身邊何時少過侍候的人……」他看了身後的范閒一眼，說道：「有范提司跟著，你就回吧。」

何詠志不敢反對，知道皇帝雖然面相溫和，但向來說一不二，也不敢再耽擱，又跪下叩了個頭，與范閒點了點頭算是打過招呼，便急匆匆地領著人回到總督府所在的濼州去了。

范閒微笑看著，一言不發。

大東山極高，如果以范閒的計量單位來算，至少有兩千公尺；而在這座山的四周除了大海便是平原，兩相一襯，愈發顯得這座山峰突兀而起，高聳入天，若要登臨而上，無人不覺心驚。

好在大東山臨海一面是光滑無比的玉石壁，而在朝著陸地的這邊卻是積存了億萬年的泥土生命。石階兩側，青草叢生，高樹參天而起，枝葉遮住了夏日初起的陽光，隨著山風輕舞，就像是無數把綠色小扇子，帶給行走其間的人們絲絲涼意。

或許正是如此清幽美景，才給了那些上山添香火的百姓們勇氣，讓他們能夠走完這似乎永遠沒有盡頭的石階。

數千禁軍布防於大東山之下，隨著皇帝登臨大東山祭天的是洪四庠、范閒、禮部尚書等一干大臣，還有數名太監隨侍。逾百名的虎衛也警惕地散布在皇帝的四周，只是他們走的不是石階而是山間的小路，要更困難一些。

萬級石階著實很考驗人的毅力與精力，百姓們都把這條長長的石階稱為登天梯，只有登上去了，才顯得心誠，才能憑藉大東山之廟的神妙作用治療病患。

然而今日之行卻不是百姓去求神。行走在小路上的虎衛們自然能支撐，就連那些太監似乎都猶有餘力，可是禮部尚書和任少安這些文臣卻快挺不住了，顧不得在皇帝面前丟臉，一個個扶著腰、喘著氣。

范閒自幼爬山跳崖，走萬級石階當然不在話下，便是連重氣都沒有喘一聲，他注意著這些人，發現跟在皇帝身邊的太監居然如此舉重若輕，不由得暗自咂舌——洪四庠當然是怪物，姚公公身負武學他也是知道的，可是就連端茶遞水的太監都是好手，不得不讓他感覺到皇帝的身邊，果然是臥虎藏龍。

不知道過了多久，一行人終於登上了峰頂。包括幾名祭祀和幾名文臣都無力地癱軟在地，半晌回不過神來。

皇帝嘲笑地看了這些人一眼，卻也懶得責怪什麼，自己一人負著雙袖走到大東山峰頂的懸崖邊上，看著崖前的浮雲和斜上方的那個日頭，臉色無比平靜、無比喜樂，似乎他終於達成，或者即將達成一個目標。

范閒跟在他的身後，微微一笑，看出皇帝的胸膛微微起伏，面色微紅有潮汗。看來皇帝身體雖然強健，但畢竟也不是當年馬上征戰的年輕人了，只是為了天子的顏面，強行忍著。

休息片刻之後，隨行的人員開始安排一應儀式以及很麻煩的那些住宿、飲食，而皇帝和范閒還站在懸崖邊上，父子二人似乎被這大東山下的奇妙景象吸引住了，一言不發，只是怔怔地看著眼前。

他們的眼前是大海，一望無際的大海，只是由此間看到的大海和在澹州碼頭上看到的大海不一樣。

澹州處的海是那般的親近卻又不易親近，或平伏或波瀾，近在腳下，聲在耳邊，白沫打溼了褲腳。大東山下的海是那般的遙遠而冷漠，站在懸崖邊根本聽不到海浪咆哮的聲音，視線順著玉石一般光滑的山壁望去，只能看到海上一道一道的白線前仆後繼，沖打著大東山的石壁，打溼大東山的腳，做著永世的無用功。

懸崖的前面是一層層極薄極淡的雲，像是白色的紙張一樣，或高或低地在崖間緩緩流淌。海面上的紅日早已升起來了，卻似乎沒有比大東山高多少。站在山上，太陽彷彿特別的近，光芒從那些白雲裡穿透過去，煥發著扭曲而美麗的線條，漸漸將那些純白的雲變得更淡，淡到快要消失在空氣中。

看雲消雲散，觀潮起潮落？范閒下意識揉了揉鼻子，自嘲地笑了起來，自己為什麼要站在這裡，站在皇帝的身邊？然後他看見皇帝的身子晃了一晃。

范閒大驚，閃電般伸出手去，左手如蒲扇一張，手指微屈用力，剎那間大劈棺、小手段齊出，於電光石火間抓住皇帝的手，把他後拉了一步。

二人的腳下便是萬丈深淵，若從這裡掉下去了，哪裡還有活路？范閒一陣心悸之後，才覺得自己有些冒失，道歉請安，又注意到身後的洪四庠用一種很怪異的目光看了自己一眼。

皇帝輕撫額頭，自然不怒，反而自嘲說道：「看來朕果然老了，看久了竟有些暈眩。」

忽然間，皇帝放下手，微笑望著范閒問道：「你相信世間真有神廟嗎？」

第三十六章　廟中人

范閒心頭一怔，微微低頭，半晌後說道：「信。」

「你相信世間真有神嗎？」皇帝平靜地望著他。

范閒直接回答：「信。」

他不知道皇帝為什麼要問這個問題，但他范閒能夠轉世重生於慶國這片土地，對於神蹟這種事情，毫無疑問深信不疑。此世的范閒不是前世的范慎，他是最道道地地的唯心主義者。

「你隨朕來。」

范閒滿頭霧水，跟著神祕兮兮的皇帝，朝著隱於峰頂樹木之中的廟宇行去。大東山之名盛傳於天下，初始是玉石之名，其後是神妙之名，不知有多少無錢醫治的百姓，曾經在此地祭神之後，病情得到了極大的好轉，更被天下的苦修士們奉為聖地……

問題是，以前范閒總以為此事只是慶廟在故弄玄虛，愚婦痴人們將心理安慰當成了真正的療效，可是此時皇帝的臉色卻顯得如此慎重，難道說這座山峰之上的慶廟真的可以上聞天意，能夠與傳說中虛無飄渺的神廟取得聯繫？

懷揣著無數的疑惑與微微的激動，范閒跟著皇帝繞過一條清幽的石徑，來到了廟宇之後某間格外古舊的小廟之前。此間山風頗勁，吹拂得廟簷下鈴鐺微動，發著清脆靜心的脆響。

看來在山腳下那些祭祀沒有說謊，山頂的這些廟宇明顯很多年沒有修過了，只是這千年山風吹著，卻沒有把這古舊的小廟吹成廢墟。

看著這間小廟建築的樣式，看著那些烏黑肅殺的顏色，范閒心中一動，油然生出一股敬畏的感覺，就像是當年他在京都第一次要進慶廟時那般。

只是那時皇帝在慶廟裡，自己在慶廟外，今天卻是他跟著皇帝來到了一個似乎超出塵世的地方。范閒生出一種奇怪的感覺，皇帝似乎對這條道路，或者是對大東山的一切都很熟悉。

站在小廟的外面，皇帝平靜說道：「不要好奇，也不要聽著厭煩……其實原因很簡單，當年和你母親在澹州遇見後，我們當然不會錯過大東山的景致，我們曾經在這裡待過一段時間。」

雖不知皇帝是如何猜到自己心思，但驟聞此言，范閒的心情頓時變得不一樣，再看四周的古舊建築，眼光裡便帶著一股親切與嚮往。

然而皇帝接下來的話，卻馬上粉碎了范閒輕鬆愉悅的情緒。

「萬乘之尊不入不測之地。」皇帝冷笑一聲，重複了昨日范閒在澹州進諫時的話語，說道：「朕知道這兩日你在擔心什麼，朕來問你，若是你此時在京都，你是那個女子，你會如何做？」

范閒沒有故作姿態地連道惶恐，而是直接陷入了沉思之中。這個問題他已經思來想去無數次，可最後發現，慶國如果發生內亂，京都出現問題，此時被幽禁在別院之中的永陶長公主，只有一條路走。

或許她會做很多事情，但所有事情的中心，一切奪位的基礎，正如昨日皇帝所言，只有一個——殺死皇帝。

「首先我要脫離監察院的監視，與自己的力量取得聯繫。」范閒有些不自信地說道：「但這件事情必須是幾個月前就開始，我不認為長公主有這個能力。」

皇帝冷漠說道：「你能相信兩個人便能將一座宮殿點燃嗎？還是在一個雷雨交加的凌晨。」

范閒搖搖頭，不敢有太多情緒的展示。他透過自己的管道了解了數月前皇宮之變的內幕，知道當時東宮起火，正是太子為了自救，為了驚動太后而做出的行動。當時他只顧著佩服太子的行動力，此時聽皇帝一說，才想起來這件事情有蹊蹺。

「朕殺了那麼多人，她一點兒反抗都沒有。」皇帝說道：「卻還有多餘的心思放在東宮，助太子一臂之力，朕這個妹妹，行事總是這樣地讓人看不明白。若說她能夠躲開監察院的監視，與她的那些人聯繫，朕一點兒都不會覺得奇怪。」

由這段對話可以聽出，皇帝在經歷了妹妹與兒子的背叛……錯！應該說是他自以為是地逼著妹妹與兒子背叛，還是未到來的背叛後，整個人的性情有了極細微的變化，已經將范閒這個自幼不在身邊、入京後表現得格外純忠隱孝的私生子，當成了最可信任的人物。

然而這種信任卻讓范閒壓力倍增，他揉了揉有些發澀的喉嚨，看了皇帝一眼，繼續說道：「如果說數月之前，長公主便已經聯繫到了她的人，那她只需要等待一個時機，而臣以為……陛下此時遠離京都，便是最好的時機。」

「你只需要說她會怎樣做，不需要時時刻刻提醒朕這一點。」

「是……臣以為長公主會傾盡她二十年來經營的所有力量，務求在大東山或是回京途中雷霆一擊，不論成敗，封鎖陛下的消息，向天下妄稱陛下……已遭不幸，由太子或二皇子繼位。」

「不用說不論成敗這種廢話，既然要做，她自然是要朕死的。」

范閒的分析很粗淺、很直接，但永陶長公主李雲睿如果真的能輕身而出，她一定會這樣選擇。所謂陰謀，最後還是一個生死的問題、勝負的問題，只要生死已定、勝負已分，她在京都有皇子們的支持，有葉、秦二家的支持，再把皇帝遇刺的事情往范閒的身上一扔……那把龍椅有誰能坐？除非陳萍萍領著區區可憐的六百黑騎再次造反去。

他低頭說道：「陛下既然來此，自然胸有成竹。」

皇帝看了他一眼，幽幽說道：「雲睿能有什麼力量？君山會？朕現在想來，去年應該聽陳萍萍及你一言，將那個勞什子破會掃蕩乾淨才是。」

「君山會只是一個疏散的組織。」范閒重複了一遍自己岳父大人的推論。「關鍵是長公主能夠調動怎樣的力量。」

「大東山孤懸海邊，深在國境之內，根本無法用大軍來攻。」皇帝冷笑說道：「萬里登天梯，若有人敢來刺殺朕，首先要有登天的本領才行。」

范閒微微低頭，明白皇帝說的是什麼意思。大東山的位置很妙，難以發動大軍來攻，北面澹州連環的高山懸崖，阻住了最後一絲軍隊來襲的危險。

既然不用考慮這點，要刺殺一國之君，更是天下第一強國的君主，只能動用刺客。而一般的庸手根本沒有什麼意義，連最外層禁軍的防禦圈都突破不了，更何況山頂上那逾百名的可怕虎衛、高手。

來者不善，善者不來，若永陶長公主真有心刺駕，刺客的水準可想而知。

「葉流雲是君山會的供奉。」范閒沉默說道：「長公主自身的高手不多，但臣經歷山谷狙殺一事後，總以為朝中有些人，現如今是愈發地放肆了，放肆之人，無論做出什麼事情來，都不出奇。」

這說的自然是慶國內部那些軍方的大老們，如果這些人集體站到皇帝的對立面，會是什麼樣的狀況？

皇帝沒有接范閒的話，只是靜靜說道：「朕此次親駕大東山，不只你疑惑，便是那兩位大學士也極力反對，可朕依然要來……其一，自然是因為朕在宮中待得久了，朕想出來走走，看看當年經過的地方。其二，承乾傷了朕心，朕要廢他，便要光明正大地廢，不能予人半點兒口舌。」

范閒想了起來，身旁的這位皇帝，大概算得上是有史以來最勤勉也最古怪的皇帝，自登基以後，尤其是在大的戰事結束之後，便再也沒有出過京都，沒有進行那些盛世之君例行的全國旅遊活動。

甚至皇帝連皇宮都很少出，范閒只知道在太平別院外看見的那一次。

皇帝忽然頓了頓，微笑說道：「第三個原因很簡單，朕是刻意要給雲睿一次機會，看看那個君山會……是不是真的能把朕這個君王刪除了。」

范閒搖頭說道：「還是臣說過的那些話，何須行險？何須來此？陛下乃天下之主，一道旨意下去，君山會那些殘存立馬土崩瓦解，根本不值一提。」

「是嗎？可葉流雲呢？」皇帝微微一笑，眉頭漸漸舒展。

范閒語塞，此時才終於明白皇帝究竟自信到什麼程度，原來他以自身為餌，所謀不是旁人，正是那位君山會的供奉葉流雲！

慶國大宗師葉流雲！這位飄然海外的瀟灑強者，在野，皇帝在朝，二人互相制衡、妥協，才造就了葉家與皇室之間亦忠亦疏的關係。如果皇帝能夠將葉流雲斬於劍下，那慶國的內部再也沒有一絲一毫的力量能夠動搖他統治的基礎。

換句話說，葉流雲一直是皇帝心頭的一顆毒瘤，而今日來大東山，則是藉大東山之神妙，割瘤來了！可是范閒還是覺得無比荒謬，就算皇帝有逾百虎衛，有洪四庠這個神祕的老怪物，可是永陶長公主若動，肯定有無數力量配合葉流雲；葉流雲即便刺駕不成，以大宗師超凡脫俗的境界，又怎麼留下他？

范閒曾經在杭州城裡親身經歷過葉流雲半劍傾人樓，所以知道葉流雲的實力恐怖到了什麼程度——除非用慶國鐵騎連營，再加上弩箭不斷齊射，或許有可能將葉流雲狙殺於原野之上。可是此時皇帝身在孤峰之中，葉流雲飄然而至，飄然再去，根本不會給虎衛合圍的機會。

至於山腳下的禁軍，礙於地勢，也無法結成騎兵衝鋒陣勢。

『怎樣能夠殺死一位大宗師？』

這是范閒思考了整整一年的事，他得出了很多結論，其中最保險的當然是隔著五百公尺，拿著自己當寶貝兒子一樣私藏的狙擊槍，狙了對方的——可這種局面不好營造，大宗師們神龍見首不見尾，氣機感應太過強大，不大可能站在那裡給自己太多瞄準的時間。

怎樣殺死一位大宗師？范閒最後才想到最可靠的方法，那就是——用兩位大宗師，去殺一位大宗師。

這是很無聊的念頭，很廢的思維，兩個小孩肯定能打贏一個小孩，兩塊石頭當然比一塊石頭重，問題在於大宗師這種生物不是量產的產品，而是不世出的天才。

誰能找到兩位大宗師？

「所以朕必須要來大東山，因為朕需要一個人，而這個人永遠不可能離開大東山，來迎合朕的想法。」

皇帝微笑看著范閒，然後推開了那間古舊小廟的木門。木門吱呀一聲，范閒的眼光飄了過去，心臟猛地一縮，眼中閃過無數的驚訝與久別重逢的難抑喜悅。

言冰雲坐在監察院的房間內發呆，今日他沒有坐在那間密室之中，因為……陳萍萍坐著輪椅回了京都，回到他自己的房間之中，而言冰雲暫時獲得的權力也很自然地交還回去。他是四處的主辦，房間也靠著臨街那一面，窗戶上沒有蒙著黑布，外面的陽光直接透了進來，照得房內明亮一片。站在窗邊可以很清楚地看到皇宮金黃色的簷角。

皇宮裡沒有主人，皇帝的御駕這個時候已經到東山路了吧？言冰雲想著，自從皇帝離京之後，京都的人們都老實了起來，沒有給監察院太多的難題，大約此時此刻，誰都怕被遠離京都的皇帝懷疑自己什麼。

然而外鬆內緊，誰都知道皇帝此行祭天的主要目的是什麼，自然不可能讓太子留宮監國，於是太后再次垂簾，而大皇子掌控的禁軍小心起來，京都守備師也加強了巡查。

皇帝留下最關鍵的一手，當然是傳召監察院院長陳萍萍入京，這位長期在陳園的老跛子，此時終於回到了陰森的院中，冷漠地看著京都的所有細節，警告著那些心懷不軌的人。

第三十七章　心中言

大概了解一下時辰，言冰雲關好窗子，坐回椅上，從懷中掏出一個繡得十分漂亮的荷包，從裡面掏出幾粒瓜子送到脣裡，細細地嗑著，顯得十分無聊，只有當目光落在荷包上時，才會變得溫柔與多情起來，這荷包是沈小姐繡的。

言冰雲這幾天格外悠閒，不需要再總領院務，又不需要像一處職員那樣敏感到病態地監察朝官，除了日行的四處事務外，他並沒有太多事情做。

燕京與滄州中間的那片荒野上，上杉虎吃了燕小乙的一個大虧後，便平靜了下來。北齊人雖然遞交國書斥責，可是誤傷調查還在進行中，上京城沒有異動，東夷城那邊也極為安靜。

四處要管的事情就是這些，而且皇帝出京之前，四處已經放出了足夠多的假消息，務必保證兩方勢力的安靜。言冰雲相信憑藉監察院的能力，北齊皇室和四顧劍就算知道皇帝出巡的消息，也沒有辦法在極短的時間內反應過來。

而且他是不得不悠閒，因為就算沒有這些差使，可是啟年小組的京都一樞還在言冰雲的控制下，依理講，像皇帝出巡這種大事，他應該提前通知范閒……但很讓人想不明白的是，陳萍萍一朝歸京，便將他這個想法壓下來，很決絕地壓下來。

這正是范閒在澹州時百思不得其解的問題，言冰雲此時還不知道范閒已經和御駕會合，心中還在隱隱茫然著。

同時緊張著。

京都看似平靜，禁軍、京都守備師加上那位渾身透著黑暗恐怖氣息的監察院院長，沒有可能會發生什麼大事，如果要發生大事，應該是遠離京都的皇帝身邊……

言冰雲苦笑著站在窗邊，看著樓下的天河大道、不遠處的皇宮。

他的地位並不高，但是他的角色很複雜，他是監察院實際上的三號人物，是范閒的親信，但他的父親卻還有另一個身分；最關鍵的是，他是當日皇帝親召入宮的年輕人之一，一夜長談之後，又擁有了另一個身分。

難怪陳院長一朝回京，便壓住了自己，想必陳院長對自己也有些看法。

至於為什麼陳院長不讓自己通知范閒，言冰雲憑藉自己得天獨厚來自三方的消息，隱約猜到一絲真相，卻開始驚恐於這個真相——難道陳院長是算死了陛下的身邊會出大事？所以才想順水推舟，讓范閒離御駕越遠越好！

可是陳院長對陛下如此忠誠，再如何疼愛范閒，又怎麼可能把范閒的安危看得比陛下的生死還重？

叮噹、叮噹，銅鈴響了，京都各大衙門裡最特殊的歸家信號響起，監察院那座方方正正的樓裡走出無數行色匆匆的官員，他們不是去忙著潑灑壞水，只是急著回家。特務也是公務，監察院裡也都是公務員，和平常人沒什麼兩樣。

言冰雲沒什麼好收拾的，逕自出了監察院，坐上自家的馬車，急匆匆地回到府中，沒有去和沈小姐談談情、說說愛，直接進了父親的書房，開口問道：「秦家那邊有沒有什麼消息？」

言若海看了兒子一眼，搖搖頭，說道：「你在院裡管著四處，峴山沖那邊有沒有什麼動靜？」

峴山位置特殊，恰恰掐在東山路的進口處，此地在慶國東北，與東夷城距離不遠，但由於澹州與東夷城之間有無人敢穿越的原始密林，所以兩地間的交通主要是憑藉海上，或者是繞過峴山。

本來東山路裡沒有什麼太大的、可以威脅到御駕的力量，但是峴山卻剛好橫亙在由東山路回京的路上，最關鍵的問題在於……言家父子都清楚，在那個山沖裡一直訓練著秦老將軍的祕密親兵，年關時曾經在京都郊外狙殺范閒的隊伍，便是秦家瞞著朝廷從峴山調過來的。

「峴山沖那邊一直安靜，自從那件事情之後，院裡一直用極大的精神盯著那邊，如果一旦有異動，瞞不過我們。」言冰雲稍微放鬆了一些，坐了下來。

言若海微笑著說道：「我們知道的事情，便是院長大人知道的事情，便是陛下知道的事情。陛下既然敢帶著三千禁軍去大東山祭天，如果不是沒將峴山沖那點兒人放在眼裡，便是相信秦老爺子的忠誠。」

「忠誠？」言冰雲嘆了一口氣。「暗中狙殺朝廷重臣，也算得上是忠？」

「忠誠分很多層次，上次的事情或許陛下已經懷疑秦老爺子的忠心，可事實上，臣子與陛下本身總是有差別的。」

言若海頓了頓後認真問道：「我已退職本不應再問，可是還是好奇，定州那邊有沒有什麼問題？」

言冰雲搖了搖頭。「年初斬了六百名胡人首級，本來應該此時回京報功，但明顯葉重也是擔心宮裡疑他，所以將隊伍留在了定州，不敢在陛下不在的時候歸京。」

他輕輕地握了握袖中的拳頭，欲言又止。

言若海好奇地看了兒子一眼，說道：「你往常不是這般模樣，有話便說吧。」

言冰雲彷彿覆著冰霜的臉上浮現隱隱的狐疑。「我不知道陛下的安全能不能得到確認。」

「有什麼危險？」言若海皺著眉頭說道：「我大慶朝七路精兵，你所懷疑的三路根本不可能靠近大東山，全在院裡的注視之下。」

「燕小乙呢？」言冰雲冷冷地盯著父親的雙眼，似乎想從他的眼睛裡看出別的東西來。

言若海很自然地轉過頭去，避開兒子的目光，說道：「燕大都督又怎麼了？」

「滄州大捷有問題！」言冰雲壓低聲音說道：「我說過這次滄州大捷有問題！四處查軍功的密探已經回報，那些首級雖然經過偽裝，但有些問題……」

「你是四處主辦，接了我的班，應該知道，殺民冒功……雖然是大罪，但向來沒有辦法完全杜絕，尤其是這種邊將，需要朝廷額外的賞賜來平衡邊寒之地的淒苦。」言若海冷漠地說道：「再說就算燕小乙謊報軍功，和大東山之上的陛下有什麼關係？不要忘了，北齊國書已經到了，難不成北齊人會和燕小乙一起演戲？」

「我怕的就是這點。」言冰雲冷冷地說道：「如果只是殺民冒功，倒也罷了，如果這事和北齊有關聯，我只怕事情就沒有這麼簡單。」

言若海緩緩地站起來，盯著兒子的雙眼，一字一句說道：「你清楚自己在說什麼嗎？莫非你以為院長和提司大人讓你暫攝院務，你就是天底下最了不起的人物？你就能看穿世間一切的詭詐？就算燕小乙和北齊人在演戲，可又有什麼問題？」

「什麼問題？」言冰雲看著父親，胸中燃起一陣怒火，憤怒說道：「征北軍死了五千人！這是大捷？斬首八千，只怕一大半是假的！那五千人究竟死了沒有？如果沒死，這銷聲匿跡的五千人又去了哪裡？」

他一指桌面，指著那並不存在的慶國邊域地圖，憤怒說道：「父親，征北營雖在滄州與燕京之間，但若畫一條直線，離大東山不過五百里地！若這本應死了的五千人，忽然出現在大東山腳下，怎麼辦？」

言若海皺著眉頭，沉默半晌後忽然冷聲說道：「愚蠢！從滄州到東山路雖近，卻要繞道峭山，不知要經過多少州郡，距離也在千里以上，你以為五千人能夠這樣悄無聲息地深入境內？」

「如果不繞呢？」言冰雲對父親寸步不讓，將這些天盤桓在心中的驚惑全盤說出：「如果東夷城開了國門，讓那五千死人借道諸侯國……怎麼辦？」

連著兩個怎麼辦，卻沒有讓言若海緊張起來，他望著兒子冷笑說道：「蠢貨！就算那五千人真如你所言化作死士，就算四顧劍像你一樣愚蠢到大敞國門，對我慶軍毫不忌憚……可你想過沒有，從東夷城到大東山之間要過澹州，而澹州之北的那些高山陡崖，根本沒有人能爬得過去！」

這是事實，是地圖與人眼和人力都已經證明過的事實，澹州之北的那些原始密林和山峰，根本不是凡人能夠攀越而過，更何況是五千人的部隊。

「以前沒有人能翻過去，不見得以後永遠沒有人能翻過去。」言冰雲想到那處的地理環境，氣勢稍弱，可依然不願甘休，直接說道：「再說，誰知道那些叢山裡有沒有什麼密道。」

「密道？你以為是澹泊書局出的小說？」言若海冷笑一聲，準備走出書房。

看著父親根本毫不在意的神態，言冰雲終於忍不住了，一掌拍到桌子上，發出啪的一聲巨響，大怒說道：「我不知道我擔心的是不是小說，我只知道監察院現在做的都是笑話……不管這些會不會發生，可是既然已經有了疑點，我依院裡的章程向上報去，為什麼院長大人會把這件事情壓下來！」

言若海聞得此言，身子一震，緩緩轉過身來，用一種很複雜的眼神看著自己的兒子。

言冰雲以為父親終於被自己說服，心中生起一陣寬慰。

不料言若海一拂袖子，出了書房，召來自己的親信護衛，冷漠說道：「少爺身子不適，讓他留在府中休息，一步都不讓他出門。」

幾名護衛沉聲領命。

言冰雲一怔之後，心裡滲起一股寒冷之意，盯著父親的背影，忽然想到很久以前和父親之間的那句對話，半晌說不出話來。

那一日他問自己的父親。

「如果……我是說如果，讓您在宮裡與院裡選擇，您會怎麼選擇？」

當時言若海用一種好笑的眼光看著他，嘆息道——

「傻孩子，我自然是會選擇院裡……如果院長大人對我沒有這個信心，又怎麼會對你說這麼多話？」

言冰雲往門口走了一步，便被家中武藝高強的護衛攔下來。他也並不做多餘的掙扎，只是嘆息一聲，對父親問了一句：「您要去哪裡？」

言若海回身，望著自己的兒子笑了笑，說道：「你既然病了，我自然要去院裡替你請假。」

言冰雲沒有再說什麼，他忠於皇帝、忠於朝廷，他已經做出了自己應該做的事情，他畢竟是監察院的官員，父親的兒子，不可能再做更多的事情。

「葉家確實太安靜，葉重確實太乖巧，獻俘……這麼好藉機入京的機會，他就這麼放了過去。」

坐在輪椅上的陳萍萍搖著頭說道：「當然，他也是怕宮裡忌他，提前出了問題……只是二皇子心裡一定在犯嘀咕，心想太子馬上就要被廢了，如果太子這時候瞎來，二皇子有葉家之撐，一定可以獨力定鼎，他只怕是求著盼著他的岳父早日歸來。」

「現在是誰都想動手，誰都沒有能力和勇氣第一個動手。」老人微笑著推著輪椅從那塊黑布邊過來，說道：「欲使自己滅亡，必使自己瘋狂……長公主足夠瘋狂。」

言若海笑了起來，明白陳萍萍的意思，說道：「可您在京中，她即便有想法，也要等著那邊的消息。」

陳萍萍微笑著說道：「我們偉大的皇帝陛下……一定會給長公主一個驚喜，至於她要等的消息，可能永遠都等不到了。」

「可是燕小乙的五千精兵怎麼辦？」言若海皺了眉頭。「我一直不明白這點，就算拚了老命存了這五千兵入了國境……可他怎麼運到大東山腳下去？」

「燕小乙這次滄州大捷的手腳做得極好，想不到還是被言冰雲看出了馬腳。」陳萍萍讚賞說道：「這個孩子真是不錯。」

言若海苦笑道：「平日裡故作冰霜一片，真到大事臨頭，還是有所不安。」

「他不是你我，不知道陛下的安排。」陳萍萍嘆息一聲。「所以對你我有所懷疑，也是正常的。」

「事後……怎麼向宮裡交代？」

「陛下本來就不願意打草驚蛇，院裡當然不能對燕小乙的動作提前做出反應……」陳萍萍咳了兩聲，心裡想著，有沒有事後才是需要考慮的問題。

言若海走後，這位輪椅上的老跛子又習慣性地推著輪椅回到窗邊，隔著那層黑布看著外面。他脣角微翹，心想從東夷城的諸侯國直穿群山，掠滄州而至大東山確實有一條密道，自己知道，陛下也知道，只是看模樣，現在長公主那邊也知道了。

就算五千人去了，也只是將整座山峰包圍，頂多能夠做到控制祭天一行人的消息傳送，整個事件中，唯一的關鍵處，只怕還是在那座山峰之上。

陳萍萍用乾枯的右手撓了撓花白的頭髮，暗想自己倒是漏算一點，范閒這小傢伙此時跑到了峰頂，只希望他能夠命大一些，不要在那場驚天動地的突發事件中，無辜送了小命。

陛下給長公主、給葉流雲準備了一個大大的驚喜，那長公主難道就不準備給陛下準備一些驚喜？

陳萍萍歪著腦袋，有些無力地斜倚在輪椅上，感受著生命的味道從自己的體內緩緩流失，卻因為腦中展現出來的畫面而激動起來，似乎又找到一些當年為之興奮、為之激動、為之神往的元素。

心神的激盪，讓他咳了起來，咳得雖是痛快無比，卻讓胸間一陣陣的撕痛，他下意識按響了書案上的暗鈴，卻發現開門進來的並不是費介。

他此時才想到，費介已經遵照自己的意思離開了慶國這片是非之地，此時應該到了泉州，準備展開嚮往已久的海外生活。

「有些咳嗽，找些藥吃。」陳萍萍微笑地望著進門來的下屬，和藹說道。能夠多活兩年，自然要多活兩年。

那名下屬受寵若驚，領命而去。

如同山峰上那位皇帝猜測的那樣，永陶長公主李雲睿只要沒有物理死亡，她在京都總能找到隱藏著的力量。此時她被幽禁在皇家別院之中，外面由監察院的人負責監控，生活卻依然保持著極為奢華的水準。

更令人意想不到的是，那位逃離京都數月的信陽謀士袁宏道，此時竟出現在別院之中，坐在永陶長公主的面前，不知道永陶長公主是怎樣辦到的。

「陛下想什麼，其實瞎子都看得出來……只是本宮不知道他的信心究竟在哪裡。」

永陶長公主的容貌依然美麗，眸子依然嫵媚多情，但是真正細心的人可以看出這位女子的心神有了些微的變化，多情的底下，是一抹刻在內心深處的冷漠。

第三十八章　月兒彎彎照東山

安靜的皇家別院之中，一位侍衛正在窗外巡邏，似乎眼睛瞎了，耳朵也聾了，根本聽不到也看不到，皇室的重點看管對象，永陶長公主正在和她的親信祕密謀劃著什麼。

「他太多疑，所以不需要設計什麼，他自己就會跳出來主動設計。」永陶長公主緩緩閉著眼睛說道：「而且他很自大，自大到可以將計就計……什麼狗屁東西！哪裡有什麼計，根本就是他自己一個人在那裡玩。」

她忽然睜開雙眼，說道：「只是……本宮怕哥哥寂寞，也只好陪他玩一玩，大東山刺殺……似乎已經變成了很荒唐的明面上的事情，他知道我要殺他，等著我去殺他；我明知道他等著我去殺他，卻還是要去殺他，真的很有趣。」

袁宏道聽著這段繞口令，看著永陶長公主唇角的那抹笑容，卻並不覺得有趣，反而生出淡淡寒意。明知道大東山上是個局，永陶長公主卻義無反顧地跳進去，難道她真以為葉流雲這位大宗師可以改變整個天下？

雖然在黃毅死後，他已經成為永陶長公主李雲睿最親近的謀士，可他知道這位長公主雖然這兩年來似乎一直被皇帝和范閒逼得步步後退，從無妙手釋出，可在計謀方面，實在是沒有太多需要自己的地方。

也正因為如此，對於永陶長公主最後的計畫細節，他一直沒有摸清楚，自然也就無從去稟告陳萍萍和皇帝。

但身為謀士，在這種關鍵時刻，不論是為了偽裝還是更取信於人，袁宏道都必須說出一些該說的建議，所以他望著永陶長公主的眼睛，輕聲說道：「有趣，在某些時刻，是荒謬與愚蠢的結合……我不知道究竟是哪一方更荒謬，哪一方更愚蠢，但既然最開始動的是陛下，那麼您便應該選擇另一條道路。不然再如何動作，走的棋子總是會比石坪對面的那個人慢一步。」

永陶長公主李雲睿緩緩閉上眼睛，沉默許久後說道：「另一條道路？你是勸我暫時不要動。」

「正是。」

永陶長公主忽然睜開眼笑了，笑得極其純真無邪。「不動又有什麼用？如果大東山祭天順利地結束……母后總是會有去的那一天，難道你指望我永遠被幽禁在這座別院裡？」

袁宏道沉默少許後笑了笑，既然自己可以輕鬆地進入這間別院，那麼永陶長公主一定有許多方法可以輕鬆地離開這間別院。他知道永陶長公主考慮的只是以後慶國的局面，不論從哪個角度講，如果此次皇帝離京的機會沒有抓住，永陶長公主再想東山再起，能有什麼機會呢？

「范閒。」袁宏道試圖說服永陶長公主，在沒有得到院裡的進一步指示之前，他當然想將永陶長公主的動作盡量拖延一些。「這是您的機會。」

「范閒？」永陶長公主來了興趣，微笑說道：「就算哥哥將來要削范閒的權，但這也不會是本宮的機會。」

「不只削權這般簡單。」袁宏道壓低聲音說道：「范閑與北邊的關係太密切，而陛下……一旦將朝廷內部的矛盾平伏後，刀鋒定然要指向北齊，而這時候范閑會怎麼做，就值得考慮了，說不定到時就是您的機會。」

「所以我得活著？」永陶長公主自嘲地笑了起來。

「您一定要活著。」

她有些懶散地笑了笑，不予置評，如蘭花般的手指點了點桌上的茶杯。袁宏道起身替她倒茶的空檔，這位女子緩緩低下眼瞼，安靜地想著，袁宏道的想法不為錯，只是他不明白皇帝究竟是一個什麼樣性格的人。

在這個天底下，只有永陶長公主李雲睿，最清楚她的皇帝哥哥是什麼樣的人，也只有她清楚，眼下是皇帝給自己的機會，而如果自己沒有抓住這個機會，什麼後事都不需要再提。

皇帝有太多的機會可以殺死自己，但他不殺，自然是希望透過自己引出一些人來，君山會那些一直隱在朝野中的人，某位老怪物……

她在心裡想著，如果自己贏了，那不算什麼；可就算自己輸了，皇帝能夠達成他的目標，也是好的……想到此處，她的脣角再次露出一絲自諷的笑容。

「宏道兄，你說殺人這種事情，最後比拚的是什麼？」永陶長公主微笑望著他。

袁宏道想了想後說道：「時間、機會、大勢。」

「不錯，但又是錯了。」永陶長公主緩緩低頭，說道：「其實到最後，比的就是最粗顯、最無趣、最直接的那些東西，看看誰的刀更快些，誰的打手更多些。」

「爭奪龍椅，其實和江湖上的幫派爭奪地盤，沒有本質上的區別……哥哥自大多疑，自以為算計得天下，卻忘了一點，不是所有的刀都在他的手上，不要忘記我以前說過的一句話，因其多疑，他必敗無疑。」

永陶長公主冷漠的這句話，為這整件事情定下了基調。

袁宏道笑了笑，知道不能再說服永陶長公主，心頭難免有些焦慮，但卻掩飾得極好，說道：「太子和二殿下那邊已經聯繫得差不多了，只等消息一至，便著手安排。文官方面應該也沒有什麼問題，令人悲慟的消息，總是最能打擊這些文官們的心防……而且不論從哪個角度上來說，他們都沒有理由拒絕。」

「你說得很有道理。」永陶長公主微笑著說道：「監察院始終是見不得光的，他們是很有力的工具，但在某些時候卻永遠不可能成為決定性的力量，只有朝臣們支持，宮裡支持，陳萍萍又能有什麼用？」

然後她微笑說道：「聽說晨兒一直在照顧那個將要生產的小妾……這件事情安排一下。」

大東山絕峰之上，范閑在門外看著坐在蒲團上的那個人，那個蒙著一塊黑布、身材並不怎麼高大、卻永遠顯得那般平靜的瞎子，張了張嘴，卻沒有說出什麼來。

皇帝笑了一聲，轉身離去，將這個地方留給他們叔姪二人。

范閑走進去，小心地關上門，確認身旁沒有人偷聽，這才縱容自己喜悅的神色在臉上洋溢，一把抱住那個瞎子，輕輕地拍了拍他的後背。

五竹還是那副冷漠模樣，這種冷漠和言冰雲不同，不是一種自我保護的情緒釋入，而一種外物不繫於心，內心絕對平靜帶來的觀感。

但當范閒緊緊地抱著他，欣喜欲狂時，這個瞎子在范閒看不到的地方，脣角微綻，露出了一個十分難見的溫柔笑容。

可惜范閒沒有看到，不然他一定會做出某些很變態的動作。

一抱即分，五竹不是一個喜歡和人進行肢體上親熱的人，范閒也是，只是久別重逢，范閒無法壓抑心中的喜悅，縱情一抱。

二人分坐蒲團之上，互「視」彼此，安靜許久，沒有說話。

范閒的臉色越來越溫柔和開心，確認了五竹的傷勢已經好得差不多了，但一時間卻不知道應該說些什麼，從何說起。自一年半前分開之後，他南下江南鬥明家，於山谷遇狙殺，在京都中連夜殺人，不知經歷了多少險風惡浪。

然而……這一切只怕都不是五竹想聽到的，這些事情對於五竹來說算不得什麼。明家是什麼東西，五竹根本不會關心；至於在山谷中遭到狙殺時的險象環生，五竹只會認為范閒表現得非常差勁。

所以憋了許久之後，范閒開口說道：「叔，我要當爸爸了。」

便是大東山壓頂也面不改色的五竹，在聽到這句話後，卻很罕見地沉默下來，似乎在慢慢地消化這個消息。然後他微微偏了偏腦袋，說道：「你……也要生孩子？」

這個「也」字，不知包含了多少資訊。對於五竹來說，這個世界只有兩個人，是的，雖萬千人，於他只有兩人，別的一切都不存在，只有這兩個人的事情才值得讓他記住。

二十年前，那個女子生孩子；二十年後，女子生的孩子要生孩子，兩件事情雖相隔二十載，但在他的感覺裡，就像是接連發生的兩件事情，所以才有那個「也」字。

然後他的脣角再次綻放溫柔的笑容，很認真地對范閒說道：「恭喜。」

因為這個笑容和這兩個字，范閒自然陷入了無窮的震驚與歡愉之中，他怎麼也想不明白，與五竹一年多不見，對方竟會說出如此俗氣的兩個字，並且不吝在自己面前展示最人性化的那一面——上一次看見五竹叔的笑容，是什麼時候？大概是在澹州城那個雜貨鋪裡提起母親吧。

范閒不知為何內心一片溫潤，似乎覺著五竹終於肯為自己笑一下，而不再僅僅是因為葉輕眉，這是一件很值得銘記的事情。

五竹的笑容馬上收斂，回復往常的模樣，認真說道：「要生孩子了，就要說恭喜，這是小姐教過的，我沒有忘記，所以你不要吃驚。」

范閒苦笑無語，偏又開口說道：「這應該是發自內心的情緒，不需要我們去記。」

五竹的臉朝著廟內的那幅壁畫，說道：「對我，這是很難的事情；對你，你開心得太早。」

那層薄薄且絕不透光的黑布綁在他的眼上，顯得鼻梁格外挺直，而他接下來所說的話也是那般直接：「時間不對。」

這句話的意思太簡單又太玄妙，如果是一般人肯定聽不懂，但范閒自幼和五竹在一起生活，卻很輕易地明白了這四個字裡蘊藏著的意思。他苦笑一聲，點了點頭，承認了五竹的判斷。

皇帝在大東山祭天，如果真的有人敢造反，那麼大東山乃天下第一險地，而相對應的，京都自然是天下第二險地。范閒此時遠在海畔，根本無法顧忌到京都的局勢，如果永陶長公主和那些皇子們真的有膽量做出那件事情來，那麼對於范閒這個表面上的死忠保皇派……會施出怎樣的手段？

林婉兒是永陶長公主的親生女兒，范閒並不怎麼擔心，可是思思和她肚子裡即將誕生的孩子怎麼辦？就算皇帝在大東山掙了大便宜，可京都一亂，范府的那些人，范閒所擔心的那些人，會受到怎麼樣的損害？

這是在澹州看到皇帝後，范閒震驚擔憂的根本，只是當著皇帝的面，他不可能表達什麼，只有在五竹直接道出根源後，他的臉色才坦露出內心的真實情緒，一片沉重。

「院長和父親在京裡，應該不會有大問題。」他似乎想說服五竹，又似乎是在安慰自己。

「皇帝一直不讓陳萍萍和范建掌兵，這是問題。」五竹的話依然沒推論，只有結果，他低著頭，冷漠說道：「您這時候馬上趕回京都，或許還來得及。」

是的，就算京都裡有人造反，可是總需要一個名目，皇帝的遇刺死亡肯定要找個替罪羊來背，所以京都異變的時間，一定要在大東山之事後的十五天左右。

現在范閒趕回京都，應該還來得及。

五竹說道：「你在這裡，沒用。」

范閒想了一會兒後，忽然開口說道：「我的作用，似乎在見到你的這一瞬間，就完成了。」

上了大東山，進入古舊小廟，看見五竹的那一剎那，范閒就明白了皇帝為什麼要下旨召自己隨侍祭天，為什麼要在澹州去堵自己，把自己帶上大東山。

就如同皇帝先前所言，既然這個局是針對葉流雲的，那麼他需要五竹的參與。五竹不僅僅是不會因為皇帝的謀劃離開大東山，甚至就算在大東山之上，他如果不想對葉流雲出手，他就不會出手——皇帝可以命令天下所有人，卻不能命令五竹——所以皇帝需要范閒的幫助，幫助他說服五竹參與到這件事中。

「陛下帶我來見你，是什麼意思，想必你也清楚。」范閒望著五竹，低著頭說道。

「你也清楚。」五竹說道。

范閒緩緩抬起頭來，臉上帶著一抹很複雜的神情，半晌後說道：「入京三年有半，做了很多事情，但其實我自己清楚，這些事情，都是某些人在利用我……而現在，那些人又利用我來利用你。我便罷了，因為我自己有所求，可是你對這世間無所求，所以這對你是不公平的。」

「世界上沒有公平不公平的事情。」五竹平靜說道：「關鍵是這件事情對於你有沒有好處。」

范閒注意到很奇特的一點，在與五竹分離一年多以後，如今五竹的話似乎比以前多了很多，表情豐富了少許。他苦笑搖頭說道：「陛下把自己扔到這個危局裡，如果我們不幫他，他真被葉流雲一劍斬了……事情可就大發了。他是用自己的性命和天下的動盪，逼我們幫助他。」

「這兩點就算我們不在意，但我必須在意京都裡那些人的安危。」范閒頓了頓後，苦笑說道：「葉流雲如果出手，長公主在京都和二皇子肯定達成了協定。我們不能讓他們成功。」

五竹沉默了少許後，說道：「直接說。」

范閒在他的身前認真坐好，很誠懇地說道：「請叔叔保陛下一條命，至於葉流雲那邊，不用在意。」

五竹很直接地點了點頭。

范閒的心裡鬆了一口氣，皇帝可以利用他，他卻不想利用五竹。他在這人世間就這麼幾個親人，不想摻雜太多別的東西。而讓五竹出手，並不代表范閒不擔心五竹的安危，因為祭天之前的異動，一定是這片大陸二十年裡最大的一次震盪，五竹就算有大宗師的修為，也不見得能討得好去。

但范閒並不是很擔心，因為這座廟在高山懸崖之上，五竹就算最後敗了，往那海裡一跳便是。這門手段，葉流雲和那些大牛們便是拍馬都追不上。

「我這時候應該下山。」范閒低頭說道，在即將發生的大事中，他沒有太多發言的資格，而且從內心深處講，他不願意跟著皇帝一起發瘋冒險。

但他清楚，皇帝應該不會讓他下山，這種綁架人質的手段使用得好，才能夠調動五竹為他所用。如果葉流雲的劍偶爾一偏，指向了范閒，五竹就算不想出手也不行。

「對方如果有動作，一定會趕在祭天禮完成之前……待會兒我試著說服陛下放我下山。」范閒皺了皺眉頭說道：「此間事畢，請你盡快來找我。」

說到這件事情，他看著五竹的臉，怔怔問道：「我不知道祭天禮有什麼講究，有什麼象徵意義上的作用，但我很好奇，叔你這一年難道就是在大東山養傷？」

五竹點了點頭。

「都說大東山有神妙，難道是真的？」范閒看著他臉上的那塊黑布，皺著眉頭認真問道。

五竹開口說道：「我不知道對那些人的病有沒有用，但對我養傷很有好處。」

范閒心頭微微一顫，有些不明白這句話，問道：「為什麼？」

「大東山的元氣之濃厚，超出了世間別的任何地方。」五竹說道。

范閒的眉頭皺得愈發緊了起來。「我感覺不到。」

「你只能感覺到體內的真元。」五竹說道：「而天地間的元氣不是那麼容易被捕捉到的。」

他頓了頓後，開口說道：「苦荷曾經修行過西方的法術，他應該能夠感受到。」

范閒默然，忽然想到在自己生命中曾經偶然出現的那兩位雞肋法師，隱隱約約間似乎猜到一點什麼，卻無法將整條線索串連起來。法術……這是一個多麼遙遠陌生的詞語，他幼時曾經動過修行法術的念頭，但在這片大陸上，沒有誰精通此點，就算是苦荷，更多的也是在理論知識方面的收集研究。

此時夜漸漸深了，山頂的氣溫緩緩下降，草叢裡的那些昆蟲被凍得停止了鳴叫，數幢廟宇間漸漸凝成一片肅殺的氣場。范閒怔怔仰著臉，看著廟宇四壁繪著的壁畫，那些與京都慶廟基本相仿的圖畫，讓他有些失神。

對於神廟，以及沿襲其風的慶廟，范閒充滿了太多的好奇，本來他很想問一下五竹，可是如今緊迫的局面，讓他無法待太久的時間。

他站了起來，對五竹行了一禮，壓低聲音說道：「這山頂上，誰死都不要緊，你不能死。」

五竹沒有回答這句話，卻偏了偏耳朵，然後右手從半截袖子裡伸出來，直接按到地面上，紋絲不動。

片刻後，五竹靜靜說道：「你下不成山了。」

「你說服他了。」皇帝負著雙手，站在黑漆漆的懸崖邊上。今天天上有雲，將月亮掩在厚厚雲層之後，懸崖下方極深遠處的那片藍海泛著墨一般的深色，只是隱隱可以看見極微弱的一、兩個光點，應該是膠州水師護駕的船隻。

范閒走到皇帝的身後，微微皺眉。下午的時候就險些跌下去，這皇帝的膽子究竟是怎麼練出來的。然而事態緊急，他沒有回答皇帝的質詢，直接說道：「陛下，山下有騎兵來襲。」

皇帝緩緩轉身，臉上帶著一抹微笑，沒有質疑范閒如何在高山之上知道山腳下的動靜，和緩說道：「是嗎？有多少人？」

「不清楚。」范閒低頭應道：「臣以為，既然敵人來襲，應該馬上派出虎衛突圍，向地方求援。」

皇帝靜靜地看著他，沒有答應他這一句話，只是緩緩說道：「朕另有事情交給你做。」

便在此時，山腳下一支火箭嗖的一聲劃破夜空，照亮了些許天空，通報了山腳下的緊急敵情。此時山下，只怕早已是殺聲震天，血肉橫飛的場景，慶國歷史上最膽大妄為的一次弒君行動，就此拉開帷幕。

「報！」禁軍副統領從山頂營地裡奔出，跪在皇帝面前，快速地稟報了山腳下發生的事情。只是山頂、山腳相隔極遠，僅僅憑藉幾支令箭根本無法完全了解具體的情況。

禁軍副統領面色慘白，在夜裡的冷風中大汗淋漓，他只知道山腳下有敵來襲，這個事實就已經足夠讓他丟腦袋了。他實在想不通，這些來襲的軍隊是怎麼沒有驚動地方官府，便來到了大東山的腳下，而在夜色的掩護中，便對著山下的三千禁軍發起凶猛慘烈的攻勢。

沒有什麼具體內容，范閒看著禁軍副統領上下翻動的嘴脣，耳朵裡卻像是聽不到一個字，有如一幕荒誕可笑的無聲畫面。

確實可笑，堂堂一國之君，竟然在國境深處的大東山上，被包圍！

殺聲根本傳不到高高的山頂，血水的腥味也無法飄上來，大東山的巔峰依然一片清靜，此時離山頂極近的那片夜空上，那層厚雲忽然間消散，露出明月來。

月光如銀暉照耀在山頂皇帝與范閒的身上，范閒微微瞇眼，看著皇帝籠罩在月光中如神祇般的身影，開始緊張開始興奮起來，更透過皇帝那雙鐵一般的肩膀，看到了遠處海上漂來了一艘小船。

小船在海浪中起起伏伏，在月光中悠遊前行，向著大東山來。

山頂與海上相隔極遠，但范閒依然感覺到那艘小船。

因為，船上站著葉流雲。

第三十九章　長弓封夜山

月涼如水。

范閒瞇著眼睛看著遙遠的山下、遙遠的海邊，墨一般海水裡輕輕沉下浮起的那艘小船。

他的內力霸道，目力驚人，卻依然看不清楚那艘船上的情形，但很奇怪的是，他彷彿隔著這麼遠，就能看見船上那位老者，那頂笠帽，那絡鬍鬚。

天下四大宗師中，他只見過葉流雲。

少年時一次，蘇州城中一次，次次驚豔。葉流雲是一個瀟灑人，極其瀟灑之人，今夜乘舟破浪執劍而來，氣勢未至，風采已令人無比心折。

此時范閒見著汪洋裡的那艘船，想著那個飄然獨立舟上、直衝大東山、雖萬千人吾往矣的大宗師，不由得感慨萬分，無來由地在心中生出一絲敬仰。

小船看似極近，實則極遠，便在一道天線的海邊沐浴著月光，緩緩往這邊漂著，似乎永遠不可能接近此岸。

然而范閒清楚……人世間最遙遠的距離，並不是生與死之間的距離，所以這艘將要定下無數人生死的小船，終究會有登岸的那一刻。

山腳下，背著海岸線的那一面，猛然間出現了星星點點的火光，雖是星星點點，但亮光足以傳至山巔，可以想見那裡的戰場之上，像鬼魂一樣冒出來的強大叛軍，正在奮死衝擊著三千禁軍的防線，燒營時的火勢已經大到了無法控制的地步。

好在夏時雨水多，加上海風吹拂，山間溼氣濃重，不虞這把火會直接將大東山燒成一根焦柱，將山上的所有人都燒死。

又有幾聲淒厲的號箭沖天而起，卻只到了半山腰的位置，便慘慘然、頹頹然地無力墜下，就有如此時山腳下的禁軍防禦線，已經後繼乏力，快要支持不住了。

此時小船未至，強敵已殺至山腳，慶國皇帝一行人都背對著海面，站在山前的觀景石欄之前，靜默地看著山腳下的動靜，看著那些時燃時熄的火，聽著那些隱約可聞的廝殺聲。只是畢竟隔得太遠，廝殺聲傳到山巔時，被風一吹，林梢一弄，竟變成了有些扭曲的節奏拍響。

沒有殺意，至少山巔之上的人們感覺不到這種氛圍。相較而言，在大東山背面海上正緩緩漂來的那艘小船，帶給人們的緊張情緒，還要更多一些。

此時禮部尚書、太常寺正卿一應祭天的官員早已從房間裡走出來，隨侍在沉默的皇帝身後，各自心中無比震驚、無比恐懼，可是卻沒有一個人敢說些什麼。

那位禁軍副統領此時早已往山下衝去，準備拚死在第一線上，只是恐怕他尚未到時，那三千名禁軍都已化作了黑夜中的遊魂、山林間的死屍。

范閒感覺嘴裡有些發苦，下意識伸舌頭舔了舔發乾的唇，心裡不可抑制地生出一絲震驚來——山腳下的這支軍隊究竟是從哪裡來的？為什麼監察院在東山路的網路沒有提前偵知任何風聲？為何擺在崤山一帶的四百黑騎，沒有起到任何作用？對方是如何能夠神不知、鬼不覺地潛到了大東山的腳下？

而最令他震驚的是此時山腳下的情勢，看著火頭的退後，聽著廝殺聲的起伏，從那些令箭中進行判斷，他知道禁軍已經抵擋不住了——三千禁軍居然這麼快就要潰敗！

慶國以武力定鼎天下，雖然禁軍常駐京都，從野戰能力上來講肯定不如定州軍、戍北大營那七路大軍，可是自從大皇子調任禁軍統領後，從當初的征西軍裡抽調了許多骨幹將領，禁軍的實力得到了有效的補充，即便不是那些大軍的對手，但總不至於……這麼快便潰敗了。

范閒震驚之餘，湧起一絲疑惑。來襲的軍隊究竟是誰家的子弟？

「是燕小乙的親兵大營。」皇帝站在石欄邊，看著山腳下的方向，雖然很明顯他看不清楚下面發生什麼，但也由范閒和洪四庠的眼中，看到了一絲不安，冷漠說道：「禁軍不是他們的對手。」

「燕小乙的親兵大營？」范閒眉頭一皺，馬上聯想到一個月前滄州與燕京間那場古怪的滄州大捷，雖然他依然不清楚燕小乙是用什麼辦法將這些兵士送到大東山的山腳下，但既然敵人已經到了，此時再想這些純粹是浪費時間。

「你是監察院的提司，一支軍隊千里奔襲，深入國境之內，該當何罪？」皇帝望著范閒微笑問道。

范閒苦笑一聲，知道皇帝是在開玩笑，只是此時山腳下情勢如此凶險，他哪裡又有開玩笑的心思，應道：「即便滄州北有密道，但監察院也應該收到風聲，所以臣以為，院中有人在幫他。」

皇帝笑了笑，沒有說什麼，但笑容裡卻多了一絲自嘲。

范閒說院中有問題，是坦誠，更是試探，他想試探山腳下那支如虎狼一般嗜殺的精銳部隊，燕小乙的親兵大營，是不是皇帝刻意放過來的。單看皇帝此時自信的表情與平靜的姿態，范閒在內心深處相信這個推論，可是皇帝那個笑容顯得很無奈……

「朕想知道，此時山下的具體情況。」皇帝忽然冷漠開口說道：「朕，不想做一個瞎子。」

皇帝當年親自領軍南征北戰，立下赫赫不世戰功，堪稱大陸第一名將，只是近二十年未曾親征，才讓北齊抵抗蠻人的上杉虎漸漸掩沒了君王軍事方面的榮耀。

而像今天晚上御駕被圍的情況，皇帝如果能夠親自指揮禁軍，想必山下的禁軍也不至於敗得如此之慘，只是……此時在夜山中，縱有明月高懸，上山下山，終不是唱山歌一般快活，命令傳遞需要極長時間，更遑論親自指揮。

所以皇帝的面色有些冰冷，語氣有些不善。

這少少的不善並沒有讓皇帝身邊的人怕得要死，當此情形，皇帝沒有勃然大怒，砍了身邊這些官員的腦袋，已經足夠冷靜了。

范閒緩緩低頭，雙手食指與無名指輕輕一觸，搭了個意橋，在瞬息之間運起全身的霸道真氣，催動著他體內與眾人不同的兩個周天疾速地循環起來，將自己的六識逼迫到最清明的境界之中。

一瞬間，他身上氣勢大盛，激得山巔上無由一陣風起，沙石微動！

守護在皇帝身邊的虎衛們一驚，在這種敏感的時刻，紛紛做出了防備的動作。只有洪四庠依然是半睡不醒的模樣，站在皇帝的身後。

片刻之後，范閒恭謹稟報道：「陛下，有些奇怪，對方似乎退兵了。」

聽得此言，皇帝的眉頭也皺了起來，半晌之後幽幽說道：「他究竟帶了多少人來，竟敢意圖將整座山封住，一個人也不放出去。燕小乙……好大的胃口！」

叛軍勢盛之時忽而暫退，給禁軍些許喘息之機，山頂上的官員包括范閒在內都有些迷惑，卻只有皇帝很明確地判斷出叛軍的意圖……給禁軍重新收攏布陣的機會，怕的就是兩邊交戰最後進入亂局，遺漏些許活口出這張大網。山下叛軍……竟是準備不讓任何一個人逃出大東山，向四野的州郡報信！

「不可能。」范閒說道，他知道按照監察院的流程，此時與禁軍混編在一起的六處劍手，應該會在第一時間內，覓機突出重圍去通知東山路官府，急調州軍及最近處的軍隊來援。

以監察院六處劍手在黑暗中行走的能力，縱使山腳下萬騎齊至，在這樣的夜裡，也不可能將這些劍手們全部殺死或是擒下，總會漏掉數人才是。

而就在此時，一個影子一樣的灰衣人，從那萬級登天梯上飄然而起，此人的輕功絕佳，姿勢卻極為怪異，就像是膝關節上安裝了某個機簧似的，每每觸地，便輕輕彈起……雖然姿勢不及絕代強者那般清妙，但勝在快速安靜。

灰衣人尚未掠至山頂，夜空之中便已經綻起無數朵雪花，雪一般的刀花。潛伏在皇帝四周的虎衛們擎出長刀，斬了過去，那一瞬間，竟掩沒了月兒的光華。

灰衣人沒有出手，只是高舉著一塊令牌，令牌在月光與刀光的照耀下十分明顯，正是監察院的腰牌。

姚公公一揮手，虎衛們回刀，卻依然顯出身形，將那名灰衣人圍在正中，十幾柄長刀所向，氣勢逼人。

范閒相信，就算是自己處在這十幾柄長刀之間，也只有逃命的分。但他朝著那個灰衣人走近一步，臉上帶著詢問與憂慮的神情。

灰衣人正是監察院雙翼之一王啟年，范閒的絕對心腹。今日陡逢大變時，他在山腳下率領監察院眾人布防，此時早已被震驚得不知如何形容，沒有與范閒多說什麼，直接在刀手們的環伺之中，跪在皇帝與范閒的面前，沉聲說道：「叛軍五千，持弩，全員皆是箭手……」

山巔上的眾人同時間因為這個消息而安靜下來，首先這條消息證明了皇帝的判斷，來襲的叛軍是燕小乙的親兵大營，也只有燕小乙這種箭神，才能將自己所有的親兵訓練成千里挑一的神箭手。

箭程雖不比弩遠，卻比弩機的速度更快，黑夜之中五千神箭手來襲，傳說燕小乙的親兵大營裡全部是長弓手……難怪山腳下的禁軍與監察院中人抵抗得如此吃力。

皇帝看著跪在面前的王啟年，沉聲問道：「戰況如何？」

王啟年語氣一窒，馬上應道：「遇襲之時，臣便上山，未知眼下戰況。」

皇帝冷哼了一聲，卻沒有繼續表現自己的不滿意。遇襲至今時間極短，山上山下距離極遠，除了那幾支令箭報警之外，王啟年是第一個衝到山頂報訊的官員，看他慘白的臉色，便知道這極短時間內的上山衝刺，已經消耗了他絕大部分的精神內力。

「五千長弓手……」皇帝忽然冷笑了起來。「便想全殲三千禁軍，小乙可沒有這樣的野望和手段，真好奇此時在山腳下指揮的高人是誰。」

叛軍封山，此時不攻，情勢有些古怪，范閒望著王啟年直接問道：「突出去沒有？」

監察院行事依規程而行，上級有問，下屬自然清楚問的是什麼，王啟年面色微變，對范閒稟報道：「六處十七員，全死。」

范閒面色不變，問道：「確認？」

「確認……」王啟年低頭稟報道：「在山腰時曾經回頭，西南方與西北方向兩條安靜路徑上有遭遇戰，有高手潛伏。」

范閒眼瞳微縮，心頭痛了一下，強自壓下愈來愈濃的怒意與悲哀。六處向來行走於黑暗中，燕小乙親兵大營中，哪裡有這樣習慣於刺殺的劍手？能夠在夜色中將自己的屬下全數殺死，證明那些刺客比六處劍手的水準高上很多！

他接著深深地看了王啟年一眼。

王啟年沒有點頭或是搖頭，只是撐在地上的右手微微挪動一下。

范閒在心裡嘆了口氣，知道王十三郎還算安分，稍微放下了些心，回身望著皇帝，沒有斟酌，直接平靜說道：「陛下，東夷城的人也來了。」

聽到這句話，皇帝沒有絲毫反應，似乎在等待著什麼。片刻後，姚公公從石階處走回來，在皇帝的耳邊輕聲說了幾句，皇帝的臉色逐漸陰沉下來。

范閒此時才知道，第一支警箭升起時，姚公公便已經安排虎衛著手突圍傳訊，然而此時得到回報，確認此次突圍已經失敗。

監察院六處的劍手與強悍的虎衛，兩次趁夜突圍，均以失敗告終。東夷城究竟借給永陶長公主多少高手？難道那個劍廬裡生產出來的天下最多的九品高手，今天……全部都匯聚到大東山的腳下？

四顧劍來了沒？

山頂夜風又起，遠處海上那艘小船依然若遠若近，山腳下廝殺之聲漸息，月光照耀著山林，卻拂不去山林間的黑暗，不知道有多少隱藏著的殺意，正等待著山巔上的這些人。

皇帝忽然想到先前范閒運功的那一幕，冷漠問道：「你的功夫愈發地好了，去年的舊疾可有復發？」

范閒不明白為什麼在這個時候，皇帝會突然問出如此不搭界的問題，應道：「沒有復發過。」

「很好。」皇帝靜靜地注視著月光下的蒼茫大地。「那這件事情朕就安心交給你去做了。」

「滾！」皇帝陰沉抑怒吼了一聲。

山巔上除了皇帝與范閒、洪四庠，還有隱在黑暗中的虎衛，其他所有人都遵旨滾回了廟宇與住所之中，將這片場地空出來，給皇帝與范閒這對……可憐的父子。

「朕此行祭天，本就是一場賭博，祭的是天，賭的……也是天。」

皇帝的眉宇間閃現著一絲沉重，說道：「朕不想再等，所以朕要賭命，朕在賭天命所歸……或成或敗，均在計算之中。若成，我大慶朝從此再無內憂，三年之內，劍指天下，再也無人敢拖緩朕之腳步。」

然而他卻沒有說敗會如何，冷漠開口說道：「朕或許算錯了一點。今夜誘流雲世叔上山，本以為那兩人不會插手……畢竟這是我大慶自折柱石的舉動，若換作以往，他們應該袖手旁觀才是。」

范閒在一旁沉默著，他敢肯定山下的叛軍之中一定有東夷城那些九品高手的參與，但四顧劍究竟會不會來，誰也猜不到。

「就算那白痴來了又如何？然而……」皇帝緩緩閉上眼睛，嘆了一口氣。「朕必須考量後面的事情，所以你下山吧。」

范閒一怔抬頭，不知如何應答，他想了許久如何說服皇帝讓自己下山，卻料不到是皇帝自己提出這個想法——只是此時山下的道路全部被封住，五千長弓手外加東夷城那些恐怖的九品劍客，自己怎麼下山？

皇帝嘲諷地一笑，說道：「是不是以為朕會把你拖在身邊，逼老五出手？」

范閒無奈一笑。

皇帝深深吸了一口氣，似乎是要將這山頂上的月色盡數吸入胸中，片刻後冷著聲音說道：「不論朕能否成功，但京都那邊一定會說朕死了……所以朕要你下山，朕要你回去。」

他靜靜看著范閒的眼睛，說道：「朕四個兒子，出了兩個豬狗不如的東西，你代朕回京教訓，不要……讓朕失望。」

范閒心中的情緒十分複雜，然後聽見皇帝比海風更溫柔的一句話——

「留在這裡陪朕賭命沒必要，回京吧，如果事情的結局不是朕所想像的那樣，隨便你去做，誰要坐那把椅子，你自己拿主意。」

范閒心頭大震，無法言語。

慶餘年 第二部 七

作　　者／貓膩
執 行 長／陳君平
榮譽發行人／黃鎮隆
協　　理／洪琇菁
總 編 輯／呂尚燁
執行編輯／陳昭燕
美術監製／沙雲佩
美術編輯／陳又荻
國際版權／黃令歡、高子甯
校　　對／朱瑩倫
內文排版／謝青秀

國家圖書館出版品預行編目資料

慶餘年．第二部（七）/ 貓膩作．-- 初版．
-- 臺北市：尖端，2020.08-
冊；　公分
ISBN 978-957-10-9042-9（第 7 冊：平裝）

857.7　　109003448

出版／城邦文化事業股份有限公司　尖端出版
台北市 104 中山區民生東路二段 141 號 10 樓
電話：（02）2500-7600　傳真：（02）2500-2683
讀者服務信箱：7novels@mail2.spp.com.tw
發行／英屬蓋曼群島商家庭傳媒股份有限公司城邦分公司　尖端出版
台北市 104 中山區民生東路二段 141 號 10 樓
電話：（02）2500-7600　傳真：（02）2500-1979
劃撥專線：（03）312-4212
戶名：英屬蓋曼群島商家庭傳媒（股）公司城邦分公司
劃撥帳號：50003021
※ 劃撥金額未滿 500 元，請加付掛號郵資 50 元
法律顧問／王子文律師　元禾法律事務所　台北市羅斯福路三段 37 號 15 樓

台灣地區總經銷／中彰投以北（含宜花東）　楨彥有限公司
電話：（02）8919-3369　傳真：（02）8914-5524
雲嘉以南　威信圖書有限公司
（嘉義公司）電話：（05）233-3852　傳真：（05）233-3863
（高雄公司）電話：（07）373-0079　傳真：（07）373-0087
馬新地區總經銷／城邦（馬新）出版集團 Cite（M）Sdn Bhd
電話：603-9057-8822　傳真：603-9057-6622
E-mail：cite@cite.com.my
香港地區總經銷／城邦（香港）出版集團 Cite（H.K.）Publishing Group Limited
電話：852-2508-6231　傳真：852-2578-9337
E-mail：hkcite@biznetvigator.com

版　次／ 2020 年 8 月 1 版 1 刷　Printed in Taiwan
2023 年11月 1 版 4 刷